藝術經典

饗敬一杯酒

○郑重 著○

SPM
南方出版传媒
广东人民出版社
·广州·

图书在版编目（CIP）数据

聚散一杯酒 / 郑重著．—广州：广东人民出版社，2017.12（2020.1重印）
ISBN 978-7-218-12369-1

Ⅰ.①聚…　Ⅱ.①郑…　Ⅲ.①随笔—作品集—中国—当代　Ⅳ.①I267.1

中国版本图书馆CIP数据核字（2017）第296977号

JUSAN YI BEI JIU
聚散一杯酒　　郑　重　著

出 版 人：肖风华

责任编辑：李怀宇
封面设计：张绮华
责任技编：周　杰

出版发行：广东人民出版社
地　　址：广州市海珠区新港西路204号2号楼（邮政编码：510300）
电　　话：（020）85716809（总编室）
传　　真：（020）85716872
网　　址：http://www. gdpph. com
印　　刷：阳谷毕升印务有限公司
开　　本：889毫米×1194毫米　1/32
印　　张：7.5　　字　数：141千
印　　数：5001-8000
版　　次：2017年12月第1版　2020年1月第2次印刷
定　　价：66.00元

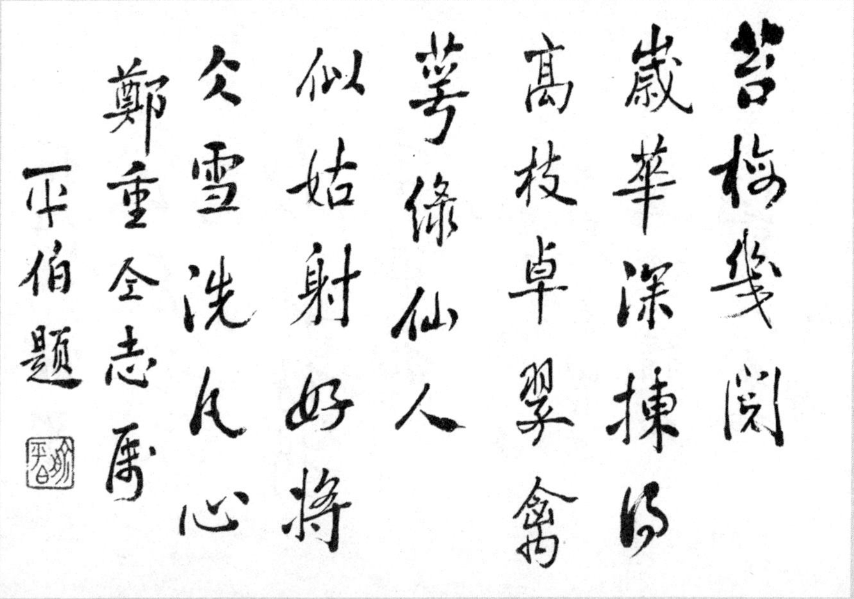

■ 俞平伯题跋

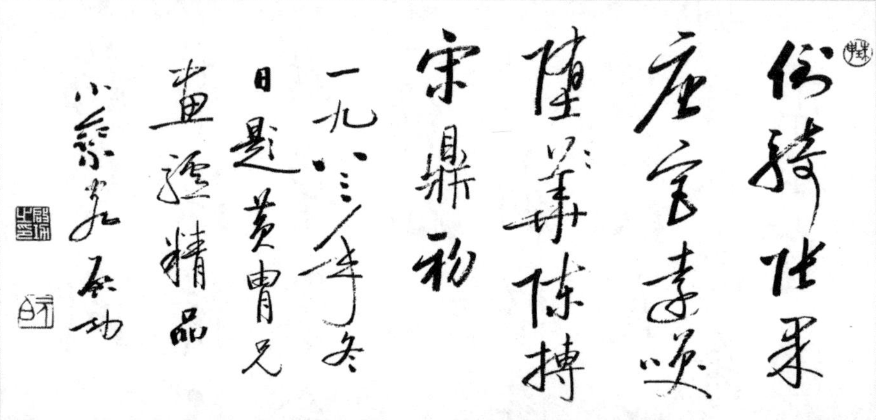

■ 启功题跋1

■ 启功题跋2

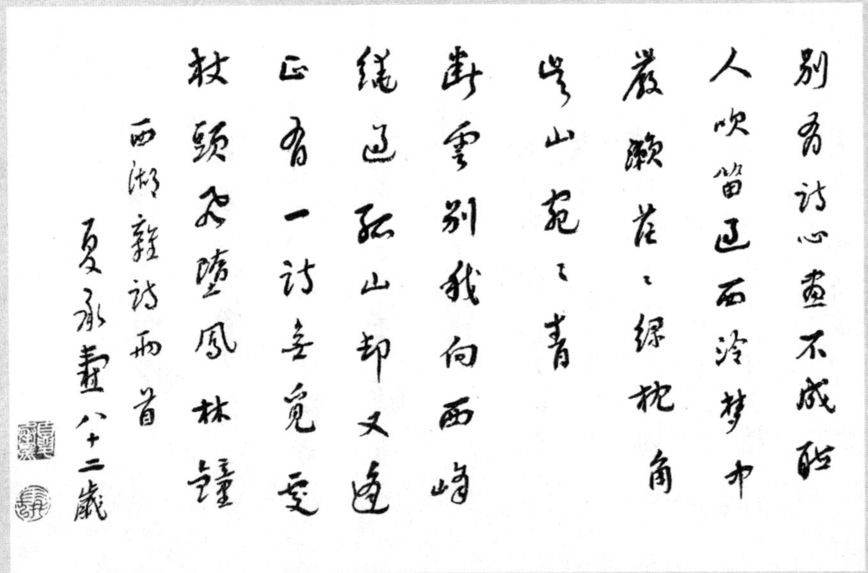

■ 夏承焘题跋

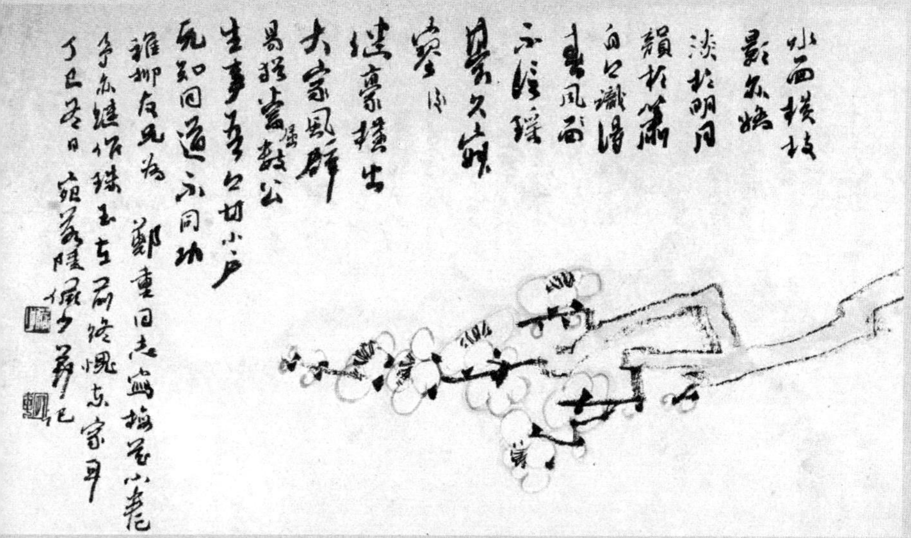

■ 陆俨少题跋1

■ 陆俨少题跋2

■ 陆俨少题跋3

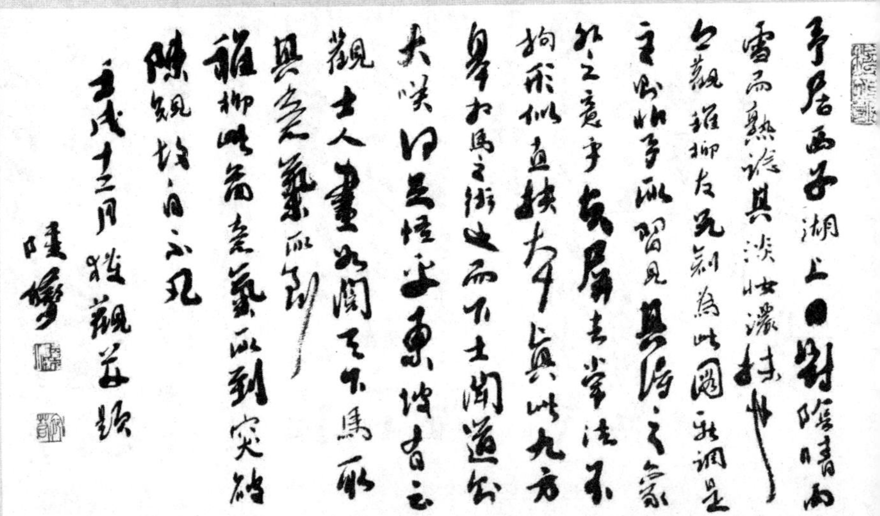

■ 陆俨少题跋4

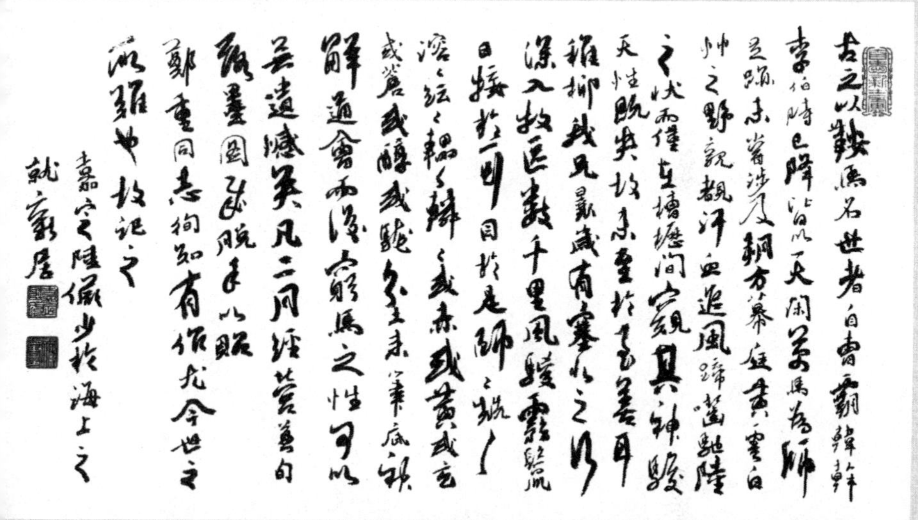

■ 陆俨少题跋5

目录

顾颉刚：疑古与信古

1981年冬天，历史学家顾颉刚逝世的时候，我写了《当他远行的时候》为他送行。文章写道：

著名历史学家顾颉刚先生远行去了。

他走得是那样匆忙，走得又是那样突然。

可不是吗，就在去年11月中旬，记者有北京之行，画家刘旦宅、承名世合作了一幅松鹤图，嘱咐带给顾颉刚先生，以贺他八十六诞辰。他们都是顾先生的多年老朋友了。临行的时候，还有的同志说："看看他的眉毛白了没有？"熟悉他的人都知道，当他六十多岁的时候，已经是满头白发，唯有两道眉毛是浓黑的。

"这次能见到他吗？"到京之后，我有一些犹豫。前年的夏天，我去看他，他住在医院里；去年的夏天，我又去看他，他还住在医院里；冬天到了，他会不会又住进医院呢？

这次，他在家里。11月24日，我在他的书房里见到了他。他坐在藤椅上。前面是一张不大的书桌。原来那浓黑的眉毛已经全白了，只是耳朵有些聋，但眼睛不花，看书写稿，不用戴眼镜。他看到那张画，爱不释手，展开在书桌上，看了又看，然后把我拉到靠近他旁边的沙发上，亲切地交谈起来。

看到这样情景，一点也看不出他要远行的样子。

《我怎样度过这风雨飘摇九十年》，看到他写在稿纸上这个题目，我心中一动，马上想到我看过他在60年前过黄河铁桥时写的诗中有“探源星宿海，我欲指深波”的句子，那时他就注定自己的一生要在书山学海中度过了。在这个题目上，他已写了87年，还要继续地写下去，看得出来，他是有这样的决心的。

看到这个题目，谁能想象得到他要远行呢？“到90岁的时候，你还要做许多工作？”“是的。我还有许多事情要做。”他好像是在沉思中给我作了回答。

怎样提出问题？怎样搜集材料？怎样收集歌谣……这是他准备在民间文学座谈会上的发言提纲，就在这个提纲旁边，他还写着：“千万不可错过机会，本会前程远大。”还画了加重符号。这是他要为成立民俗学研究会而作的呼吁。

“我这十种书，如都能出版，则死不恨矣。”在十种书目的后面，他写上了这样几行字。这十种书都是他自己的著作，有的是过去出版过，现在要修改重版；有的是正在写作中；有的正在整理资料，准备写作。

“人们想到我的年纪了！”在一张剪报的旁边，他作了这样的批注。在这张剪报的文章中，提到了他的名字，要抢救他的学术成果，为后人留下更多的文化遗产。

无论是从他的日记上，无论是我们的交谈中，都感到他还准备做许多事情，而且正在做许多事情，谁也想像不到他这样快地就离开了自己的岗位远行去了。

就在我去访问他的这天晚上，他发烧了，医生来了，要接他去住院，他觉得自己是偶感风寒，不必去医院。医生有些不放心，坚持要他往院。

他向医生及家属提出了约法三章："不能让我老是躺在床上，我还要工作；如果此行一去不回来了，也不要开追悼会，那是劳民伤财；把我送到医学科学院去，供青年们实习解剖。"这时，他还对医生说："我吃了六十多年的安眠药，看看我的神经有没有中毒。"

他说得是那样轻松，又是那样的风趣，没有任何远行前的留恋和别离的忧伤，好像此去只是暂离开书桌几天，很快就会回来的。

到医院，经过医生们的治疗，热度很快就平息下去了。他让儿女们为他搬来《十三经注疏》，高兴地说："今年冬天可以好好写文章了。"

时不我待，岁月无多，在这种感情的支使下，在医院里，他还是紧张地在工作，每天都看许多文稿，约后学之士到医院去交谈，指导他们如何进行研究，以完成《古史辨》的第八册。《古史辨》是他几十年研究的心血，前面已经出过七册，这次重版，他要增补第八册，是历史地理专集。

他就是这样不停地工作着。为了让他休息一下，小女儿为他找来《三国演义》，他说："我不看，我7岁时就看过它了。"

他还有许多工作没有做完，就离开书桌远行去了。

1月3日清晨，胡乔木和周扬同志为他送别来了，他在学术界的许多老朋友为他送别来了。中国医学科学院副院长吴阶平来迎接他了。他的夫人张静秋拉着吴阶平医生的手，说："让他为树立新的风气尽一分力吧。"吴阶平说："他把自己献给医学科学，这是彻底的唯物主义精神，我们感谢他。"

顾颉刚先生远行去了。他给人们留下的是宝贵的文化遗产，是印着他的指纹的六万册书，而没有给人们留下任何不必要的负担。

（1981年1月5日）

补记

看望顾颉刚先生，已经是35年前的事了。那一次去看他的时候，不是访问，访问前我是要做许多准备工作的，只是受朋友之托临时的看望，所以毫无准备。说实在的，顾先生也是我在计划中要访问的学者，想和他谈疑古的问题，他曾经说过：“欲清扫战国而下之蔀障，以恢复古代史实之真面目”。当时也听到老一辈的人说过，他们当年读书的时候都知道，顾先生对商周以前的历史表示怀疑，有很流行的名言：“大禹是一条虫”。还是在“文革”期间，我对中国的考古就有浓厚的兴趣，跑了一些考古挖掘现场，夏之前的三代文化就引起了议论。我就想了解一下，对众多考古成果的出现，不知道顾先生的史学观念有什么变化。上个世纪60年代，我虽然买到顾先生的《史林杂识》，但对他的其他著作没有读过，所以并不敢贸然采访他。

1980年11月24日，我去看望的当天晚上，顾先生就住进医院，从此就没有出来，直到他病逝。顾先生是因为感冒发烧住进医院，经过治疗，病情有所好转，在病房里还能做些研究，后来突发脑出血而病逝。顾先生病逝，我很伤感，就写了《当他远行的时候——记著名历史学家顾颉刚》刊之报端。因为是新闻通讯，不可能像副刊文章写出许多细节，即使写了，也会被编辑删去的，在编辑看来与报道主题无关的细节都是“水分”，受报纸版面的限制，他们的职责就是要把“水分”挤得干干净净。35年的时光流逝，这些“水分”并没有干枯，流动在我的脑海里或在日记中，现在还是抑不住地要溢出来，流在纸上。

那年冬天，北京的雪下得很大，我在白石桥卫星研究院采访，每天的采访都作了安排，11月24日趁着没有采访任务，我去了顾先生南沙沟寓所。许多学者像叶圣陶、俞平伯、钱钟书等都住在这里。我已经去过俞先生家多次，对这里的房子并不陌生。顾先生家的客厅也不小，我走进客厅，顾先生的夫人张静秋忙里忙外在收拾。顾先生在书房里，书房的门是关着的，我在客厅等待，看到商承祚写的一副金文对联，不懂金文，我不知道对联的内容。看其书房的门，只见门上贴着会客时间不超过五分钟的条子。我知道这是提醒来访者要自觉遵守时间，也是夫人用来保护顾先生的武器，我担心自己会被这武器打中。书房门开了，我走了进去，又看到墙上贴着和书房门上内容相同的字条“五分钟”，这应该是对顾先生的提醒了。

顾先生把那幅《松鹤图》展开在书桌上，很有兴趣地看着，喃喃地说着我和他们都是老朋友了。新中国成立之初，顾先生在上海办大中国图书局，出版教育挂图和史地小丛书。顾先生爱才，把初到上海的刘旦宅聘用到书局画教育挂图，承名世担任史地小丛书的编辑。顾先生所说的老朋友，应该是这一段历史。顾先生说罢又把承名世的信看了一遍，信上写的有笔者爱好书画的内容，顾先生就要笔者磨墨，他给笔者写一幅字。我刚要磨墨时，顾夫人走了进来，对顾先生说你身体不好，还写什么字，转而对我下了逐客令：超过了会客时间，你该走了。

看看顾先生的表情，他示意要我留下，再说像我这样当记者的人，怎么会轻易就被赶走呢。我继续站在书桌边，这样可以和顾先生聊天，也可以看到铺展在书桌上的稿纸写的内容。在顾先生的书房里听到的和看到的，基本上都写进这篇新闻通讯了。

当时我就想，这也许是对顾先生采访的开始，需要和他有感情上的沟通与亲近，就对他说："你很早就是我们《文汇报》的作者了，我在1946年《文汇报》副刊《史地周刊》上读到过《宝树园杂记》。"他毫不费回忆思考地说："那是应王伯祥之约写的。徐铸成很开明，学术副刊都是请报社之外的学者主编。"我这时也壮起胆子向他提出疑古的问题："大禹是条虫是怎么一回事？"他说："那是鲁迅给我戴的帽子，从此许多人就一叶障目，封我为疑古派，其实那只是研究中的一片叶子，不是主干，你以后看了我的文章就清楚了。"刚说到这里，他的夫人又第三次走了进来，说："好啦，以后再谈吧。"

回到客厅，我并没有立即离开，和顾夫人攀谈着。她是徐州人，和我的口音一样，也许是她感到是一种乡音吧，对我并没有拒绝。这时我认识了顾先生的女儿顾潮、顾洪，还有顾湲，她在内蒙古插队还没回城。顾潮介绍我认识她们的大姐，是顾先生和前夫人生的女儿，一直和他们生活在一起。在这天的日记中我还写了一句"采访最麻烦的就是遇到秘书和夫人"。

顾先生逝世之后，我就着手搜集他的资料，去北京时我也会到他家去看看，顾夫人也向我谈了一些顾先生前夫人病逝之后，他们在重庆结婚的事。顾潮、顾洪对我也很热情。这时顾洪还是顾先生的研究生，她带我去干面胡同的老宅子看顾先生的藏书。顾洪向我介绍，这座四合院是晚清军机大臣李鸿藻的住宅，他们一家住宽大正房，两侧住的是高士其和贺昌群，张政烺住在后面。后来，我在北京大学和张政烺先生谈过考古问题。顾先生藏书就像一个图书馆，线装书较多，顾洪说没有什么特别珍贵的宋刊孤本，都是常用的。顾洪就住在这里，我曾多次来这里，看了顾先生的一些手稿和一部分日记。除了顾潮、顾洪的帮助，顾先生的助手王湜华也帮助复印了许多资料。那时还在大学读书的我的女儿，有时跟着跑来跑去，她居然写了一篇《寻找顾颉刚》的文章。她的这篇文章有没有发表，发表在什么地方，现在都回忆不起来了。

读了顾先生《古史辨》二集的《自序》，我才了解他的疑古史学的来历。他说：

> 最使我惆怅的，是有许多人只记得我的“禹为动物，出于九鼎”的话，称赞我的人就用这句话来称赞我，讥笑我的人也就用这句话来讥笑我；似乎我辩论古史只提出了这一个问题，而这个问题是已经给我这样地解决了的。其实，这个假设，我早已自己放弃。就是不放弃，也是我辩论的枝叶而不是本干；这一说的成立与否和我的辩论的本干是没有什么关系的。

顾颉刚“古史是层累地造成的”学术假设，深得他的老师胡适的赞许：“颉刚现在拿了一把更大的斧头，胆子更大了，一劈劈到禹，把禹以前的古帝王（连尧舜）都送上封神台了！”并称《古史辨》“是中国史学界的一部革命的书”。几年之后，胡适对顾颉刚说：“现在我的思想变了，我不疑古了，要信古了！”

经过这样的学术思想梳理，胡适的学术思想在变，顾颉刚的学术思想也在变，我逐渐地明确了要为顾颉刚写一本学术评传，主要讲他的学术思想是如何衍变的。我花了不少时间读他的著作、搜集他的资料、访问他的学生谭其骧、杨尚奎和徐中舒。直到1990年，我买到马来西亚学者郑良树编著的《顾颉刚学术年谱简编》，并在扉页上写了这样一段话：“1990年10月中，由蜀入京，忽心血来潮，妄想作顾颉刚先生文学传，随去三里河南沙沟拜访女公子顾潮，又去干面胡同旧居拜访女次公子顾洪。

23日又去社科院观看颉刚先生藏书，数代书香集于一室，以作颉刚先生传之开端，空口无凭，立此存照也。10月23日晚于东便门灯下。”东便门即《文汇报》驻京办事处所在地。后来读了李学勤著《走出疑古时代》，仍然是以顾颉刚为疑古派的代表人物，更感到写顾先生学术思想衍变这本书的必要了。

白首灯下，伏案探求，已经积累一些资料，我在问自己：为什么没有写出这本书呢？说不出原因，心中有些愧疚，也无法回答。

（2016年12月）

俞平伯：京华无梦说红楼

这次到了北京，就听说俞平伯先生将要去香港，应中华文化促进中心和三联书店之邀，作《红楼梦》研究的学术演讲。

这个消息把我带进他的家。他正忙着去香港的准备工作，除了为中华文化促进中心，为三联书店等写条幅，写字送人；余下的一项准备工作，就是“静养”。他很幽默地说：“不把身体养养好，到了那里不能演讲，怎能对得起听者？”

勃勃生气又回到这位88岁的老人的生命中来了，这次是我十几年来第四次拜访他，这也是他的精神最好的一次，过去每次去拜访，他都是沉默寡言，只好和他相向静坐，而此时，他的话也多了起来，我觉得他的心的深处在微笑。

他这次演讲的题目是《索隐派与自传说闲评》。他的外孙韦柰告诉说：“过去，谁要和外公提起《红楼梦》，他就生气；这些天来，他天天都和我们谈《红楼梦》。”

从他和家人的谈话中，透露出他对《红楼梦》研究新的信息，也是他这次去香港讲学的内容。他认为，《红楼梦》毕竟是一部小说，不能离开小说的艺术形式来对它进行研究。贾宝玉是谁？贾宝玉就是书中的一个人物，大观园在哪里？不就是书中所描写的一个园子嘛。什么是小说？小说就是虚构，不可能把小说中的人、事、物都一一落在实处。《红楼梦》的作者曹雪芹已经在九泉之下，现在无法找他出来一一对证，研究《红楼梦》还应该着眼于它的文学和哲学，经济和政治……

当和他谈到十多年前，北京红学家在寻找曹雪芹故居时，我们《文汇报》还发表了《京华何处大观园》的文章，引起轰动，他摇摇头说："哪里有什么大观园，《红楼梦》明明写道'天上人间诸景备，芳园应锡大观名'，我早就说过，大观园是曹雪芹理想中的园子，他写小说，要表示想象的境界。'红学'研究穷途末路，总要生发出一些事情来热闹一下，你们报纸也跟着凑热闹。"

由寻找大观园联系到《红楼梦》研究的现状，记者觉得一些研究者恨不得把曹雪芹在九泉之下请出来，对他所写的东西一一作出回答，这种研究离开《红楼梦》这部文学著作的主体越来越远了。

在《索隐派与自传说闲评》的论文中，俞平伯客观地分析了"索隐派"与"自传说"的得失，他认为"索隐派"在研究中，也能偶有所得，有些地方还是有根据的。两派都是钻了牛角尖，现在有些研究还继续钻牛角尖。

谈到"自传说"，俞平伯说："我过去也是自传说的支持者，现在还有些惭愧。"

在童年时代，俞平伯欢喜读的是三国、水浒、西游，对红楼一书是毫无兴趣的。到了十三四岁才开始读红楼，一读就无法释手。1920年，他赴欧洲留学，与他朝夕相伴的就是一部《红楼梦》，他出生在书香世家，曾祖父俞樾是清代经学大师，祖父早逝，父亲也是学者兼诗人。在《红楼梦》问世以来的两个多世纪中，程伟元、高鹗的一百二十回盛传了120年，它以各种名称、版本在人间流转，没有人提出过质疑，学术界大都以为《红楼梦》的原貌就是如此。只是俞樾在《小浮梅闲话》里提出“此书非出一手”。这条为旧红学所忽视了的记载，却被胡适所注意，经过他的考证：“程排本作序的高鹗是实有其人，还使我们知道《红楼梦》后四十回是高鹗补的。”

1921年，胡适在《红楼梦考证》中提出《红楼梦》是曹雪芹写他所见所闻的旧梦而成的“自传说”，俞平伯是积极的支持者。1923年4月，俞平伯出版了《红楼梦辨》，也主张“自传说”。1921年的4月到7月之间，俞平伯和顾颉刚通信讨论《红楼梦》兴致很好。在胡适考证的基础上，俞平伯又进一步提出“后四十回不但本文是继补，即回目亦断非固有”。俞平伯的论证，恰如魏同贤的评论所说“续书说的提出和论定，无异空谷足音，震动了当时的红学界”。“新红学一出场就弄清了《红楼梦》的作者及其家世，注意到了作者著述的情况以及版本搜集研究。”去掉了旧红学中的那种牵强的附会和虚妄的“猜度”，是旧红学所“无法比拟的”。无疑，俞平伯成为“新红学派”的开拓人物之一。

俞平伯毕竟是一位有着严密风度的学者。1923年4月出版了他的《红楼梦辨》不久，他就发现了自己的若干错误，这些错误有的是本来的，有的是新材料的发现证明了的，这使他心中惴惴不安，他说：“破箬帚可以掷在壁角落里完事。文字流布人间的，其掷却不如此的容易。奈何。”到1928年1月，他又写了《〈红楼梦辨〉的修正》，对于《红楼梦》是作者自叙传这一说表示怀疑。他认为以贾宝玉比附曹雪芹，实质上是旧红学的攀附那一套，要彻底打破旧红学，“只有把一个人比附一个人，一件事比附一件事这个窠臼完全抛掉。”

1950年，上海棠棣出版社向俞平伯约稿。俞平伯苦于没有新作，又把《红楼梦辨》作了修改，再加上逐年发表的其他文章，改名为《红楼梦研究》，向出版社交卷了。在此书出版之前，他在《文汇报》发表了开头的几章。1953年，《红楼梦研究》热销，俞平伯也红极一时，出版界纷纷上门组稿，于是俞平伯又写了《红楼梦随笔》等文章，对“自传说”的态度就更为明确了，他认为：把假的贾府跟真的曹府并了家，把书中的主角和作者合为一人，这很明显有三种的不妥当：“第一失却小说所以为小说的意义。第二，像这样处处黏合真人真事，小说恐怕不好写，更不能写得这样好。第三，作者说明真事隐去，若处处都是真的，即无所谓‘真事隐’，不过把真事搬了个家而把真人换上姓名罢了。”

俞平伯的学术思想发展了，变化了，对原来的一些观念都作了自我批判并放弃。可是在1954年还是对他进行了批判，而且借题发挥到所谓“阶级斗争”上来。这样的批判俞平伯能服气吗？“文革”期间，他在中国社科院文学所会上发言，还对“自传说”作了专题批判。

这时，看到这位和我静静相对的老人，当年竟有那样大的勇气，敢于对自己研究中的错误加以修正与否定，经受了那样大的风浪，对照今天的红学研究，不是特别值得令人钦佩吗？

谈到《红楼梦》的版本之多，我又想起不久前看到一位红学家的《〈靖本石头记〉佚失之谜》的文章，从这篇文章看来，《靖本石头记》的佚失和俞平伯有关，作者认为这部书似乎被俞平伯藏了起来。这是一件怎样的事情呢？所谓《靖本石头记》原为南京靖应鹍所藏，因之而有“靖本”之名，1959年毛国瑶曾借阅，摘录了150条批语，这是正本上所没有的。毛将此书用完即归还给靖家了。1964年，俞平伯首先确认了“靖本”及其批语研究的价值，这时才引起藏者的重视，再寻找此书时，已经不知去向。时间已经过去二十多年了，有不少人写过“靖本”遗落的故事，谁都没有认为这事和俞平伯有关。20年后的今天，却有人撰文重提此事，又认为可能是俞平伯藏匿起来，这是否在欺负他年迈没有还手之力呢？即使俞平伯不还手，但是“靖本”的藏主还在，不应该无视这活的历史证人吧。

谈到这件事，红学界的人及俞平伯的家人都是很气愤的。这时他自己却淡淡地，“对这种人不要理他算了。”是的，他是有资格把这件事情看得淡淡的。1954年因《红楼梦》研究对他进行不公正的批判，给他带来心灵上的创伤，也随着时间的流失淡化了。在中国社会科学院文学研究所为他举行的“庆祝俞平伯先生从事学术活动六十五周年”活动时，赞扬了他在逆境之下的不屈不挠的精神。

就是在记者访问他的时候，得知上海古籍出版社要把他研究《红楼梦》的文章集成专集，对出版社为此书的题名，他不满意，为这本书的名字，全家争执不下。他说：“打电话给你叶圣陶公公，书名请他来定。”电话打去了，没有几分钟，叶圣陶打来电话，说：“就叫《俞平伯论〈红楼梦〉》，俞平伯可以论《红楼梦》，别人也可以论《红楼梦》。”俞平伯对韦柰说：“快打电话给叶公公，他想的好，我非常佩服他。”

（1986年11月16日）

《京华无梦说红楼》是我写的一篇新闻通讯，在《文汇报》上刊出。文中对俞平伯研究《红楼梦》学术思想的变化只能作粗略的介绍，意在说明对他的《红楼梦》研究的批判和他的思想已不相符合，是失之公允的冤案了。在通讯的背后，我和俞先生还有着个人的交往，略述于后。

1986年11月15日，俞先生要乘飞机去香港讲学。一清早，我就赶到首都机场为他送行。这时，他已经到了，精神比平时要好得多。他说他早晨5点钟就起床了，65年前去香港，香港还是个村落，不知如今变成什么样子了。看到他衣着单薄，就问冷不冷，他说：我很耐寒，不怕冷。谈到这次乘飞机，老人童心再现，说：我也有顽皮的时候，1935年，我瞒着母亲，偷偷乘飞机由上海到北京，自那以后就没有再乘过飞机。因为飞机起飞晚点，他是全国政协委员，由机场安排他到民航宾馆小憩。到了宾馆，他首先把新的尼龙袜子脱去，说这种袜子不好，又闷又热。他在家中，不管是夏天还是冬天，都是赤脚不穿袜子的。接着他又手抚摸着装潢新材料墙，低声问外孙，这是什么东西？他好像到了另一个世界，对什么都感到新鲜而又陌生。

我在宿城二中读中学时，正值对俞平伯《红楼梦》研究进行批判，教语文的谭沧溟老师没有给我们讲什么批判的问题，却偏偏选了朱自清、俞平伯两篇同名散文《桨声灯影里的秦淮河》，以对比的方法讲这两篇都是美文，但情致各异，一篇是富有渲染的音乐性节奏之美，一篇是淡妆素抹的诗意之美。我接着又读了俞平伯以“槐”命名的几本散文集，好像都是开明书店的本子，方知他的那座宅子并没有什么“槐”，只有一棵榆树，那“槐屋之梦”是虚幻的，有着理想之美。由此我更想认识在“槐屋”里做梦的人。

在一些文章中，我曾不止一次提到人与人、人与物之间的那个“缘”字。我和俞先生相识也是有“缘”。我的中学同学陆永品大学毕业后进了文学研究所，到俞平伯身边搞古典文学研究。从永品那里我知道俞先生的一些情况，家被抄了，老君堂的房子被占了，槐屋梦也破灭了，去了“五七干校”。从“五七干校”回来之后，老房子是回不去了，就住在日坛南路的新工房里，和永品成了邻居。到了北京去看望永品，他把我领进俞先生家里。俞先生见到永品，立刻问有什么会议吗？他问话时有些紧张，好像有些条件反射似的。永品说不开会，把我作了介绍。俞先生听说我在《文汇报》工作，神情宽松了许多，问了《文汇报》一些老人特别是黄裳的情况。他听了我的介绍，说：都还活着，那就好，那就好。说罢又和夫人带我看了两个房间，又说：这里蛮好，蛮好。一口浓重的苏州话。俞先生和夫人许宝驯虽然个子瘦小，都还硬朗，并不软弱。我知道此时的俞先生没有聊天的心情，只稍坐片刻就离开了。听到永品称俞先生为“平老”，从此我对他也就遵循着这样称呼了。

1975年10月，我到了北京，还是由永品陪同，我去看望俞先生。这时，他和夫人许宝驯仍然住在日坛南路的宿舍里，只是室内多了几只书橱及箱子。由于毛泽东要许世友读《红楼梦》，至少要读五遍，社会上又刮起了“以阶级斗争为纲”批判《红楼梦》之风，经受批判与横扫的红学老人，曾经发誓“终生缄口，不谈红楼”，这时也很注意上海市委写作班写的批判文章，问方岩梁、徐缉熙是什么样的人？他在言谈中也偶而流露出对“自传说”与“索隐派”的见解，在文学研究所的小组会上，他也发言对“自传说”作了批判。

这年的国庆节，周恩来给他发了大红请柬，请他参加庆祝活动。脚踝虽然骨折，在室内走动也要扶着椅子，但他情绪很好，当永品转达我要向他求一幅字，他欣然命笔，为我写了毛泽东《长征》诗，并已写了上款。我看他书兴很浓，就提出请书他自己的诗句，他又理纸，写下：

燕京游赏最匆匆，桃杏先春不耐风。
见得花王须炳烛，藤萝纡紫海棠红。

梨英未必逊丁香，素艳同登白玉堂。
何事春归恼红药，折为瓶供殿群芳。

盆中自发女萝子，晚秀愁她不及春。
何必洛阳千朵艳，秋风袅袅一花新。

前两首诗是他的旧作，后一首是新作。花盆中的女萝子已经枯萎了，可是到了秋天，郁然勃发，俞先生新创就是写这件事。寄情于物，这首诗应该是他此时心情的写照。

以后再去看望俞先生就在南沙沟了。这里是一座大院子，现代公寓式的建筑，清静雅致，是国务院的宿舍，在这里住的除了像俞平伯、叶圣陶、钱钟书这样的文化学人，政府的一些部长也住在这里。全称应该是三里河南沙沟，不远处就是玉渊潭，永定河从旁边静静地流过，本来是块荒凉的地方。

这时俞先生夫人许宝驯已经去世，大女儿俞成和他住在一起。进门就是客厅和餐厅，靠墙着一排老式书橱，客厅的墙上悬挂四条用五尺纸写的长屏，好像是俞樾的书法，内容已经记不清楚了。再往里有一张大床，平常俞先生会盘腿坐在床上静养，有时我就坐在床前和俞先生聊天。他欢喜讲的还是早年丢失研究《红楼梦》手稿的事：一次，他乘一辆三轮车，把一部手稿丢在三轮车上，后来还是顾颉刚在地摊上发现这部手稿，就为他买了回来。还谈到他最近看了列宁格勒本《红楼梦》，发现“芙蓉诔”比其他版本少了四句，他的外孙韦柰找来其他版本核对，果如老人所说。令俞先生高兴的是，“文革”期间被抄家抄走的书籍又都发还了，有的书上钤了“江青藏书印”的印记，他又在“江青藏书印”上再盖上“俞平伯之印”。他说“这是一种游戏”，脸上流露出天真的表情。

1983年秋天，我携带壮暮翁为我画的梅花翠鸟长卷，想请俞先生为此卷写一题跋。打开手卷时，卷尾有壮暮翁题的年款“时丁巳春初”，俞先生突然想起了什么，走到书橱前拿出一个大信封，我打开一看，是他手书《重圆花烛歌》复印品，歌前小序云：“前丁巳秋，妻许来归，于时两家椿萱并茂，雁行齐整。余将弱岁，君亦韶年。阅识海桑，皆成皓首。光阴易过，甲子再臻。京国重来，倏已七载。勉同俚唱，因事寓情焉尔。一九七七年十月廿八日丁巳岁九秋既望於北京三里河寓斋。”俞先生和夫人许宝驯结婚周日，时在1917年（丁巳）到1977年（丁巳），正是60周年，俞先生为此写了《重圆花烛歌》，以作纪念。结婚六十年，西方称之为“钻石婚”，中国称之为“重圆花烛”。在俞先生的朋友中最早看到《重圆花烛歌》的是谢刚主国桢，他看后重抄一遍，此抄件为新加坡周颖南所得。周氏将谢氏抄卷再给俞先生看，俞先生看后将此诗的最后两句“为君再赋催妆句，退笔拈来字几行”，改为“即教退尽江郎笔，却扇曾窥月姊妆”。俞先生改后再题：“初稿以退笔拈来字几行句结束，颇觉衰飒，改末两句易位，以催妆为却扇，借月姊字面点明中表之谊，与首段相应，于文情章法或稍进欤。”此歌实为两部分，前面是写婚前在苏州生活，后段是写河南“五七干校”，自称为“乡居”，无论在日记中或写这首长歌，他都感到“写乡居光景比较惬意”，并不以干校生活为苦，而是随遇而安，这应该是人生的一种境界。我当即将此歌复印借到住地抄录一份。1991年，我随壮暮翁去新加坡参加鉴事活动，与周颖南相遇，提起俞先生《重圆花烛歌》，隔日在他开的饭店宴请，并将已经精装的《重圆花烛歌》携来欣赏，前后有叶圣陶、施蛰存、周策纵、潘受诸家题跋累累，尽享翰墨之香。

数日后，俞先生为我携去的《梅花翠鸟卷》题了一首七绝：

苔梅几阅岁华深，拣得高枝卓翠禽。
萼绿仙人似姑射，好将冰雪洗凡心。

（2016年12月）

一篇没有写完的访问记

整理旧物，发现残稿《真火》。严格地说还不能算是“残稿”，残稿是指成文之后没有发表就已经散失，而《真火》是一篇未竟之作，是写冯友兰先生的。那是1988年的初冬，我第二次去访问冯先生。时隔多年，采访笔记固然还在，只记了冯先生的谈话，当时采访心境及思绪的变化都已忘却，但《真火》中还留下一些痕迹，姑且抄之。

去看看冯友兰先生吧。

每次到了北京，我就这样对自己说。但每次又都行色匆匆，每次又都未能去成。这样每次每次的下来，距离第一次见冯先生的时候已经八年了。

这次，我真的去了。江南正是橙黄橘绿，北京也恰好是枫叶吐丹。我带着别有一番的情致在燕南园的小径上走着。

已经记不清第一次去燕南园是为了什么。似乎不是为了采访谁，可能是被“从燕园离去的人，难免沾染些泉石烟霞的癖”这样美的文字所吸引，到这里领略一下泉石烟霞的情趣吧。

在燕南园，我最先访问的是周培源先生，以后又访问过朱光潜和宗白华两位先生，但都没有写出访问记来。只是为周培源写了一篇《泉水长流松长青》，那还是在庐山访问他时写的。这是1978年的事情了。

那是一个黄昏，我第一次走进冯先生居住的小院。这里既没有“鹤影诗魂”，也没有“泉石烟霞”，而是住着几户人家，有些嘈杂。后来读到宗璞写燕南园的文字，还是有些责怪她，为什么不写小楼内的杂乱，而用那样美的文字，写出那样美的意境来宽慰自己呢？

见到冯先生，我告诉他是从周培源那边过来，他马上说：“你知道吗，周培源会骑马。”从他的谈话中，我才知道在西南联大时，周培源住的地方离校较远，每次来校上课都要骑着马，上课时把马拴在教室外。冯先生津津有味地谈着西南联大时的生活。

八年的时间已经过去，朱光潜和宗白华两位先生都作了永恒的远行，周培源先生已经搬出燕南园。在这里，我认识的只有冯友兰先生了。

这次是公共汽车把我搞得颠三倒四，到冯先生家又是黄昏了。小院的木栅门虚掩着，静悄悄的，不像是再住着几户人家了。那次没有注意的几棵松树，在暮色中更显得苍劲郁翠了。

“你找我父亲谈什么呢？”在客厅里，她这样温和地问我。

她就是冯先生的女公子冯钟璞了。她就是令人倾慕的女作家宗璞了。她也就是为燕南园塑造梦境的人了。我注视着她，戴着一副深度近视眼镜，穿着一件用棒针编结的紫蓝色粗绒线毛衣。天还没冷呢，就穿上这样厚的毛衣，身体不好？没有问她，我只是猜着。

虽然做的是新闻工作，但我一直在文学、史学及哲学中盘桓。哲学引导我认识冯友兰，文学则引导我认识了宗璞。正像许多认识宗璞的人那样，自然是那颗晶莹的《红豆》。那颗《红豆》就像夜空中的流星那样，倏地就从天幕上消失了。那时，我已经是大学一年级的学生了，对人生已有自己的主张，心中就想：这样也好，就这么一颗红豆，人们永远会惦记着它，牵挂着它，想着它。

许多人从《中国诗史》中认识冯沅君。这部著作像月老手中的红线，牵引着她和陆侃如终生结为伴侣。而我认识冯沅君则是至今仍然藏在我的书橱中的《春痕》。那是一切印在纸上的东西都被目为"四旧"的岁月，在废旧物资收购的地方，我以2角钱的代价买来的。淡黄色的封面，石绿色的"春痕"印在上面就显得更翠了；特别是没有切过的毛边，纯朴而带着书香，1928年的版本一直对我有着诱惑力。这是一本由50封信组成的中篇小说，留下了冯沅君和陆侃如从"爱苗初长"到"定情"的爱的痕迹。

冯友兰、宗璞、冯沅君三人个人的形象，在我的心中很长的时间都是孤立的，似乎谁也不认识谁，谁和谁也没有干系。我怎么傻到这种程度呢？当知道他们是从同一个文化沉积层中走出来的时候，曾经这样笑话自己。

"冯先生是搞哲学的，你为什么没有学哲学？"因为见冯先生的时间还未到，我和她闲谈着。

"大概是兴趣，父亲是从来不干预我们的志向的。"她说。

"那，你是受你姑母的影响了？"我又问。

"和姑母不在一起，很少受到她的影响。"她又说。

当我知道，他们家又出了一个才女，那就是她那生长在美国的侄女冯崃，用英文写作也很有文采时，就说："你们家才女辈出，三代相传。"

“应该是四代了，我父亲的姑母也是女诗人，可惜她只活到18岁，留下一部诗稿。”她说。

宗璞看看挂在墙上的时钟，说：“我去叫他出来。”

我看着她的背影。她像谁？像江玫？像慕容乐？像梅菩提？怎能不让我凝想呢？从她塑造的女主人公的性格中，我和她神交很久了。虽然是采访冯友兰先生，但脑子里却满是宗璞的形象，可能是读她的小说散文多了，总是把她和她小说中的人物联系在一起，分不清她是小说中的人物，还是现实中的人物。

她的背影被墙隔开了，客厅里只剩下我一个人。直到这时我才环视着这小而雅的客厅，董其昌的墨迹条幅，放射着清华的墨韵，从气息上看是董氏的中年之作，和冯先生自书“三松堂”横披相比，显得稚嫩得多了。冯先生不是书家，可是他的字拙朴浑厚，高雅不俗，透露出书卷气息。那气息是由他的文化素养哺育出来的。

细看“三松堂”横披上题识着“八十八岁寿自制”的文字。噢，想起来了，几年前，一位朋友曾把冯先生88岁寿时自制的联语寄给我，我还记得那联语为“何止于米，相期以茶；心怀四化，意寄三松。”日本的习俗称88岁为“米”寿，108岁为“茶”寿。我想冯先生已经是93岁高龄了，正在向“茶”寿进军呢。

大概冯先生也是欢喜以文字来作寄意的。记得我第一次来到这里，好像是他的书房。室内挂着“衮雪”拓片，似乎是刻在他家乡河中的石头上。冯先生说那是曹操的手迹。此说虽是未必尽然，但他对“衮雪”的解释是颇有新意的：衮是滚的古体。“衮雪”的原意是指汉江的水打在江中的大石头上，飞溅浪花，宛如白雪，随后又汇入江中，滚滚向前。做学问跟滚雪球一样，也应该脚踏实地，日积月累……

咚——咚——咚——脚步声和拐杖声交替地出现在我的耳畔。我的心不由得一动，有些收紧：先生要扶杖而行了？

他出现在客厅门口，一缕长髯飘在胸前，一手扶杖，一手由宗璞搀扶着。我连忙迎了上去。我连忙接过手杖。我连忙把他扶在沙发上坐下。

我又见到冯先生了。他像一位仙人，我感受到他身上那股仙气。

这次不只是冯先生和我交谈了，宗璞就坐在我们的对面。

她在静静地听着，还是不停地编结毛衣。

有一种情绪攫住了我，在驱使我，拨动着我的思绪无法按照原先设计好的线路继续向前走去，而是要探寻哲学家和文学家的关系了。那不是血缘的，他们是父亲与女儿，文坛上的人是都知道的。我要探索的是文化的，父亲为女儿编制了一个文化摇篮。那是一个多好的摇篮啊，在这个摇篮里，她的生命孕育、发芽、出土、成长。60年的物换星移，她从来也没有离开过这个摇篮。

冯先生谈的是日常生活的起居，而我想的却是历史，是他们父女的生命共同拥有的历史。

……

文章写到这里，只写了第一部分，没有再写下去。1990年，冯先生驾鹤而去，我又捡起旧稿，想继续写下去，但也没有写成，总在想着中国哲学史无法绕过冯友兰，中国文学史无法绕过宗璞。火以薪传，想通过写他们父女来写中国文化的传承关系。那时，我正热衷于文化学，而且觉得中国文化的传承很有家族特色。如果把冯先生的家族上上下下排列一下，有深厚的文化内涵，深入下去定会很有意思。由于条件不成熟，而我又钻进这个牛角尖又难以自拔，中途辍笔就是必然的了。

那时，我去采访冯先生的本意很简单，只是了解一下他在思索什么。因为，当时社会上对冯先生多有责难，这种责难多发自有见地的学人们，又多从“魏阙”与“江湖”、“庙堂”与“林下”的高度来论述，说穿了就是抓住冯先生从“尊孔”到“批孔”这个转变的事件不放。说实话，对这样的论述我倒不以为然，只是心中感到有些凄凉。因为，对冯先生的这件事早已批判过，并有了结论，还纠缠不放干什么？对同道最不宽容、最不能谅解的就是知识界。我是想听听冯先生对此有什么看法和想法。

冯先生和我谈得最多的还是他的《中国哲学史新编》。此时的冯先生双目几近失明，无法再写作，只是口述，请了一位助手帮助记录，然后整理成文，再念给他听，再修改。可见他治学的艰苦及韧性。但是他每天上午都在工作，下午休息，晚上思考，第二天又述说自己的思考。《中国哲学史新编》已经写到当代，主要论述毛泽东的哲学思想，他认为毛泽东的《矛盾论》《实践论》是哲学著作，虽然不须再用“光辉”“不朽”这样的字眼来评价它，但它的哲学价值是客观存在的。冯先生认为从五四运动到现在，毛泽东的哲学思想有极为重要的位置。在这方面，他给我讲了许多。

参加“批林批孔”的事，应该说是冯先生一生中的硬伤，我不想再触动老人的伤疤，但他还是主动提到这件事，说得很坦率：我没有别人那样的先见之明，我所听到的都是报纸广播传达的毛主席的指示，我也没有勇气去怀疑毛主席所作的指示，再说毛主席一直把我当作他的朋友，不管是什么样的朋友，但他毕竟是以朋友待我吃过他的家宴，我一生相信朋友，对毛主席这样的朋友更加相信。还有，不要忘记我是资产阶级知识分子，新中国成立以来都在改造，这时当然更是一个改造的机会，结果铸成错误。

冯先生已经说得很清楚了，我也听得很明白，他是在和我这位相识而知之不深的人谈心。我感谢他的真诚。他送给我一本《三松堂自序》，翻阅之后，我才知道他是在不断地自我批判，不停地在思索，书中也谈到“批林批孔”的那段经历，并写道：“如果我从解放以来，能够一贯采取老实态度，那就应该是实事求是，不应该哗众取宠。写文章只能写我实际见到的，说话只能说我所想说的。改造或进步，有一点是一点，没有就是没有，如果这样，那就是采取老实的态度。就可能不会有在‘批林批孔’时期所犯的错误。”（《三松堂自序》第158页）

冯先生把毛泽东的《矛盾论》《实践论》作为重要的哲学著作，在《中国哲学史新编》中有着较高的评述，这是真诚的；对“批林批孔”的自我批判也是真诚的。

把冯先生送回书房，宗璞又和我谈了很长时间。特别是谈到她母亲任载坤先生，宗璞说她通往父亲心中有两座桥，一座桥是诗，因为父亲喜欢诗，特别是杜甫的诗；另一座桥就是母亲了。她万万没有想到，“文革”结束之后，癌症夺去母亲的生命，那座通往父亲心中永恒的桥塌了，她不胜悲戚。那时父亲正受着批判，母亲病得很重，要送到学校医院去治疗，却没有人愿意去抬，母亲撒手而去，治理丧事也冷冷清清，很少有人前来吊唁，她的心冷了。她精心塑造的燕园的梦境彻底破灭，茫然地看着那园子，园中衰草凄迷，落叶堆积，她第一次感到：人并不是像她想象的那样美好。

也许是父亲经历得多了，对人世的炎凉并不以为意，只是喃喃地对她说：“没有你娘，这房子太空。”老人心中千言万语，都从这句话中道了出来，她听了真想大哭一场。为了料理许多事，她没能好好地哭。从此，这房子里没有母亲料理家务来去的身影，没有母亲照顾父亲和家中每一个人，也没有母亲充满乡土风味的话语了。她成了家庭主妇，一切都要她和父亲直接交流了。但他们生活中永远有那座永恒的桥在沟通着。

母亲去世时的凄凉，宗璞是永远无法忘却的。

未写完的文章是无法续写下去的，对昔日的采访只作这样的补充，虽是粗疏，也算了却一桩心愿吧。

（1999年4月20日《文汇报》）

听启功先生说阁帖

1974年，我和启功先生相识。

那时我去北京办事，谢稚柳先生托我去拜望他，还郑重其事地写了一封介绍信让我拿着。其实我在想，像我这样吃记者饭的，只要想找的人，没有找不到的。找到坐落在北京西直门小乘巷的小乘庵，见到自署“小乘客”的启功先生，我还是把信交了上去。早知名人信札这样值钱，我会把稚柳先生的信留到今天换饭吃。那时启功先生60岁出头，他那圆圆而带着微笑的面也显得慈善而年轻。此时，小乘庵内，四壁肃然，无什么可记，只是那几间草屋围起来的小院，青砖铺地，墙脚下长满绿苔，一切都很安静，只是他在介绍夫人时，说：“这是贤妻章宝琛，我们相依为命。”我似乎听到他的心脏跳动声。

这次，启功先生谈得最多的是和稚柳先生在一起鉴定书画的事。新中国成立之初，文化部社会文化事业管理局组织鉴定家在后海前门团城上鉴定流散在东北的故宫书画，参加者有郑振铎、张葱玉、谢稚柳、朱家济和启功。启功先生向我谈的对许多画的鉴定，现在还能记得的只有倪云林的《狮子林图》、梁楷的《右军题扇图》，确定这两件是临本而非原件。他对刚从上海过去穿着蓝布长衫的徐邦达有些不以为然。

第二次见启功先生是1975年，还是在小乘庵。这次是我自己要去拜见他的。我带着稚柳先生为我画的《塞上牧马图》，请他题跋。这时，先生的夫人章宝琛逝世不久，他还在悲恸之中。他给我看了一包文稿，并告诉我这是在“文革”之初抄家时，夫人智斗红卫兵保存下来的。夫人在弥留之际，用手指着隐藏文稿的地方。办完丧事，启功找出来一看，原来是他的文稿，内用牛皮纸，外用塑料薄膜包裹着。启先生告诉我：“贤妻不通文墨，但她是我的文章知己。”这次，启功先生给我谈了在他被打成右派的艰苦岁月中，章宝琛是如何变卖首饰，来供他买酒和买书。夫人去世，给启先生介绍对象的可谓是说客盈门，启先生很风趣地说“讨字的没有红娘多”。他坚志不再续娶。从他平淡而幽默的话语中，我感受到他们夫妻之间刻骨铭心的情与爱。

启功先生在伤痛中还是为我题了《塞上牧马图》卷子。他在卷上题了一首诗并跋，诗云：“大漠云开晓气澄，粘天草色胜青绫。平生肺腑今无恙，老骥堪追万马腾。谢公稚柳余故人也，不晤已逾十载，一九七五年六月获见其近作马图，笔思精妙，题尾尤见超轶绝尘之致，因次韵一首，就正郑重同志并发稚老一笑。启功。”启先生这里说是“次韵”，是因为谢先生在画卷跋尾中有他自己游内蒙古诗：“天低四野碧虚澄，碱草萋萋翠似绫。极目平原向空阔，如云骏马气骁腾。”回到上海之后，我把启先生的题跋送给谢先生看了，他特别注意启先生对他卷尾书法的评语，高兴而带着几分感慨地说：“启功也说我的字写得超轶绝尘了？”谢先生所以有这样的感慨，那是因为他摆脱陈老莲书体转向张旭古诗四帖，并取得变法的成功。我感到谢先生是很看重启先生对他的书法评论的。

1977年以后，我去北京采访的机会多了。每到北京，我总要到小乘巷去看启先生。社会上对启先生的认识是他的书法，那时向他求字的人就不少，他又总是每求必应，对我说："人家求我写字是看得起我。"而我观赏的则是他的诗稿，从他的诗稿中可以看出他的洒脱。他是用幽默的目光看世界，也是用幽默的语言来表述内心的体验。我看到他为自己的小乘庵写的联语："草屋八九间，三径陶潜，有酒有鸡真富庶；梨桃数百树，小园庾信，何功何德滥吹嘘。"我看到他的《自撰的墓志铭》三言诗稿："中学生，副教授，博不精，专不透。名虽扬，实不够。高不成，低不就。瘫趋左，派曾右。面微圆，皮欠厚。妻已亡，并无后。丧犹新，病照旧。六十六，非不寿，八宝山，渐相凑。计平生，谥曰陋。身与名，一齐臭。"这诗很有时代特色，也很能反映他那时的心情。那时启功先生虽然名气大显，但仍然是出无车，要乘公共汽车，他写了《鹧鸪天八首·乘公共汽车》，我当时读了，拍手称快，曰："绝妙好词！"其中一首云："乘客纷纷一字排，巴头探脑费疑猜。东西南北车多少，不靠咱们这站台。坐不上，我活该，愿知究竟几时来。有人说得真精确，零点之前总会开。"

这些诗稿都是在未发表之前我就读到，虽然不是第一读者，也是较早的读者。

在京城，人们对启功先生以"当代书圣"尊之。现在我还感到奇怪，当时除了请他题画，我为什么没有要他写字。启先生给我题的另一幅画是黄胄先生画的《驴图》。1983年，国务院请画家作布置画，集中住在东交民巷一个宾馆里，启先生、谢先生都在。此时，我正有京华之行，前往探望。恰遇黄胄先生也在，我对他说："我现在还无驴可骑。"黄先生说："你要骑驴很容易，可请谢先生以画换画。”谢先生答应作保。黄先生又说：“还要启先生赶驴。”启先生莞尔笑曰：“我愿作赶驴者。”当时只作游戏之言，说了之后我就离开北京到别处采访去了。当我回到北京，再去探望他们时，黄先生果然画了九头毛驴，启先生题曰：“倒骑张果唐宫远，笑堕陈抟宋鼎初。一九八三年冬日题黄胄兄画驴精品。小乘客启功。”

再次去看望启先生，还是在小乘巷。我和韩瀚兄在夏（衍）公家中看了《纳兰容若手简卷》，卷后有启功的题跋，我们就乘兴去了小乘巷。谈起那个题跋，启先生说：“我对卷中各简写作时间作了考证，以免后人搞错了，卷在装裱时，有的手简前后颠倒，失序颇多，如能再进一步考证，理清秩序，也不是难事。”启先生感叹容若高才早逝，对其词尤为称赞。对容若这样一位人物的手迹，启功常会以诗代跋，但这次只写了一段考证文字。我们觉得有点奇怪，他说：“这如同黄鹤楼头，谁敢题诗呢。”

后来，启先生离开小乘巷搬进北师大宿舍红楼，我就没有再登门拜望过。那时，我在写两弹元勋邓稼先，要到北师大宿舍红楼采访邓稼先的姐姐，她也住在红楼，和启先生只是一壁之隔。我顺便去了，只见门上贴着“谢客启”，纸条上写着：“熊猫冬眠，谢绝参观，敲门推户，罚钱一元！”我怕被罚，就没有敲门进去。后来看到丁聪为他画的漫画《大熊猫病了》，把启功先生画得胖胖的，手持一张纸，纸上写着：“大熊猫病了，谢绝参观。”我感到启先生真的累了，为名所累，也为书所累。

虽然不登门拜访，我还是能经常看到启先生的。那就是中国古代书画鉴定小组成立，启先生、谢先生都是鉴定小组的成员。他们去全国巡回鉴定书画，有时我利用采访的机会，跑到鉴定的地方，跟着他们看画，和他们聊天，听他们说故事。启、谢两位虽然都是鉴定大家，但他们有着不同的鉴定风格，可以说是代表当代两个不同的鉴定流派。启功先生属于学者型的鉴定家，重在考订文献、避讳文字和著录。稚柳先生属于画家出身的鉴定家，立足于书画自身的规律，如画家的个性、时代性、笔墨表现方法等。前面提到谢先生很看重启先生对他的书法的评价，其中有着更深一层的意思是由于对唐《张旭古诗四帖》不同的看法引起的。谢鉴定此帖为唐张旭的真迹，由此引发了他的书风变化，由崇尚陈老莲转而崇尚张旭。启先生则从避讳、文献鉴定此帖为宋真宗以后的作品，两者相差数百年。两位先生虽各持己见，但并不影响他们的友谊，若不是他们的虚怀若谷，是无法做到的。他们争论的时候，也是我学习最好的时候。我没拜师，但对启先生和对谢先生我都是以师尊之。在谢先生那里我更多注意的是如何看画；在启先生那里我更多注意的是如何读书，每在看画中遇到的问题，我会从启先生那里得到指点，如何去找材料，到哪些类书里去找材料。我的侧重，并不是说他们有什么偏颇，谢先生的学问高深，启先生的画有元人的气格，很精绝。他们也会告诉我鉴定中的某些窍门。不过，我那时注意的只是在鉴赏的层面上，用功不深，没有认真深入到真伪的鉴定里去。早知今天鉴定家是如此走红，我也就会在鉴定上多花些功夫了。

我对启功先生的正式采访只有一次，而且走进了他住的红楼，那就是2003年《淳化阁帖》回归上海博物馆的时候，因为要写这方面的文章，我专程去北京向他请教。这时我已经十多年不见启先生了。他中过风，又跌过跤，行动已经离不开拐杖，仍然有着他的幽默，提提手中的四脚拐杖说："现在靠它的四条腿，加上我的两条腿，我成了六条腿的人了。"我说："你是狡兔三窟，很难见到你。"他伸出两个指头作小兔状，说："我耳朵不长，是只小兔，没有三窟，只有两窟。"我说："按老谱你是八旗子弟，就是有个三窟五窟也是应该的。”启先生祖先是雍正的儿子、乾隆的弟弟，实际上他们祖先就没有享受过殊荣，因他的高祖父不是正室所生嫡系而列入另支。他说：“我姓启名功字元白，不吃祖宗爱新觉罗的饭，不当八旗子弟。”还像过去一样，我们见面先说一番笑话再谈正题。对《淳化阁帖》的回归，他花费了颇多的心思，当他发现《淳化阁帖》（以下或简称《阁帖》）流落在美国后，先是把《阁帖》请回北京展览，让更多的人鉴赏，求得共识；然后又给国家文物局局长张文彬写信，建议想法把《阁帖》购回。启功先生给张文彬的信说：“美国安思远先生所藏著名古帖拓本若干种，曾在故宫展出，观者甚多。经我们专门研究鉴定，其中宋《淳化阁帖》四、六、七、八共四册为海内孤本，在我国列为一级文物，所展其余碑帖总和可抵此帖一册，值得收藏。”信中还写道：“窃念我故宫所存清代珠宝之属甚多，只有经济价值，而与历史文物不可并论。倘略出够资格之珍珠宝石物品，出手方不寒碜。始足使安有无所亏损之感，且足以鼓励将来，使海外藏家乐于捐献。”

故宫珠宝虽然多，可上档次可供选择的不多。有几串朝珠可拿来交换，但在典章制度上都有记载，不宜拿出交换。后想用翡翠交换，没有成功，又想用红木椅子交换，亦没有成功。后经中国嘉德拍卖公司总裁王雁南帮助，为上海博物馆购得。

谈到阁帖，启功说：《淳化阁帖》是北宋赵光义时刻，传到今天，可信为宋代内府原刻原拓本，现在回归的三册，都是王羲之的书法，有北宋名人跋一页和南宋宰相王淮跋一页，明末清初藏于孙承泽家，每卷前有王铎题签。这些都说明它是北宋原刻原拓。

谈《大观帖》，启功先生说：《大观帖》刻得细，很传神，那是宋徽宗时刻的啊，他是专门玩这个的，懂行，刻得好。

《淳化阁帖》虽刻得比较粗，但刻得早。《大观帖》第三卷是翁松禅收藏的，现藏美国翁万戈处。我和翁万戈是同辈，我的曾祖父是翁松禅的门生。现在不讲究这些封建社会关系了。多年之后，我去翁万戈的莱溪居，看到了启先生所说的这本《大观帖》。

谈到上海博物馆以450万美元买下四卷《阁帖》，启功说：有人却说太贵了，也有些记者采访老是和我谈价钱的问题。我对他们说，大清档案都在，你查查乾隆档案，拿乾隆的钱折合人民币，看看它值多少钱。你不问价钱，我也不和你谈价钱，可以问问三希堂为什么刻，《石渠宝笈》为什么编。把这些问题搞懂了，就会知道花这样多的钱买进四卷《阁帖》是否值得了。

启功还说：《阁帖》的回归，是中华人民共和国成立以来回归文物的一件大事，现由上海博物馆收藏，可谓是物得其所，是再好也不过的了。

在采访中，启功先生不时地表现出他的幽默，指着陪我去采访而又抱着《阁帖》回归的还未到退休之年的王立梅尊称为“立梅大姐”，并称赞：“都是她的功劳！”立梅大姐则说：“有你老爷子的‘不把《阁帖》请回来死不瞑目’这句话，我就是舍得一身剐，也要把《阁帖》抱回来向你老人家交差。”

采访之后，我写了一篇有关《阁帖》回归的文章在报上发表了，启功先生的谈话是采访记的重要内容，我把报纸寄给启功先生。他写了一封信，说他“眼底黄斑，对面不辨面貌”，因之“多年不晤，对面不识，万分抱歉！”我并没有收到这封信，后来出现在拍卖市场，被我的一位朋友买去。邮寄信经常丢失并不奇怪，可是那天我们交谈时，启功先生谈了许多和《阁帖》无关的事，如谈谢稚柳先生、陈佩秋先生、徐邦达先生，还谈了当年我去小乘巷的事，所以立梅大姐几次说他谈话跑题，向他发出“黄牌”警告。我当时认为和启先生是相知相识的老朋友了，也就没有作自我介绍，直到采访结束，他还不知道我是谁。

（2017年4月28日）

戴家祥：金石为开

报上一则简讯报道《金文大字典》出版了，令人有些兴奋。

金文即青铜上的铭文，又称钟鼎文，是研究商周文化的原始资料，如今能释读的人不多了。《金文大字典》的诞生，无疑是为研究者架起了一座通向古文献的桥梁。

细想想，我又感到不以为然，当今的词典出版多，谬误也多，金文研究者又是凤毛麟角，这本字典能编成什么样子？后来在另一则出版信息上看到青铜器专家马承源是这部词典的副主编。马氏是我相识多年的学者，学养深厚而且学风严谨，他参与主编的工具书，应该可信并具有权威性。某天和他相遇，谈起《金文大字典》，他说："我这个副主编只是挂挂名，你可找主编戴家祥先生。"

戴家祥，很陌生的名字。现在挂名编书也是一种流行色，这本书的副主编都是挂名的，主编就更可想而知了。马承源既然能屈尊副主编之位，看来这位主编也不是等闲之人。

想看到这部字典，我去了书店，卖书的人说，进来过几部都卖出去了。后来在刘旦宅教授家里，我看到它，绛红色的锦匣上装饰有青铜羊面纹，内装三巨册《金文大字典》，墨绿色硬壳封面上镶嵌着青铜圆盘，其实是一只缩小的西周散氏盘，此盘原器铸有数百字的铭文，为“治地之约”，是在战争中各方分割土地的记录。字头全都采用铭文拓片，保存了古文字的风貌，释文也用工整的小楷抄写。这部精抄、精印、精装的大字典，本身就是一件工艺品。

在这之后几天，我就去华东师范大学拜访戴家祥教授。他居住在楼下，有三个房间，水泥地，白粉墙，还有通常所见的人还没住进去就已生了锈的钢窗，木桌，木凳，还有两只单人沙发。书架上零零落落地放着一些有关金文的书。这时他午睡未起，卧室的门是敞开的，我就走了进去，看到他正从那张单人床上下来，被子的一端用线带扎住。我们都经验过这是一种最原始又最方便的保暖方法。

虽是九十高龄，他的思路清晰。只要引出一个话题，他就娓娓不停地谈下去，并带有几分幽默。

他说：1957年蒙冤受陷，二十多年不得从事笔砚。1977年平反昭雪，我即着手搜集有关金文的资料，想编《金文大字典》，但我已年逾古稀，而且患有心脏肝胆多种疾病，先后动过三次手术，头童齿豁，担心无法实现年轻时候的夙愿。有幸得到青铜器鉴别专家马承源、甲骨文专家潘悠和研究生王文耀、沃兴华的帮助，历时十多年，终于完成。又几经周折，最后承蒙学林出版社雷群明诸君慷慨相助，使我能在风烛残年，看到它成书出版。

我问：先生在年轻的时候就治小学从事文字学的研究？

他说：我是1926年考进清华国学研究院，师从王国维先生，从事金文甲骨文的学习与研究。这年招生二十名，谢国桢考第一名，我考第七名。清华国学研究院的教学大纲是王国维先生起草的，采取了中国书院和英国牛津大学两者相结合的办法教学。教授有赵元任、王国维、梁启超、陈寅恪，李济是青年讲师。他们教学也各有特点，和王国维在一起，他不讲，只听学生讲，讲到他满意的地方，他就点点头说"还可以"；和梁启超在一起，只听他讲，不给学生讲话的机会；和陈寅恪在一起，他讲一半学生讲一半，有一次他把我叫去，要我讲南北朝史，这当然是考我了；赵元任先生眼界很高，我们都感到他瞧不起学生，我没有登门求教。

我问：当年清华研究院的同学中，现在健在的还有谁？

他说：去年姜亮夫也去世了，现在只有我一人。

我说，那么，清华国学研究院的学生只剩你一人了，王国维的学生中唯一健在的也只有你了，你这个唯一的老学生编了一部唯一的《金文大字典》。他没有再说啥，只是淡淡地一笑。

从戴先生走进清华园学习研究金文甲骨文到《金文大字典》的出版，已有近七十年的历史了。在九十高龄还能有如此皇皇巨著，出自青年时期修得学养根基深厚，应该说他晚年有着天时地利人和之幸，恰逢青铜器铭文被发现收集整理的鼎盛时期，历史上任何一个金文学家都没有他看的资料多。

商周是甲骨文与金文并存时代，中国的文字已走向成熟。铭文书体，一般称为大篆或称籀书，也有称为古籀的。当时西方的秦国铭文书体则由籀书演变成秦篆，也就是秦始皇统一中国后的标准小篆。到了汉代，青铜器被视为神圣，对其铭文已经感到陌生，汉武帝得到一个古鼎就改元为元鼎，汉宣帝时美阳县出土一件铜鼎，人们不认识鼎上的铭文，要把它存放在宗庙里。当时的京兆尹张敞对商周古文字有所研究，他确认这个鼎是西周时期之物，并释出鼎上的铭文，认为不宜放在宗庙里。在古代，鼎是权力的象征，称那些妄想篡位的人有“问鼎之心”。

随着出土的青铜器的增多，铭文也就逐渐丰富起来。为了释读铭文，各代都有学人编著字典。汉代许慎很注意搜集整理和研究青铜器上的铭文，编著《说文解字》，它是中国第一部字典。五代时郭忠恕，宋代夏子乔，清代的段玉裁、吴大澂，当代有容庚。

于是我又问：许慎的《说文解字》收录篆文九千三百五十三个，容庚的《金文编》收录一万八千余字，台湾周法高主编的《金文诂林》十四卷约一万八千条，每条字下列举原铭文句。和这些字典相比，《金文大字典》有何异同?

戴先生说：这个问题很复杂，只能简单地说，扬其所长，避其所短，补其不足，形成自家体系。自“说文”问世以来，有关金文的训释，都沿许氏旧说。但“说文”成书距李斯的书同文三百四十二年，许氏不但未见过周古文，连十五篇史籀大篆也只看过九篇。由于资料的局限，使“说文”存在着许多弊端。《金文大字典》可以正《说文解字》之误。

我问：《金文大字典》有何创新之处?

戴先生掰着手指说：第一，所有字例全部用拓片原尺寸影印，残缺之处也不填补，保持原来的风貌，这样就避免了因臆测而形成的谬误。第二，收录了新中国成立以来发现的铭文资料，收录的单字超过了同类字典。第三，所有的单字都注明出处，并引出原文，集各家的诠释，对他人诠释不清或有争议之处，我们又从字的形、声、义三个方面作新的证说。第四，为了读者查阅方便，我们改变了《说文解字》的形体部首排列方法，以金文的形体结构为依据，采取分部检目方法。

“板凳要坐十年冷，文章不写一字空”，用这句老话来形容这几位编字典的人，是最恰当不过的了。这是一种境界，是治学的，也是人生的。这使我想起采访甲骨文专家潘悠时的情景。

她是那样瘦小，又是那样乐观。一见面就告诉我她的肝脏里有一颗小炸弹，经肝脏外科专家吴孟超注射酒精治疗，已经缩小了许多。很难想象她过了二十多年的家庭妇女生活，在街道什么苦事都干过，会装电灯，会粉刷墙壁，会油漆，也会电焊，更没有放弃甲骨文的研究。

像潘悠这样治学的往事对于人们也许还是有些意思的。1952年她以第一名的成绩考进复旦大学历史系，师从胡厚宣先生学习甲骨文，胡先生很器重她，曾想待她毕业后把她留在身边做助手。1957年在她毕业之际，因为不愿承认丈夫是右派，自己也被打成右派，开始了家庭妇女的生活。胡先生虽然调往北京，但对这个学生还是念念不忘，给她写信，给她寄资料。还有她的一些学兄，也在悄悄地帮助她，使她治甲骨之学没有中断。“文革”期间，她和同为甲骨文专家的丈夫吴浩坤，在学校要挨斗，在里弄里也要挨斗。夫妻俩常常约在电车站相会，到郊外走得很远很远，一边摘着野菜，一边讨论甲骨文。平反昭雪之后，胡厚宣把她推荐给戴家祥，经过面试，她才算结束大学毕业后二十多年的家庭妇女生活，朝着自己的治学理想走去。她一边帮助戴先生编《金文大字典》，一边给戴先生的两位研究生沃兴华、王文耀讲授甲骨学史。后来她的这部讲稿整理成了一本专著《甲骨学史》，由上海人民出版社出版。“你想想看，戴先生也才刚刚平反，处境还不算好，就把我招在身边，那完全是为了编《金文大字典》啊！”谈了自己的这段经历，潘悠有些激动。

两位研究生也都修成正果，都是有些名气的新一代金文历史学家，戴先生谈到他们时颇为得意地说：“他们都是学有所成，又各有所好，王文耀研究周易气功，沃兴华搞书法，也都有成功之处。”

金石大家方介堪是戴先生的童年时代好友，一生为戴先生治印数百方，灿然成册，名之为《白鹃楼印蜕》，从王季思为此印谱所写的序中得知，戴先生青年时代就欢喜白杜鹃，故榜其居为白鹃楼。方介堪镌刻的“白鹃楼”朱文大印的边款刻有戴先生的《鹧鸪天》词，其一首为：“瀚海黄河不耐秋，东风一夜锁红楼，鲛绡皓齿三更梦，瘦骨穷骸万里愁。风瑟瑟，水悠悠，抛残锦字倩谁收？幽禽难说人间事，底事伤心只泪流。”这不是为赋新词强说愁，读此词可以触摸到他青年时代的忧郁。他出世十三天就被卖给戴家当儿子。戴家有田千余顷，只有两个女儿。他到戴家应该很享福的了，“可是不知为什么，养母既然把我收养，又为什么那样虐待我”，戴先生的目光中仍然闪现着迷惘。几岁时，他的养父去世，十几岁时养母又去世，他的叔伯和外祖父为了争戴家的财产发生了纠纷，“我是亲眼看到他们之间的尔虞我诈，感受到世界的不清白”，从此他开始欢喜白杜鹃的洁白与纯净。温州老家的环境使他无法生存，在未婚妻的父亲的支持下，毅然去北平读书了。离开王国维的讲堂，他就开始了颠沛流离的生活。他在几所大学里教过各种课，也当过中学教师。他的一身正气又常常不为人所容，只好奉行“与其仰面求人，不如低头养猪”的宗旨。他养猪，他挑担卖菜。即使这样，他还是写了一部有关金文甲骨文的著作，完稿后放在朋友处，因兵荒马乱，原稿的大部分都散失了，只残存了第九章，其中的许多内容，都融入了《金文大字典》。

如今多有一类文字，或说古，或凭吊，其中不乏幽远之笔，读了令人为之心动。但是，稍作理性的检点，就会发现文中所说的“古”错了，所凭吊的遗迹已是后代虔诚的好事者所为，并非原来的地方。当然，境由心造，在如是的文字中情绪是主要的，史实或真迹的确凿程度已不重要。《金文大字典》是探索文字之源，从事这项工作，情感已隐在文字背后很远很远的地方了，历史的真实却是它的第一生命。而在宋代，就出现了青铜器的仿制品，明清的伪品更是越来越多。在山东的潍坊，北京，江苏的苏州，形成了制造伪品的中心，有的是按照原物仿制，有的是把铭文移到他器上，还有的铭文或器物都是仿制者的创造。编《金文大字典》首先就遇到一个鉴伪的问题。戴先生把马承源引为知己，他说："编《金文大字典》，马先生功不可没，他不但无私地把馆藏拓片提供给我们，而且每一张拓片都经过他的鉴伪。可以说这部大字典里没有伪劣产品。"

起始，《金文大字典》的编辑得不到资助，戴先生在自己微薄的工资中挤出钱来作编辑经费，前后共用去7000元。如果按现在通行的惯例，这点钱连买拓片都不够。上海博物馆藏有从全国购得的拓片，马承源不仅对他们使用这些拓片分文未取，还提供免费复印。每次，都是潘悠去取复印了的拓片，有一次她取了拓片回到家中，患癌症的女儿去世了。《金文大字典》出版以后，戴先生把马承源应得的稿费送去，又被马承源原数退回。

承担《金文大字典》出版的学林出版社社长雷群明说："《金文大字典》是前无古人后无来者。"当然这里有他的自豪，在这部大字典编成而出书无门的时候，他们投资50万出版1000册。当时，他们是铁了心准备赔本的，未料想出版后竟销售一空，现在他们准备再印2000册，以满足读者的需要。

简略地说了《金文大字典》的故事，可以说是"前无古人"了，能不能说"后无来者"呢？也许会有人对金文的研究超越前人，但还会有人能耐得起心思去编这样的字典吗？英国出版的《英语词典》，最近被《华盛顿邮报》评为一千年来人类最伟大的一本书，但是谁能想到，这部词典的编者塞缪尔·约翰逊编完词典时说："你想要惩罚谁吗？就让他去编字典。"

（1996年2月28日）

席臻贯：撞天门，九死无悔

一

等待是最消磨人的。我在忍受着这种消磨，等待他的事业的成功。

应该说，1992年12月25日我第一次采访他的时候，就已经领会到他的成功。所等待的只不过是要在舞台上证实他的成功，看看他是怎样把大唐的诗、大唐的乐、大唐的舞融合在一起，这也正是他魂牵梦萦的所在。

在采访他时，我曾作了录音。虽然当即就把数盘录音整理出来，但在等待中，我仍然很好地把这些录音保存着，为的是保存在采访时的那种感觉。

在等待中，我不止一次地给他打电话，但他名片上的那个电话号码是失灵的。我曾经给他写过信，但他的回信是由别人代写。他连名字都没有写上，也没有说明是为什么。

1994年，我仍在等待中，等得有些焦虑。等待到 8 月中旬，第四届中国艺术节在兰州举行，我想也许会有他的信息。此时我恰巧有西安之行。但艺术节开幕的那天晚上，我准时打开电视机，看到第四届中国艺术节开幕式上演出的第一个节目就是《敦煌古乐》。

虽然只是片段，我无法感受到它的整体效果，但总算被我等到了。他的研究成果终于搬上舞台了。我关上电视机，心情沉静地坐在那儿，怎么没有他个人的消息呢？

第二天，《敦煌古乐》被安排在艺术节的首场演出，电视屏幕上频频出现他的画面：我看到他消瘦了。我看到有很多人围着他。我看到人们用轮椅把他抬到舞台上，和演员们见面握手。

他就是我等待着的席臻贯！他就是敦煌古乐的破译者席臻贯！他就是那个被人们称为走进天门，揭破天机的席臻贯！

询问到新的电话号码，我直接找到他的夫人龚仁兰。她说他患了膀胱癌，已经进行了第二次手术……

9月25日，飞机到达兰州已是黄昏时刻了。我背着行囊，走进兰州军区总医院他住的病房，病房安静得给人一种压抑感。我看到他平躺在病床上，两个排尿袋挂在床边，输尿管是从两个肾盂中插进去的。他无力地点点头，还认得我，握着他枯瘦如柴的手，彼此眼中含着泪水，只是静静地对望着。

他口中的唾液已消耗净尽，喉咙发不出声音，无法和我进行畅快的交谈了。但他破译的敦煌古乐却鸣奏在我心中。我听到了他那生命的律动。

在下榻的地方，我把可看的、可听的现代设备统统关掉，面对青灯，独自坐在那里，两年前的访问和现实的情景，总是交替重叠地出现在眼前，我不停在想：他怎么病成这个样子？医生还能把他从病魔中拉回来吗？是敦煌古乐把他带上走上眼前的这条路？

二

那是一个多雪的冬天，我在北京组稿，经朋友的朋友介绍，得知席臻贯在破译敦煌乐谱和敦煌舞谱。我知道这是一门超越时空永久性的学问，吸引着许多才华横溢的学者，许多人已为他耗尽终生，现在世界上仍有许多人在锲而不舍地追踪它，探索它，解读它，都想从它身上对唐代音乐讨个说法。这是一件翻阅天书揭破天机的事，没有深厚的功底和勇气，那是不敢接近它的。我带着这样的敬意，在一个招待所里拜访了他。

论经历，我们曾先后在“丝绸之路”上跋涉过，他追寻的是音乐，我探访的是壁画，但我们都有着寻梦的感觉。也许正是由于这样的原因，我们之间那堵采访与被采访的矮墙一下子就跨越了，情感上一下子也就贴近了。

一只锦盒放在我的面前。锦盒的签条上写着“敦煌古乐”。打开锦盒，那里是一本书，封面是敦煌壁画上奏乐的场面，吹弹敲打掐拨弄的各种乐器都有。书的封面上除了题写着“敦煌古乐”外，还有一行小字“敦煌乐谱新译”和一方椭圆形小印“古谱新译”，再就是著者的名字：席臻贯。书前的插图是敦煌古乐25支曲谱的影印件，中间是文字论述，后面是25支曲子的古谱、五线谱对照，再后就是由席臻贯译谱并整合词曲的《敦煌古乐·民乐合奏卷》《敦煌古乐·琵琶独奏曲卷》和《敦煌古乐·配词演唱卷》。

我们的交谈在进行中，对他的谈话我作着录音，此时我无法听破译的古乐，无法说出我的感觉。但音乐界的一位前辈为该书作的序言最后写道：“至此，敦煌乐谱的研究、破译的工作可以告一段落了。自然，如果以后能有一千多年前的文物出土，能对今天的研究成果加以校正，那自然是最好不过的事情了。不过，这只能是幻想了。”

我觉得它就是一个魔盒。那里面虽然没有叱咤风云的辉煌，虽然没有移山填海的业绩，虽然没有光怪陆离的怪异，却有着一个人从40岁到50岁的成熟的生命。他是用生命之火照亮着对敦煌古乐研究的迷茫之路。到了今天，他的生命之环变成了对世界唯一的文化遗存研究的句号？

我们似乎是在丝绸古道上漫游着，席臻贯走得比我更加遥远：历史把他带回1900年，4月27日清晨，他看到那一个由兵卒带来的王道士，打开了敦煌一座洞窟的墙壁，墙壁后面又是一座洞窟，那里藏着许多经卷。这些经卷在王道士的翻动下，运出洞外，随着骆驼队、大车轮子的转动又一捆捆地运往他处，运进伦敦、巴黎、彼得堡、新德里、东京等地的博物馆或藏书楼。在这些经卷宝藏的后面，又是一支长长的队伍，有的穿着中式长袍，有的西装革履，也有不少人穿着“毛式”服装，他们在奔跑着，追逐着，都想解开那些经卷的秘密。他不知道，自己为什么也身不由己地加入这支追逐的队伍，他在不断地问着：藏经洞里到底有多少经卷文物？现在又都藏在国外什么地方？流散在国土上的经卷又在哪里？席臻贯背着这沉重的历史性的问题和耻辱感，走进法国巴黎图书馆，去接触那闪动着大唐古貌的敦煌古谱。

三

那是1982年，席臻贯随着《丝路花雨》到了巴黎。他要去寻找编号为P.3808的字卷，这就是伯希和从王道士手中购得的数千卷敦煌文本中的一卷。经学者种种考证、争论而断定为《敦煌乐谱》。

这是现存的唯一一卷唐代音乐古谱，经香港学者饶宗颐的考证，此谱“原又是出于不同时期和不同人所书写，再由该谱粘连成长卷”，“虽无法知其先后确实时期，但‘长兴四年’即乐谱的下限，却可以论定”。这用三种不同字体抄写的三谱，可能抄于五代，也可能抄于唐代。但有一个事实不可忽视，就是下限长兴四年（933年）离唐王朝覆亡的天祐四年（907年），才不过二十多年。最早看到这卷古谱的是刘半农，他在30年代初期留学法国，看到此谱及舞谱就抄录回来。中国最早研究的是任二北先生，他虽然写了《敦煌曲初探》，但还是不无感慨地说：玩味再三，终未所得，我们应本爱国之热忱，误著先鞭，为了使不让外国人先解释出来，这样才不愧对先人。

老先生的期望，对席臻贯是一个巨大的震动。他带着心灵的震动来到巴黎图书馆门前，但没带护照，不能进去；他第二次带了护照再来，恰巧该馆所藏敦煌经卷被盗，没有特殊阅览证无法进去。还是在华裔学人吴其昱的帮助下，才得进去阅览。吴是闻一多先生的弟子，1948年留学法国，他给席臻贯提供了许多国外研究的信息。

在巴黎图书馆，席臻贯感到如鱼得水，每次都是清晨进去，到下午关门才出来，中午泡着富有中国特色的方便面——那时还是时髦的新食品，物美价廉。抄书是席臻贯的基本功，《姜白石词编年笺校》是他用手抄的，任二北的《敦煌曲初探》也是用手抄的。这些书虽已再版，他也不后悔，他说抄一遍胜于读五遍。那时野马表只需60法郎就可购得一块，他舍不得买，却花了400法郎买了两部书，一部就是饶宗颐的《敦煌曲》，另一部是台湾学者的《清四史乐志研究》，为了把钱省下来买书，他舍不得花钱上厕所，把从体内排出来的液体撒到塞纳河里。他说法国人也是这样干的。书店即将关门，他乘坐出租车抢在关门前把书买回来，法国人不解：连厕所也不敢去的人，怎么敢坐出租车？就连巴黎图书馆东方文献部负责人看到他经常去抄书，也感到不解，就说："我们已经送了七套微缩胶片给北京图书馆，你怎么跑到巴黎来抄书？"他说："我感到很欣慰，目前中国大陆的学者，只有我看到了敦煌乐谱及舞谱的原卷！"

一个知识分子的安慰的所在，现在还能为人所理解吗？

四

看着和我屈膝相对、款款交谈的席臻贯，我又想起探索敦煌曲谱的先行者叶栋先生。正当席臻贯在巴黎图书馆抄书的时候，叶栋已经发表了许多研究敦煌古谱的论文。我也曾和叶栋相对而坐，也曾交谈对这25支敦煌曲的破译，但他有着难以摆脱的苦恼，就是对谱中的一些符号，无法达到准确的认识。那天举行他破译的音乐晚会，听的人都感到曲调有点怪异，似乎没有正常的音乐节奏，大家都怀疑：大唐的音乐就是这个样子吗？和整个唐代辉煌的文化有些不相称。终于使人不能不怀着期待，希望他再作探索，将一些符号再作破译。不料，他的新谱未能译出，带着遗憾，过早地离开了我们。

还有席臻贯曾经参与创作的《丝路花雨》，自有许多成功之处。在上海、北京我曾两度看他们演出。我虽然不懂音乐，但能感到它不够高古，不像敦煌壁画流溢着唐代风韵。那时我们还不相识，就去请教其他专家，他们也提出这样的问题：既然是民族舞剧，又取材于唐代史料，为什么音乐是西洋的琵琶曲子？特别是剧中运用的《月儿高》琵琶曲，形成于清代，最多只能追溯到明代。

叶栋对敦煌乐谱的破译及《丝路花雨》的音乐，都告诉我们：古乐破译的成功与否，最重要检验标准就是"可听性"。当然它的可听性是有着时代色彩的。

因此，我们有着如下的一段对话。

记者：你破译的敦煌古乐解决了可听性的问题了吗？

席：我认为解决了，这里有录音磁带，你可以借去听，听了会有你的判断。

记者：你认为你解决了哪些前人在研究中遇到了、但没法解决的问题？

席：简单地说有三个问题，一是破译了前人没有破译的符号。古谱所以被称为天书，就是因为其中有“□”“·”“T”“√”“王”等符号。二是注意了乐谱与舞谱的结合问题。中国古代是乐舞相谐，有乐必有舞，任二北、郭沫若等虽然注意到这个现象，但没有解决这个问题。以上两个问题解决了古谱的节奏与节拍的问题。三是把敦煌乐谱与合竹及易卦结合起来研究，解决了古代音乐的和声问题。合竹是一种存在于中国古代流传在日本的笙演奏法。同时，我把色彩体系和易卦相结合研究，也证明了中国古代音乐和声的存在。

记者：唐五代与宋代相去不远，姜白石遗留的那套曲谱是大家所公认的，不知你有没有核校两者的衔接与承转问题？

席：对，这是一个不可忽视的验证标准，从译谱中可以看出与姜白石在歌曲旋律之脉络关系。我曾把姜白石歌曲与本译谱作了对勘，从中可以发现，白石谱最典型、出现频率最高的风格性音型，在本谱中出现的频率亦很高。敦煌谱与白石谱在典型音型的连续运用上有一个共同点，就是求变。

记者：既然古代是乐舞不可分，敦煌古乐已破译，对舞谱你研究的情况如何？

席：现存的《敦煌舞谱》有三卷，两卷在英国，一卷在法国，我在法国时也看到原卷。《敦煌舞谱》面世八十年，在世界上只有十个人研究，可见学问之深，无法进去。日本的水原谓江研究的成果最好，已发表36篇论文，还出了两本研究专著。能出书的只有水氏。我已发表了9篇论文。舞蹈创作带有任意性的，不像音乐有曲式法，有动机的选择。外国人认为中国音乐没有序列原型，哼到哪里算哪里，何况舞蹈。但是我在敦煌舞谱中发现序列原型，这是任何人都没有发现的。敦煌壁画上的舞蹈动作都临摹完了，要整理出唐代舞蹈序列原型，其中有扩张、压缩、衬舞容、变化无穷。舞容分阴阳。把舞蹈位置用线穿起来，可以看出是朱雀星象、苍龙星象，古人把天文星象用到舞蹈的排列之中。近几年的全部精力用在敦煌古乐的破译上。待这套节目排上舞台演出之后，再回过头来破译敦煌舞谱，想编一个舞剧来再现敦煌歌舞。舞剧的剧情构思好了，剧名叫《凉州女》。

记者：天门不可进，天机不可揭露太多。

席：没办法，吉凶互补，撞天门九死无悔，让天公去惩罚吧。

正在听席臻贯对舞剧《凉州女》的构思，房门被撞开了，上夜班的服务员赶我走路，已经过半夜了。

离开招待所，大雪飞扬，只好步行回住地。我把耳机插进耳朵，听敦煌古乐，倾杯乐、急曲子、水鼓子、急胡相问……一曲一曲，我感到是在唐代长安大街上漫步。

五

到了兰州，我才知道席臻贯已经是甘肃省敦煌艺术剧院院长。在北京初次相见时，我知道他是在为把敦煌古乐搬上舞台在奔波，寻找演员，他为演员的流失在惋惜。他在动员在《丝路花雨》中扮演英娘的演员回去参加演出。那时他也没有想到，在他病的垂危之中，那位女演员在北京被杀，他感到比自己患了癌症还痛苦。

那时他就告诉我，他可能担任院长。但还是有些犹豫，当院长要耗去他的研究时间，但如果不当院长，手中无权，只凭一个知识分子的人格力量，是无法办成任何事情的。总之，他是很矛盾的。那时他就很感激中共甘肃省委对他的支持，当有人认为他的研究是一家之言时，文教书记孙英就说："这话不对，对他的研究如果不重视，就会失之交臂。"江泽民总书记视察兰州时，接见的13位有特殊贡献的专家，他就是其中的一位，江泽民听了录音磁带很高兴，并说：要把它搬上舞台。为了复制唐代乐器，甘肃省科委拨款十多万元作为专款专用。这次我在兰州买到书和磁带时，看到锦盒中多了一张金色的硬纸片，上面印着"世界之最"，并说明这项研究荣获：中共中央宣传部颁精神文明五个一工程奖、中华人民共和国广播电影电视部颁特别奖、中华人民共和国图书音像制品评选一等奖。他又被文化部颁为高级专家。

1993年2月2日，他就任院长之职。3月3日经医生检查发现他患了膀胱癌，也恰在这时候，他获得了多项荣誉。难道真的应了他"吉凶互补"之说？他是一个不相信宿命的人，拖着支离的病体，奔西安，跑新疆，他要去借用最好的歌唱演员、舞蹈演员，把敦煌古乐搬上舞台。但是，事情并不是像人们想象的那样简单，个人的智慧可以给他勇气跨进天门、翻阅被人称为"天书"的敦煌乐谱，这解开天机，但智慧并不能解决现实中的矛盾和困难。还是在舞蹈家、副院长许琪及新到的党委书记王斌学的鼎力相助下，才使敦煌古乐搬上舞台。

我去敦煌艺术研究院采访许琪，她去北京排练1995年春节文艺晚会节目了。我见到党委书记王斌学。这位彪形大汉的身上还有着鲜明的军人气质。谈到席臻贯，他说："我是今年3月转业来到剧院，第一件事就是发展席臻贯为中国共产党党员。他破译的敦煌古乐，不只是对国家的贡献，也救活了我们剧院，否则剧院没有什么剧目上演。我们要支持有贡献的人，不能让有贡献的人老是吃亏，最后变得心冷。”省卫生厅拨了专款为他治病，只要他的身体状况有好转，敦煌舞谱的破译就有希望。8月18日，敦煌古乐首场演出。在演出的前一天，他坚持要去剧场观看，我们却有些担心，但他说：“不让我看我不甘心，看后死了也心甘情愿。”他去看戏的那天，剧场专门腾出一个房间供他休息，陪去的还有一位医生和两位护士，救护车就停在那里。看了演出他很高兴，说：“敦煌古乐能演出，就像救了我一命。”

走进席臻贯的家，两个房间都不算大。我看书橱上还贴着一张曲颈琵琶设计草图，这是席臻贯的作品。敦煌古乐中所用的几十种乐器都是他根据文献资料及敦煌壁画设计的。这时，我才注意到坐在我对面的龚仁兰，她温和纤细，说什么我也不敢相信她就是席臻贯在北京向我介绍的：“我很幸运，有一位好妻子，家里的墙都是她自己粉刷的，几十斤重的煤气罐是她自己扛上三楼的，什么事都不让我烦心。”

龚仁兰总是不停地落泪，下面是我记下她那带着泪水的话：

恐怕连你也想不到他会病成那个样子，我很后悔，每天的夜宵我没能照顾他。为了敦煌乐谱敦煌舞谱，他每天都是趴在桌上看书写稿子，他在写《中国乐舞意象逻辑》这本书时，每天强制自己要写5000字，天天写到深夜两三点钟，他应该再吃一顿夜宵，但我没有做到。他是个意志很坚强的人，但癌症给他带来的疼痛使他无法忍受，每天靠止痛药维持。看《敦煌古乐》演出后的一天，他的状况还好，就把我叫到床前，他说：“有一个像你这样的妻子，敦煌古乐又搬上舞台，我没有什么遗憾了。我的生命再维持下去，会给你，给周围的人带来许多负担，再也没有意思了。给我用安乐死，让我平静地走吧。”他说得很平静，一点没有痛苦的样子，但我无法接受，我要他活下去，就找朋友商量，大家都不同意，都希望把他治好。舞蹈家张京棣来到他的床前，对他说："臻贯，你知道你破译的《敦煌古乐》的价值吗？它不仅是一个研究成果，更是中华民族乃至整个人类的财富。这个财富也包括你自己。你一定要坚强地活下去，为了你的事业，为了那些爱你的人们。"这以后，他一直生活得很顽强，强迫自己吃东西，配合医生治疗，可是情况不见好转，现在不知道等待他的是什么？

9月29日，要回上海的那天，我又去医院看望席臻贯。他仍然平躺在病床上，仍然不能和我交谈，他大脑里仍然储存着智慧。看得出他那闪动着智慧的眼睛对人世对朋友的留恋。

我又进入一个新的等待时期，等待他的健康，等待他对敦煌舞谱的破译，等待他的舞剧《凉州女》。

补记

10月5日深夜，我写完最后一个字。6日晚，我打电话去兰州，询问席臻贯的病情，接电话的是龚仁兰。她说："他走了，去得极为痛苦。5日深夜，他就开始气急，走了几次又回来。他不想走啊。直到6日清晨6点钟，他真的走了。"我无话可说了，只请她代我向他献上一束鲜花，已经写好的文章也不想再改了，只是写得晚了，没能让他看到。

（1994年11月11日）

钱瘦铁：侠义画家

一

岁月无情，常常会使人把一些事情忘却，即使是自己经历过的事情。岁月又是那样有意，即使听来的故事，也不会淡化，而是像印家的刻刀一样，把故事刻在石头上。我从唐云那里听来的钱瘦铁的故事就是这样。

还是在二十多年前，药翁唐云给我讲了一个三十年前的故事。那是一个春节，钱瘦铁提着一篮水果来给唐云拜年。恰巧唐云也忙着给别人拜年，不在家。钱瘦铁就坐在唐云的画案前画了一幅画：一位老人，提着一篮水果，水果篮上还画有红纸一条，上面写着“新春之喜”，水果放在桌子上，老人扶杖而坐，惆怅地望着那篮水果……

钱瘦铁逝世已经58年了，23年前唐云也撒手远行，但是这张画及这张画背后的故事一直留在我的脑子里，想到唐云的洒脱风流，想到钱瘦铁的侠义心肠，想到他们之间的友谊，更想到钱瘦铁的生沽道路及他的艺术，那位提着水果篮子老人的形象越来越鲜明。

钱瘦铁是江苏无锡人，名厓，字叔厓，瘦铁是他的号，幼时家贫而读书甚少，十几岁就到苏州护龙街汉贞阁碑帖店里学手艺。徐树铭在碑帖店的隔壁开了一家竹石山房古玩店。徐树铭是海派山水画家徐子鹤的父亲。徐树铭爱才，发现钱瘦铁有着书画艺术的天赋，就把他介绍给苏州金石大家郑大鹤，拜他为师，学刻印。那时郑大鹤经常到汉贞阁徐树铭的碑帖店里看古玩，装裱碑帖和金石拓片，装裱好的拓片，就由钱瘦铁专程给他送到家中。郑文焯，字俊臣，号小波，奉天铁岭（今属辽宁）人，光绪举人，曾任内阁中书，曾梦游石芝崦，见素鹤翔于云间，故自号石芝崦主及大鹤山人。后旅居苏州，以行医为生，著有《医诂内外篇》行世。由于工诗词，通音律，长于金石古器鉴赏，以词名于世。

对钱瘦铁的诚朴好学，郑大鹤也极为高兴，对他循循指导。为了使钱瘦铁得以深造，郑大鹤又把他介绍给吴昌硕和俞语霜。这样，钱瘦铁就拜吴昌硕、俞语霜、郑大鹤三人为师，从吴昌硕学治印，俞语霜是海上画家俞子才的叔父，善六法，郑大鹤是江南词人，授钱瘦铁以诗文。这样，钱瘦铁在苏州，以刻印鸣世，郑大鹤为署斋名“瘦铁宧”，因号瘦铁。民国初年，钱瘦铁与吴昌硕（苦铁）、王大炘（冰铁）、邓散木（钝铁）被誉为“江南四铁”。吴昌硕是长者，是其他“三铁”的老师辈人物。

1924年，《瘦铁印存》由西泠印社发行，曾农髯为之作序：“钱君瘦铁，大鹤山人弟子也。凡画佛、刻印，多出瘦铁手。吴缶叟见瘦铁所刻，称为两汉遗矩，瘦铁亦尝接几席。近日刻者高言两汉三代，然如瘦铁之骨韵遒隽，盖鲜矣。因书其端，甲子重阳后一日，农髯熙。”

后来，钱瘦铁告别了汉贞阁，到上海在陶尔斐斯路住了下来，并办了一个中国画会。钱瘦铁是一位易于激动的感情性人，有着侠义心肠，人们称之为“画坛侠客”，他以画为媒，以酒会友，广交四方朋友。经常到中国画会来活动的有山水画家贺天健、花鸟画家孙雪泥、书法家黄太源、画家陈小蝶。1927年，钱瘦铁与韩润秀结婚，曾农髯为证婚人。韩氏，为人宽和善良，她的妹妹嫁给孙雪泥，这样钱瘦铁和孙雪泥就成为连襟之亲。

符铁年为钱瘦铁写了润例：“余襄来上海，闻人谈印者，莫不称金匮钱君瘦铁，及见所刻印良佳。越三年乃复见其画山水，清矫拔俗，能自辟蹊径，岩壑险峭，林木苍古，多用枯笔淡墨，而韵致殊胜。余谓瘦铁画才优越，襟怀超旷，抗心希古，其得远在篆刻之上。世之稔瘦铁者或不谬吾说邪！其值例次于后。甲子二月铁年符铸。”

在润例中，对钱瘦铁的书、画、篆刻都列出了价目：

书：匾额尺以内每字二金。中堂六尺以内每尺一金。屏条视中堂减半。楹联六尺以内二金。扇面册面二金。以上篆隶加半。

画：山水中堂五尺以内每尺四金。屏条减半。手卷每尺方四金。扇面册页三金。佛像加半。泥金、绫绢、重色、点品匀加一倍。补图加二倍。书画磨墨费加一成。

篆刻：石章每字一金，朱文加倍。金晶玉翠加倍。朱文加半。润资先惠。每金一元。立索不应。劣纸顽石不应。

今天读了这则润例，仍然觉得其味无穷，从中可以看出画家的地位和价值，亦可看出当时文人雅士藏玩的一些习惯。

钱瘦铁知恩必报，他没有忘记徐树铭对自己的提挈，他在上海声名大震时，就把徐树铭之子徐子鹤带来上海，吃住都在钱家，有客人就做些冲茶倒水的接待工作，没有事就跟着钱瘦铁学画、刻印。出去画事活动，总把徐子鹤带在身边。当时画家聚会的地方，一是淮海中路的中社，这里可以吃茶，也可以吃饭；二是南京路上的新雅，这里只吃茶不吃饭。经常来这里活动的除贺天健、孙雪泥、黄太源等人外，还有摄影家郎静山，画家张善子、张大千兄弟，画家谢玉岑、谢月眉兄妹，以及画金鱼的汪亚尘，更有名噪海上的陆廉夫、王一亭、赵叔孺、丁辅之、黄宾虹、任堇叔、吴待秋，钱瘦铁带着徐子鹤参加画事活动，意在扩大他的见识，提高绘画素养。

此时，钱瘦铁在上海开展览会很多，画也卖得很快，有时忙不过来，就由徐子鹤代笔。钱瘦铁的绘画脱胎于石溪，兼及石涛的浑厚，徐子鹤要当好代笔的角色，当然也要在石溪、石涛上深下功夫。后来，蒋介石的高参褚民谊在上海办了一所蒙藏学院，褚任校长，请钱瘦铁任班主任。蒙藏学院的学生都是从各大学抽来的学生，专门学蒙藏文化，经训练后派到少数民族地区工作。校址设在龙华寺的隔壁。钱瘦铁对此事很认真，也很起劲，还专门买了一辆汽车，以利来去之方便。钱瘦铁也把徐子鹤带去办蒙藏学院，帮助抄抄写写，但没报酬，吃住仍在钱家。蒙藏学院的经费来源于募捐，钱瘦铁就带着徐子鹤，像老和尚化缘一样，到施主那里去讨钱。杜月笙是校董，也报名捐款，但他迟迟不把捐款拿出来，钱瘦铁带着徐子鹤上门去讨募捐款。

唐云从杭州转道宁波，到了上海之后，虽然还没有和钱瘦铁相识，但对他的篆刻书画艺术，惊叹不已，他曾对笔者回忆说钱瘦铁之“于郑大鹤得其雅，于吴昌硕得其古，于俞语霜得其苍，天赋之高，世人莫及”。在以后风云激荡的岁月里，他们真是不离不散，成为莫逆之交。

二

1923年，钱瘦铁在武昌路春辉里海上名医徐小圃诊所认识了日本画家桥本关雪。桥本对钱瘦铁的篆刻书画甚为赞赏，邀请他去日本进行书画展览交流。这样，钱瘦铁首次赴日，住在桥本关雪家中。除了举办个人书画展览，还组织了中日书画民间团体“解衣社”，在日常社事活动中，钱瘦铁和日本名画家小杉未醒、会津八一、长尾甲等结为朋友，为他们留下一批印作及书画。1933年，这时钱瘦铁已和续娶夫人张珊结婚。张珊为浙江海宁硖石人，是徐志摩的夫人陆小曼的养女。1935年，钱瘦铁携全家又东渡到了日本，侨居东京本乡林町27号。以刻印卖画为生。一切安定之后，钱瘦铁给徐子鹤写信，要他也去日本，并在信中关照，桥本关雪喜欢青铜器及老鹰，要徐子鹤想法带去。徐子鹤回到苏州，从父亲的竹石山房中捞了两件青铜古董，到花鸟市场买了一只老鹰，带去日本。到日本后，钱瘦铁带着徐子鹤，把古董和老鹰送到桥本关雪家中。

在住的地方，除了钱瘦铁一家，还住着三个女孩子，徐朗西的女儿徐启华在学图案，徐竹安的女儿徐孝扬在学滑翔机，蔡声白的女儿蔡吟芳也在学校读书。张珊很欢喜徐子鹤。有一天，她对徐子鹤说：“子鹤，有这么多女孩子，你看中哪个好，可以谈恋爱了。”20岁的徐子鹤情商还未萌发，听了师母的话，不但没有高兴起来，反而害怕了，对三个女孩子也就疏远了。为了避免陷入情网，徐子鹤对老师说：“为了集中精神学画，我要搬到外面去住。”钱瘦铁同意了。徐子鹤在外面找了一间房子，是幢花园洋房，很清静，房主是一位大学教授。徐子鹤平时在这里画画，吃饭还是回到钱家。

钱瘦铁到了日本，即与被国民党通缉而流亡日本的郭沫若相识，彼此引为知己。1937年卢沟桥事变爆发，日本军国主义开始全面侵略中国。郭沫若参加了中国留日学生的抗日活动，受到日本当局的监控，经郭沫若的朋友金祖同把这一消息告诉钱瘦铁，他们经过一番策划，郭沫若先到东京，然后由钱瘦铁安排乘特快列车至神户，再乘船回国。钱瘦铁为郭沫若筹措回国经费，连自己的大衣都当了，买了车票、船票。后来，日方警察发现在他们监控下的郭沫若失踪，认为钱瘦铁有重大嫌疑，对他进行传讯，并于8月10日逮捕。在法庭上，法官要他跪下听审，钱瘦铁怒不可遏，斥之这不仅是侮辱我，而是侮辱我们中华民族！画押时，钱瘦铁顺手拿铜墨盒向法官头上砸去，结果以扰乱治安罪及杀人未遂罪，被判有期徒刑四年。由于钱瘦铁的篆刻书画造诣在日本很有影响，经友人的交涉，得以在狱中独处一室，还可作画刻印，钱瘦铁自署“一席轩”及“煮墨盦”。

在钱瘦铁的生命中没有弯腰屈服这样的字眼。他在狱中，频频给夫人张珊、亲戚、朋友写信，以平静轻松的心情描述狱中生活。他写狱中清静，空气良佳，室明窗净，以听蝉鸣来解除内心的寂寞。钱瘦铁青年时代虽读书不多，但他在狱中还是读了《黄庭经》《道德经》，包括《史记》《汉书》《三国志》在内的《十八史》以及《韩非子》、庄子的《逍遥游》及古代诗词。钱瘦铁在给夫人的信中写道：“吾之书画有进步，自作自赏，聊可自慰。”从钱瘦铁的演习书画的历史来看，他还是从明清入手，在学习八大、石涛、石溪的艺术上用了很多功夫。令人惊奇的是，在狱中画山水追求董北苑笔法，对董画的妙处皆有“悟得”，他的书法也由汉隶兼习索靖的《出师表》及王右军的《十七帖》。篆刻也发轫于缶翁吴昌硕转而向秦汉古印玺深入。在给夫人的信中，他写道：“余经此锻炼，身心益健，瘦骨傲得冰霜，转祸为福，重新努力美术文化，而今静修准备亦佳也。”

由于日本友人的营救，钱瘦铁于1941年6月提前出狱。

在狱中的书信中，钱瘦铁虽然表现平静潇洒超脱，而其实他无法咽下在日本受侮的这口气，一直郁结于心。1945年，他以中国驻日本代表团文化秘书之职赴日本，举行木刻展览，并组织中华俱乐部，任会长，赞助日本人民战线活动，以此扬眉吐气。

三

钱瘦铁从日本回到上海，购屋于外白渡桥畔黄浦路75号一幢花园洋房，其画室面对黄浦江与吴淞江交汇处，凭窗远眺，烟水迷茫，因颜其室为“翦淞阁”。书画朋友设宴欢迎他和夫人张珊，参加宴会的有许多老朋友，也有新朋友。此时，唐云与钱瘦铁相识，两人畅叙投契，如久别重逢的故人。

安定以后，钱瘦铁第一件事是解决吃饭问题。唐云便与郎静山在东亚饭店请钱瘦铁，商量为他举办画展的事。有了唐云和郎静山的倡导，钱瘦铁的画展很快地筹备就绪。因为画展的时间紧迫，钱瘦铁一下子拿不出那样多的画来，唐云就为钱瘦铁代笔画了几幅。为钱瘦铁代笔最多的当然还是徐子鹤。唐云和徐子鹤的代笔，经过钱瘦铁加以润饰，并亲笔署上自己的名款，别人就很难识辨了。

钱瘦铁画展开幕，唐云忙得不可开交，他要拉那些有钱的朋友来买画，每次又少不了陆南山。陆南山是祖传中医眼科医生，爱好收藏，本身也会几笔丹青。此时正在拜唐云为师学画。经唐云的推荐，陆南山第一次就以四两黄金买了一幅钱瘦铁的山水，这是画展中最高价钱了。画展结束，钱瘦铁有了很不错的收入。钱瘦铁的花园洋房的房间较多，一家用不完，画家张聿光、诗人邵洵美的女友也住在这里。

冒广生是明代诗人冒辟疆的后代，本名广生，字鹤亭，号疚斋，光绪二十年（1894年）甲午举人，是清朝遗老而又有着名士风度。经钱瘦铁介绍，唐云也成了冒广生的朋友。每逢星期天，钱瘦铁、唐云和几位画家相约，到冒广生家谈诗论画。有一次，钱瘦铁、唐云和女画家周炼霞去看冒广生，冒广生是见过赛金花的人，看到美女画家周炼霞，就讲起赛金花的故事。谈到兴致的时候，大家就会画画。钱瘦铁和唐云合作画了一只香炉，一方砚台，香炉上还点有一炷香。画好后，要题写句子。题诗本来应该由有诗才的周炼霞来承担，但恰巧周炼霞抽身离去，作诗的任务就落到唐云头上了。

冒广生看着唐云急得满头大汗，知道他一时作不出句子，就解围说：先吃饭吧。从动杯，唐云就一直喝闷酒。席间突然他高兴起来，说有了。冒广生立刻来到画案，为唐云拿笔润墨，唐云写下了：

诗思乱堕蕉叶贝
香光浓时海棠红

钱瘦铁高兴地拍手称快，说：这样好的句子，你是如何想得出来的！

四

1949年之后的最初几年，上海画家生活陷入极度困难，画卖不出去，只好靠画檀香扇为生。钱瘦铁刻印已为用者、藏者所欣赏，虽为雕虫小技，卖得尚好，生活还算能过得去，并没有参加画檀香扇的行列。

钱瘦铁也有一些收藏，其中最为显著者为南宋李嵩《花篮图》。书画界人士常前往观赏。徐邦达看这张名作时说三道四，惹得钱瘦铁发火，抡起手掌扇了徐邦达一个耳光。当时还是画坛新秀的陈佩秋看了此图，不只是景仰不已，并借到家中摹写一帧。陈佩秋在其摹品题跋曰：

> 李嵩《花篮图》有款识，旧藏钱瘦铁先生家，五二年间借来敝寓观赏，为时十日，摹成此本，为资借鉴。时癸酉岁高花阁健碧记于海上。

癸酉为1993年，此为陈佩秋补题。吴湖帆亦作词四阕，题咏“宋李嵩四季花篮真迹”。

1956年6月，根据毛泽东的提议，周恩来在最高国务会议上提出在北京、上海两地成立中国画院，此说得到会议通过。北京中国画院由叶恭绰任院长，上海中国画院由于对院长人选存在争议，迟迟没有宣布。钱瘦铁被聘为画师。整风鸣放会上，性情率直的钱瘦铁就鸣放出许多为画家鸣不平的言论，而且指明像陆俨少这样的画家画檀香扇是糟蹋人才。

一吐为快，钱瘦铁心情舒畅，即和朱屺瞻赴四川、陕西万里壮游写生作画。由上海赴重庆，钱瘦铁沿途于明信片上作江景速写，邮寄《文汇报·笔会》发表。到达西安，和长安画派的石鲁、赵望云、方济众相见，畅谈中国画界新事，石鲁欲拜钱瘦铁为师。正当他们兴致方酣时，上海中国画院一封电报召钱瘦铁、朱屺瞻速回。回到上海，钱瘦铁即被划为右派，其中主要理由就是为画家画檀香扇鸣不平。当时，上海还有几位画家因檀香扇事也被划为右派，在上海的美术史上，称之为“檀香扇事件”。其实，钱瘦铁被打成右派，除了“檀香扇事件”，还有历史原因：

一是他在抗战胜利后为扬眉吐气再去日本，被认为代表国民党政府而去；二是他以高昂的代价住进黄浦路75号，那是日本南满铁路俱乐部，又以汉奸罪论之。这样新账老账一起算，以右派论处把他列入另册。

虽然如此，钱瘦铁仍为朱屺瞻刻了一方“学而不厌”白文印，边款跋云：“丁酉暮春，与屺老从武汉经三峡，过秦岭至长安。万里壮游中谈论中外艺术，自石涛、八大、冬心、谷柯、塞尚、马蒂斯至缶老、白石，我二人所见相同，屺老骎骎不懈，因刻斯印赠之。叔厓。”

艺术家身处逆境，心中的艺术火种是不会熄灭的。历史上的中外艺术都有这样的境界，在这一点上，钱瘦铁和唐云也有共同的地方，因为在他们身上存在同一种文化现象。1959年冬日，钱瘦铁应北京和平画店的老板许麟庐之邀有苏州之行，见到梁松（托山）的《奔牛图》，回到上海“背临”一幅。画面上呈现出石坡江岸，杂树两株，一位头戴箬笠、身披蓑衣的牧者持牛缰在追赶一头奔牛。十多年之后的“文革”期间，在劫难逃的唐云于1973年有苏州之游，也见到梁松的这幅《奔牛图》，回到上海也背临了一幅，并题曰：“梁托山奔牛图卷，游吴门时见之，其中用笔萧散，有村野之趣，卷尾元人题者甚多，为其罕见之品。”他们二人除了为梁托山精妙的笔墨所打动，而同处逆境之中，有着共同的“萧散”的心情，共享“村野之趣”。

经历劫波情未了。1961年，钱瘦铁的右派帽子被摘去以后，又活跃在上海、北京艺术圈内，作画、刻印、讲学。本来在钱瘦铁受难时未敢出手援救的郭沫若，也把钱瘦铁请至家中做客，钱瘦铁书郭沫若词并为之刻“鼎堂”“郭沫若”印。钱瘦铁又与邓拓相识。此时邓拓写《三家村札记》《燕山夜话》而为读者所称道，钱瘦铁刻了“三家村”“燕山夜话”“邓拓文物”诸印相赠。邓拓亦为他题诗："老来盛誉满京城，书画兼长篆刻精。更有一心为人民，舞蹈泼墨见平生。"邓拓还在钱瘦铁画的《鲁迅故乡揽胜图卷》上题了一首颂扬鲁迅的诗并跋，跋语云："钱瘦铁画师作鲁迅故乡揽胜图长卷，携来北京，一再披览，忆及前年绍兴之行，得睹鲁乡景物，历久不忘，爰题七律一首。一九六二年仲夏。"这本是以诗画会友的风雅之事，但"文革"风起，却成了罪状，他们在受迫害时，以不同方式，使各自的生命走到了尽头。

1996年，谢稚柳题钱瘦铁山水册，曰："故人钱瘦铁画山水，往往随意点染，而面目极多，平生颇不自重其笔，故随处流散，此册正集成者，虽只五叶，亦可见其风貌之多变也，殊足珍惜。丙子春仲，壮暮翁谢稚柳观因题。"

钱瘦铁在画坛上以侠义闻名，对人对事都肝胆相照。但他那善于激动而刚烈的性子，常常使他的侠义慷慨付诸东流；他经常要为别人打抱不平，差不多每次又都以输作了结。唐云总是对他说："瘦铁，你是好人，但是你的性格决定了你的命运，常常十有九输，有时输得连路数都没有。"

回忆唐云的这番话，对钱瘦铁的为人，我们知之甚少；今日画坛对钱瘦铁寂然寡闻，我们对他的艺术理解得太少。每想到这里，我总觉得时代愧对这位全才的画家。

钱瘦铁次子钱明直，我是认识的，出生于日本，略小我两岁。在瘦铁先生的言传身教下，受其滋养继承其衣钵，学习篆刻。手腕韧挺，性情勃发，钝刀硬入，所以他的篆刻被誉为"真力弥满，妙造自然"。明直尤擅刻竹。他师从刻竹名家徐素白、徐孝穆、沈觉初。他们也都是我的老朋友，三人刻竹风格各异，素白细腻，孝穆灵动，觉初沉着老辣，对明直各有影响。在和明直未相识之前，我即在唐云、谢稚柳、来楚生、应野平、谢之光、周炼霞等画人家中，看到由他们作画，经明直刻的臂搁、砚盒、扇骨、笔筒，把画家原作的气质、个性、笔墨情趣都惟妙惟肖地刻了出来。明直性格内向谦逊，有了一点年纪就停刀不刻了，怕刻不好暴殄天物，陈佩秋画的几块山水、花鸟臂搁，至今仍珍藏在家中。

如今，文化名人及艺术的后代，兴起了对前辈的传承之风，钱瘦铁的子孙也面临着这样的挑战与机遇。钱家第三代即钱明之女钱晟对笔者说了这样一段话：无论承袭、延续什么，每一个生命都有自己的终结，最值得流传和纪念的，既非美名亦非传奇，而是经得起天长地久考验的真理、德行。

如果名人、艺术大家的后人都能有这样一颗平静的心，他们在九泉之下的先人就不再受骚扰，灵魂也得到安静了。

（2016年12月）

陆家云水

一

和书画界的几位老先生相识，都是有一种机缘在其中，每每回忆起来，都还沉浸在美好的意境中，唯独和陆俨少先生相识，我至今还记得当时内心的那种惊吓。

1967年，狂风骤雨式的上海“一月革命”过去了，表面上看局势平静多了，但实际上“无产阶级文化大革命”更深入了，造反派全面掌权后，那些被揪出来的所谓“有问题”的人，天天要上班参加学习，写思想汇报、检查或交代，不知什么时候被拉去批斗，在这严峻恐怖的气氛中，不时会听到一些人自杀的消息。就是在这样的政治气氛中，陆俨少要到上海郊区淀山湖自沉的消息传到我的耳畔。

此时，我还不认识陆俨少先生，但对他的画和事我略有所知。1957年的“鸣放”期间，《文汇报》在综合新闻中报道了他在上海中国画院的发言，文化系统就以此为据把他打成右派分子。从此，他的画名就为政治所湮没。“文革”初期，书画界已有陈小翠、庞左玉两位女画家自杀身亡，虽然处在人人难以自保的岁月，此事还是引起社会的关注。此时听到又有陆俨少到淀山湖自沉的消息，我即直往他所在的单位上海中国画院，了解究竟是怎么一回事。

原来按规定，陆俨少每天必须到单位参加学习，接受审查。可是那天上午10点多钟，还没有看到他的身影，单位的负责人有些紧张，担心再发生意外，并派人到他家中去找。他的家人说他一早就去上班了。直到快吃午饭的时候，陆俨少才手提一只布袋来到单位，立即向领导人汇报，他一清早出门，到静安寺旁乘上去青浦的长途汽车，准备到淀山湖跳湖自沉。坐在他周边的几位女青年也是去淀山湖的，她们是去游玩，谈笑风生，车厢里弥漫着青春朝气，使陆俨少感到生命的可爱，再想想自己沉湖而死，如何向家庭交代？这样想来想去，他就中途下车回来了。

陆俨少自杀虽然是一场虚惊，却加剧了我内心的矛盾。那时，凡是以自杀方式走完人生道路的，大多是被逼得走投无路，看似脆弱，实质上是以死对抗，表达内心的刚强，陆俨少开始作出这样的选择，也是有着如此的含意。但是，他没有走下去，只是走到中途又回来了，这更加显示出他的韧性和倔强，因为他知道，迎接他回来的将是要遭受更加残酷的迫害，他要付出更多的生命代价去承受。他的走回来比走出去心情更加沉重。我就是带着这种纠结的心情想认识他。

这件事过去一段时间之后，在上海中国画院的资料室，我第一次见到陆俨少。资料室里堆满了旧的书籍和画册，发出阵阵霉烟的味道，书架也积着灰尘，但陆俨少面前一张书桌，被擦拭得明亮干净，像水洗的一样。桌上放着一盂清水，一支破笔，几本珂罗版印的画册。他见我进来立即起身，想把桌上的东西收拾一下，伸出的手又收回去，然后又坐下。我自报了身份，他似乎放松了，突然问了一句：“路远同志还好吧？”我一下子就懂了，路远是《文汇报》的老记者，即是在1957年报道他在中国画院发言的那位记者，路远也和我谈过陆俨少、白蕉被打成右派的事。我说：“《文汇报》使你吃苦了。”他说：“那不能怨路远同志，路远同志不是右派吧。”然后，他沉静地说：“这地方很少有人来，我就笔蘸清水，在桌子上练练。”我只是站着和他说了几句话，没有提他去淀山湖的事，要了他家的地址，就离开了。

二

复兴路梧桐夹道，夏日浓荫蔽天，在街上走着很阴凉；秋天黄叶满地，在街上走过发出沙沙的声响，有几位画家就住在这条马路的两侧，如果从靠近老西门这端进入，依次有张大壮、陆俨少、刘海粟……来到这里只要用半天的时间，就可以探望几位画家。陆俨少的家在一条弄堂里的石库门厢房，坐西朝东，除了清晨有一缕阳光射进，其他时间都看不到太阳。我第一次走了进去，冲门放着一张大床，窗下一张画桌，靠墙一只大橱，只要陆先生可以坐下来画画，除了那张床，就没有别的地方可坐了。后面还有用布帘隔了起来的一间，没有窗子，白天也是黑暗的，住着他家的其他几口。虽说是画桌，夫人捡菜要占去一角，吃饭的时候又变成餐桌了。在我探望过的画家中，他的居住是最为狭窄的了。

上海刚解放的时候，他就从南翔移居到这里，也将近30年了，和他1957年的政治遭遇无关。

他翻着我给他带的资料，还是颇有警觉地问：“你是否要了解，我为什么要去淀山湖自投清流？”我告诉他，我是从张大壮家出来，顺路便来看看你。他听后，神情松弛了许多，还是给我讲了造反派把他打成地主分子的事，受不了批斗挨打，萌发出轻生的念头，家中虽有几亩薄田，从来没有收过租米，抗战前后，都是靠卖画为生，所以我根本不是地主，现在我头上有一顶没有改造好的地主分子的帽子，我根本不承认自己是地主。他平时虽是木讷寡言，现在却很激动，嘴角挂着白沫。

其实，我了解到他的困境还不只是住房问题，从反右派之后，他就成为上海中国画院的编外人员，画家没有工资，只发给80元的车马费，连这点车马费也打了折扣，一家五口，只靠60元来维持生活。“文革”开始，他的处境更加恶化，脱了帽的右派，没有改造好的地主分子，经济的拮据，住房的困难，这一切使他的生命处于最为窘迫的时刻，有着无法承受之重。我不能帮他减轻生命所随之重，所以在这以后的两年多的时间里，没有去探望过陆俨少先生。

在那个时代里，一些老先生都以为记者去搞他们的情报。我初到谢稚柳先生家，他也有这样的想法，后来，他对女儿谢小珮说：看来他不是来搞情报的。所以，我那时和老画家的交往，很少以记者身份，我只是一个书画爱好者。

三

“文革”后期，我搜集壮暮翁诗词近百首，其中有题陆俨少《烟江叠嶂图卷》，诗曰：“长歌醉墨烟江本，过眼浮云事已陈。披图忽见王蒙笔，犹觉相逢是故人。”壮暮翁因收藏王晋卿《烟江叠嶂图》而屡遭劫难，此诗是借酒浇愁，随感而发。另一首《题陆俨少山水卷》，诗曰：“鸥波（赵孟頫）而后开生面，简远痴翁（黄大痴）黄鹤（王蒙）遒。六百年来旗鼓息，风流今见陆天游。”诗中对他的画评价很高，把他看成是传统绘画接薪传火的人。我带着这两首诗去见陆先生，他读了之后，泪水纵横，手都有些发抖，说：“谢先生一直赞许我，即使在我最困难时，他也是我的精神支柱。”

其实，壮暮翁和陆先生并无交往，只是在艺术上的契合。壮暮翁在《题陆俨少黄山松云图》卷时就说：“予与俨少踪迹殊疏，然每览其所作，足以窥见画学之所尚，盖尝得鼎于容台（董其昌）小乘（石涛）而接武于静坚（黄公望）樵者（王蒙），浴于明清而风于元，此其画源之所自。”我把这段题说给陆先生听，他说：谢先生看画眼光厉害，入木三分。我从学清末翰林王同愈，他自比王时敏，比我的画学老师冯超然为王鉴，比我为王翚，我学画的笔墨从王翚入手，然后去石涛之烂漫而为倔强，一路向上，跨越董其昌而入元代，在赵孟頫、黄大痴、王蒙的画上下过功夫。

某日，我携带壮暮翁为我画的《苔枝缀玉》梅花，离开壮暮堂，途中去“就新居”看望陆俨少先生。这样简陋的居室，不知“新”在什么地方。先生向我释名，“就新居”有两层意思：第一层的意思是对新事物、新思想不能坐等他来靠拢我，必须主动去靠拢他，来改造自己；第二层意思是撷取韩昌黎“敛退就新懦，趋营悼前猛”诗句的意思，警诫自己不要名利心太重，冲在前面，要后退一步，凡事要谦让的意思。这时还有一个斋，名为“自爱庐”，表明自己热爱共产党，始终不渝，故用王安石的诗句“桐乡岂爱我，我自爱桐乡”，来表明自己的心迹。在我认识的老先生中，陆先生用这样的斋名及其阐释都算是很时髦的了。如来楚生用了不合时宜的斋名“然犀斋”，用的是温峤燃犀角捉鬼的典故，谢稚柳用“鱼饮溪堂”，取义庄子“涸辙之鱼，以沫相濡”，“壮暮堂”是说自己老当益壮。唐云则用“大石斋”以示自己早年居富春江畔的大石山。

“就新居”主看了壮暮翁的梅花，突然兴起，说：“这个卷子放在这里，我也给你画一卷。”半月后，我再去“就新居”，陆先生拿出他画的梅花，画的是白梅，叠石数丛，老干嫩枝，勾勒梅花六十余朵和一些蓓蕾，双线勾出的虬干，中点染灰青水墨，线条的提按疾徐，有节奏感，有韵律感，圆浑灵变，沉着痛快，笔力透纸，他性格中的那种韧性倔强，从浓浅枯湿的线条中表现出来，真的是画如其人了。他在《自叙》中谈到画梅花：“发枝取老莲，圈花取石涛，自创面目”。这帧梅花正是这个样子。他的浑厚拙朴和壮暮翁的《苔枝缀玉》相映成趣，叹为双美。陆先生在卷后写了一段跋语：

水面横枝影亦娇，淡于明月韵于箫。
自今识得春风后，不信瑶台久寂寥。

健豪横出大家风，辟易犹当屈数公。
生事吾今甘小户，元知同道不同功。

稚柳友兄为郑重同志写梅花小卷，予亦继作，珠玉在前，终愧东家耳。丁巳冬日，宛若陆俨少并记。

陆先生在题跋中，对谢先生多有美言恭敬。后来，此卷付诸装池后送给谢先生看，他连说：“不敢当。”当时在老一辈书画家中也流行着这样的话：“谢稚柳、陆俨少互为标榜。”其实也未必如此，无可否认的是他们都是画坛的翘楚，彼此又是知音。

四

有画画的自由了，尽管政治环境及经济条件没有多少改善，陆先生精神愉快得多了。每次去看望，总见他伏案常用一支小毛笔，治墨调水地画各种幅式的画，而且以峡江图居多。抗日战争胜利后，他和好友彭龚明结伴，乘一只木筏东下，乘流骏奔，一泻千里，下瞿塘，穿西陵，过巫峡，他们在木筏上观山观水，细审山形水势，如同各家各派山水，无不尽备。彭龚明总结三峡之胜，说瞿塘峡如三代鼎彝，巫峡如两汉文章，而西陵峡如六朝词章，我看到陆先生这时画得最多的还是三峡山水，有着驾轻就熟之妙境。

某天，我又去探望，他拿出一卷画放在我的面前，说："你欢喜手卷，我给你画了一卷。"打开一看，画的是《峡江图》，卷上长题他当年出峡的情景。欣赏经年，我不按常规尺寸裁了一张狭长的纸，请他画非同常规的怪异之画。这次是我主动请他画一张直幅的山水。陆先生看了那张纸，说："你在给我出难题，要考考我啊？"他还是收下纸，并叫我一周后去取画。这次仍然给我画了一幅《峡江图》，画的上端长题曰：

> 予前为郑重同志写峡江图横卷，状水激滩险之势，礁石侔刀剑，轻舟撞击，破碎无完，以致行旅怵心，畏途相戒。此予旧所亲历，乘危犯险，有如此者。今则俱往矣，既炸滩清礁，复广设航标，三峡七百里中，恬波安澜，帆影婆娑，棹歌互唱，答以声声汽笛，熙往攘来，不绝昼夜。神女应无恙，当惊世界殊，赞叹不足，继以图画，仍请郑重同志正之。陆俨少并识。

题跋讲得很清楚，横卷状三峡水激滩险之势，直幅写峡中恬波安澜之姿。但由横卷变成直幅，画家在图的结构上都动了心思，开创新貌。七百里三峡直贯画面，两崖对峙，水随山转，船随水流，时沉时浮，洑流旁溅，白沫翻腾，更能表现倏已山穷水尽，瞬又柳暗花明，绝处逢生，又是一个新境界，从横卷到直幅两张画上，可以看出三峡由水激滩险向波平浪静的转身，气势壮阔的三峡消失了，这两张画作了历史见证。

五

不善言谈的陆先生，对来访者总是以作画相待。没有地方坐，我们就站桌旁看他作画，几个小时就在不知不觉中度过了。陆先生作画和别的画家大处开笔由淡到浓的画法不同，他用一支小笔，由小到大，由浓到淡，随浓随淡，中间不换笔，一气呵成。有了这样的实地观察，再看他的杜甫诗意画，就可知道他的画风变化的来龙去脉了。

陆先生以杜甫诗意作画始于1950年，那时他作了《杜甫诗意图》卷，有吴湖帆及他的同门师兄袁安圃作题。吴湖帆用苏东坡韵写了《水调歌头》，词曰："大江八千里，水雨夜连天。杜陵何事牢落，秋兴感当年。渺渺巫峰十二，滚滚瞿塘三峡，风露觉生寒。记取今宵梦，长在画图间。　家何处、舟一叶、怎安眠。人生几度辛苦，几度月轮圆。逞得浩然气概，仿佛凌云赋就，三绝美名全。顾盼一挥手，杯酒对婵娟。"这是对《杜甫诗意图》最好的评价，也是对陆先生的画最为理解的评论。

画了《杜甫诗意图》卷后，陆俨少又接受吴湖帆的建议，画《杜甫诗意百开》册，这部巨册断断续续，抄走后又归还，失落了的再补画，几经波折，历时将近40年，直到现在1989年方告完成一百开，他的画风由慎密娟秀、灵气外露演变成浑厚老辣、拙朴内蕴，尽在这百开册页中。观看此册，我们可以领略到陆俨少点线的运用的独到之处，画的线条毛而不光，有力度，有节奏，有韧性。他很赞赏刘旦宅书法和绘画线条的韧性，弹性，刚柔兼济性，并为名之曰“篾片条”，以此与吴道子的“莼菜条”相别，以示此为旦宅之独创。

20世纪70年代后期，陆先生画中渐渐出现了白色条条，他自称为“留白法”，可以表现为光、为气，亦可表现为水流、为行云，和画面上水的激流、旋涡、微波相映成趣，空中和水面浑为 一体，成了画中不可缺少之物。其他画家虽然也画云画水，却不如他画笔多姿丰富。

1981年的冬天，我去北京采访，恰值陆先生于长子陆京家越冬，即前往探望，和他交谈竟日，谈到他笔下的山石云树，鸣泉流水，心中突然一动，将他的绘画艺术名之曰：陆家云水。陆先生听后欣然展纸命笔，说我就给你画一幅陆家云水，并将“陆家云水”题在画端。由此，评论陆俨少艺术的都以“陆家云水”称之。

六

自陆先生调去杭州，以后又移居深圳，和他见面的机会就少了，偶在上海相见。也是来往复匆匆，无缘再请他作画，只要抓住机会，即请他为其他画家赠与之书画作题跋。有一段时间，陆先生欢喜画柳宗元的《永州八记》，每作一开，都题以柳宗元的原文，壮暮翁曾为他画的一部册页题写“柳陆双美”。陆先生对自己写的跋亦有颇爱之情，他说：“每当画竟，又好缀小诗短文，每盘礴砌就，兴到笔点，随意数行，以抒写性灵，叙事缘起。”我喜爱陆先生的画，亦喜爱他写的题跋，每当读之，如颂柳宗元山水小品或东坡题跋，顿然神清气爽，他曾为我写了题跋多种，堪称美文，现录几则于后。

题谢稚柳《西湖小景》：予居西子湖上，日对阴晴雨雪，而熟谂其淡妆浓抹也。今观稚柳友兄创为此图，新调是主，则非予所习见，其得之象外之意乎？夫屏去常法，不拘形似，直抉本真，此九方皋相马之术也。而下士闻道则大笑，何足怪乎！东坡有云：观士人画如阅天下马，取其意气所到。稚柳此图意气所到，突破陈规，故自不凡。壬戌十二月获观并题，陆俨少。

题陈佩秋《幽兰顽石》卷：有二卷焉，一为谢稚柳画竹，一为陈佩秋写兰，兰竹之为物，习性相近，故爱好之者，爱竹兼及兰也。今是二卷又以夫妇双绝之故，益令人爱重之也。卷末又殿以墨画巨石镇之，礨砢岌崇又相持也。郑重得此双卷，披览之余，想见晴窗棐几，研朱调粉，无憾归来堂故事，不啻神仙中人矣。八五老人陆俨少并记。

题刘旦宅《辋川诗意》卷：摩诘辋川诸诗，翛然尘埃之外，读之令人意远。予尝谓如能移之于画，得其十一即已无忝佳制，顷观旦宅兄所作深篁独坐图，气清神腴，绝唱不二，昔摩诘之诗中有画，今旦宅之画中有诗，则郑重同志得此卷也，是两得之矣。展图赞叹，爰题其后。一九八〇年五月，陆俨少于上海。

和陆俨少与谢稚柳一样，陆俨少与刘旦宅更是互为敬仰，但和谢的“踪迹殊疏”不同，陆、刘之间的艺事、游踪都有着很深的交流，而且共同攀登庐山，避寒羊城，北戴河消暑，绘画联展于八闽。

（2017年2月）

瞿髯、吴闻：西子湖畔两词人

雪还在下着，按照约定时间，我到了后海南沿，取张伯驹老人为我题就的《西湖小景》。收拾好画卷，将要离开时，伯驹老人像是自言自语："此卷能找夏承焘题跋就更好了。"

伯驹老人的话正是我心中想着的事。既然是画西湖景色，总得找几位和西湖有关的人题跋，伯驹老人虽然不是杭州人，但他毕竟在西子湖畔行吟多日，湖水拍窗使他难以入眠，我也正准备南归后携卷去杭州，请沙孟海、夏承焘、陆维钊等几位前辈作题呢。我随即向伯驹老人说出我的打算。

"夏承焘就在北京，你去找吴无闻啊。"伯驹老人的声音仍然是很低沉。

呵，吴无闻，不正是我们《文汇报》的驻京记者吗？她常用的名字是吴闻，在"文汇人"中，她算是前辈了，很少有人知道她原来名叫吴无闻。据说，1947年，她曾在《文汇报》工作了短暂时间，因《文汇报》被国民党查封之后，她就离开了。我确切知道，1949年，徐铸成在筹办《文汇报》在上海复刊时，吴闻和浦熙修一起受聘于《文汇报》。

文汇报社出女将，特别是北京办事处，除了被毛泽东称之为“能干的女将”浦熙修，还有在她领导下的姚芳藻、吴闻、朱嘉树。1956年，印度尼西亚总统苏加诺在北京访问时，她们三位联袂采访，特别是那篇把苏加诺游园活动写得声容并茂的通讯，在京华新闻界独树一帜，连毛泽东都为之称赞。

在我的印象里，吴闻沉静寡言，即使说话也是细声细语，性格温婉。除此之外，对她知之甚少。还是在多年之后，我在准备写《毛泽东与文汇报》这本书时，逐页翻阅《文汇报》，凡是著有“本报记者”名字的文章，我都一一读过。从报纸上，我才发现她最活跃的时候，还是在1957年夏季之前，她写了许多通讯报道，有医生、有教师、有演员、有科学家、有社会科学的学者，在文化的诸多领域中，都留下了她的采访足迹。到1957年夏季，吴闻的名字就没有出现在报纸的版面上。她似有政治预感，不再写稿和不再做采访报道，就是报社内的鸣放会上，她硬是一言不发。在反右派时，《文汇报》北京办事处，从主任浦熙修到记者梅朵、姚芳藻、朱嘉树、谢蔚民、杨重野、刘光华都被打成“右派分子”，唯独吴闻没有遭此一劫。到了1957年7月，又看吴闻写的几篇报道，写的都是北京办事处批判浦熙修的会议内容。可以设想，北京办事处只有她一人还没有被剥夺写新闻报道的权利，写作这类文章的担子当然要落在她的肩上了。到了1959年以后，报纸的版面上再也没有出现过“本报记者吴闻”了。

从报纸的版面上，我似乎听到吴闻藏在内心的声音：“我不说了，不写了，也不干了！”这是在那个时代里的知识分子，特别是一个新闻记者自我完善的办法。虽然如此，吴闻并没有停止和外界的联系，从一些迹象表明，她仍活跃在学术界。1959年，学术界曾兴起对美学问题的讨论，有的文章谈“山水美”。

张庚写了《桂林山水——兼谈自然美》，发表在6月26日《人民日报》上，上海学术界曾围绕张庚的文章举行座谈。张庚就让吴闻通过《文汇报》了解座谈会的情况，她就写信给沈国祥，请帮助把上海讨论的情况告知她，并说《文汇报》也可以发表这类文章。那时的《文汇报》发表了几篇北京学者写的学术文章，是否由吴闻组织来的，就无从查考了。

庆祝中华人民共和国成立十周年时，吴闻组织红学家周汝昌写了套曲，其中包括《双调新水令》《沉醉东风》《得胜令》《雁儿落》等几折，发表在《文汇报》《笔会》专栏。吴闻对这几折曲子爱不释手，并讲了自己的见解，使周汝昌很兴奋，似乎找到了知音，说："国内已无人能作南北曲了。"此外她还组织周汝昌写了有关中国古典诗词评析的文章，发表在《文汇报》上。吴闻对《红楼梦》读得也较深入，这也是她和周汝昌经常交谈的话题，她把北京对"红学"研究的信息传递到报社。和我在办公室相向而坐的李立坤是吴闻的好友，她每次来上海，总要到办公室和李立坤谈些家常，给我留下了淡淡的印象。

吴闻不但对南北曲有较高的欣赏水平，而她确实是一位女词人。报社的人对此知之更少。我也是在一个偶然机会中得知的。1965年2月，上海市第二女子中学高中年级的一位学生写了一篇题为《茉莉花》的作文，描写了人与花的情感交流，低回婉转，写得很动情，也很感人。语文老师张珍怀把此文列为范文，为学生讲解。但是，有的教师认为这是在向学生灌输小资产阶级情调，反映到文汇报社。我去市二女中把这篇文章拿到报社，总编辑读后也很赞赏，为此在报纸上组织一场"如何评价和指导学生写作文"的讨论。这样，我就和张珍怀老师熟悉起来了，彼此可以做些工作之外的交流。她告诉我：她和吴闻都是夏承焘的学生，在无锡国专时组织词社，王蘧常为之取名"变风词社"，夏承焘为词社题名，张珍怀老师还告诉我，吴闻的父亲吴莉宾，也是词学家，吴闻有了这样的家学，词也写得好。

后来，我就称吴闻为“女词人”，并要她抄几首词给我欣赏。她只是淡淡地一笑，什么话也没有说，更没有把自己的词抄出来。

“文革”期间，文汇报社更是风风雨雨，可以说“文汇人”无不经受跌宕起伏的纠结。特别是《文汇报》北京办事处，在政治风浪中得宠，又因政治风浪而受辱，全体人员调回上海，受审查，下厂劳动，最后办事处主任艾玲蹲了大狱，北京办事处撤销，连徐铸成当年买下的四合院也被别的单位占领了。在几年的时间里，吴闻和北办的人都滞留在上海，有家难归。这时，我和吴闻见面的机会多了，得知她丈夫仇岳希带着“生不如死”的忧怨，在1966年自杀身亡了，但是她仍然是那样沉静，面色仍然是那么平和，仍然是淡淡的。审查了一段时间也没有审查出她有任何问题，是不是因为有“我不说了，不写了，不干了”意志的主宰，使她有一个平安的结局呢？

1972年的一天，刘群突然告诉我：吴闻和夏承焘结婚了！刘群也是北办记者，1962年，北京“红学”家在北京刮起了寻找大观园遗址的风，报纸发表了“本报记者吴柳”为名写的一篇《京华何处大观园》的名篇，在社会上迎来一片赞许声。是不是吴闻、刘群两人合写，我并没有深究这件事。因为刘群是“脱帽右派”，平时不敢乱说乱动，由于我们有着共同的书画爱好，常结伴去旧货商店买旧的红木镜框和小文玩，他心中有什么话还敢和我说。后来，我向报社领导沈国祥求证，吴闻的确和夏承焘结婚了。一天晚饭时间，我买好饭菜在吴闻的对面坐了下来，举起食堂公共的搪瓷饭碗和吴闻“碰杯”，说了一句祝贺的话，她仍然不说话，只是会心地一笑。2017年，吴闻之子吴常云告诉我：

“母亲于1972年退休后赴杭州，断然与当时单身一人的老师夏老喜结连理。”那时她儿子常云已大学毕业，留在学校待分配，她也就没有任何牵挂了。

在那样的年代，55岁的吴闻要和73岁的夏承焘结婚，渐渐在文汇报社传开，又很平静地就过去了，但在杭州却成了惊世骇俗的新闻，满城的风言风语。但他们并不遮遮掩掩，而且把结婚的日子选择在“六一”儿童节。我并不了解吴闻和夏承焘从恋爱到结婚的历史，只是感受到她沉静的内在力量，看到她对爱的追求和勇敢，像鲜花一样在沉默中绽放了。

在雪花飞扬中，我带着这些往事走进吴闻的家，见到一代词宗夏承焘。在青年时代就自称“瞿髯”的词翁，的确是瞿然清瘦，但并没有像于右任、张大千那样蓄着长髯，坐在书桌前闭目养神，即使来了像我这样的客人，他也眼皮沉重，似乎懒得睁开。吴闻把画卷打开，看了一阵，连同张伯驹的题跋放在书桌上，说：这是谢稚柳画的西湖，请你写一个题跋。词翁伏案，对画卷凝神了一阵，特别注意张伯驹的题跋，就顺手把画卷推到旁边去了。我没有读过夏翁的词作，一时找不到闲聊的共同话题。

吴闻就招呼我到了另一个房间，她还没有忘记当年在食堂里以搪瓷碗“碰杯”相贺之谊，给我说起了她在西湖和夏承焘鸳鸯戏水的事。

1972年，吴闻还在报社的零印车间劳动，一位温州的同乡路过上海，向她谈到夏承焘的游夫人已经去世，一个人过着孤苦生活。吴闻听了之后，随即向报社请假去杭州看他。夏承焘和吴闻不只是有师生之情，词心相通，还有着通家之谊，吴闻的哥哥吴鹭山，擅长诗词，和夏承焘有着兰禊之交。这样吴、夏之间又多了一层兄妹之情。吴闻就以小妹、学生、词友多重身份和夏承焘相恋，以词传情，夏承焘向她寄上《减字木兰花》：

左班兄妹，风谊平生朝世世。风露何年，湖月湖船得并肩。

一灯乐苑，相照心光同缱绻。待学吹箫，无瑑新词过六桥。

词的首句就点了吴闻的身份及两家之友谊，兴奋的心情不亚于姜白石新娶小红，所以末句用了姜白石的“自作新词韵最娇，小红低唱我吹箫”的典故，他们不是泛舟苕溪，而是在西湖的六桥。显然词翁自比姜白石了。这不难理解，他不但词有姜白石的风韵，而且著有《姜白石年谱笺稿》，一生在追寻姜白石。

吴闻也写了一阕《减字木兰花》作唱和：

雁书来去，字字殷勤传细语。如此杭州，绛帐春风读好求。

愿春长久，莫把黄花比人瘦。携手西泠，同唱新词约月听。

吴闻词中“绛帐春风读好求”，仍然是以学生的身份来读老师的“好求”之词了。

结婚之后，夏承焘孤身一人住在杭州，吴闻经常往返于京杭间进行照顾，很是不便。1974年，她干脆把夏承焘接到北京在一起生活。在告别杭州前，他们又游了西湖，除写了西湖联句《感皇恩》词，吴闻还有一阕《减字木兰花》，题目是“侍夏承焘夫子踏雪杭州西湖白堤”，词曰：

长筇短笛，啸傲湖山追白石。词问笺成，说与梅边旧月听。

断桥西路，抱朴仙翁招手去。不是仙翁，冰雪孤山一老松。

吴闻的这两首词，其意境不在宋人之下，更不在其师之下，才女风雅，说她是当代“女词人”，是当之无愧了。吴闻还告诉我，她现在很忙，帮助夫子整理校勘文稿。

吴闻仍然是当年的那种沉静，淡淡的，说话柔声细语，但她潇洒起来了，一切都很放松，脸上的肌肉也不像过去绷得那样紧了。说到她的变化，吴闻告诉我：你还不知道吧，1957年之后，我就是闻名的懒虫，报社的领导都知道我懒，不做事也不逼我。没法做事，以懒得之。我现在不懒了。

噢，我觉得此时才算读懂了吴闻。

回到书桌前向词翁告辞，他只是扬扬手，没有说话。吴闻对我说，麻烦你，改天再跑一次吧。

10天后，采访工作结束，准备回上海，我又去了吴闻的家。词翁坐在案前翻书，画卷就放在手边，我先鞠躬道谢，词翁却出语惊人，说：“谢稚柳的画，我不题。”吴闻取了画卷，徐徐展开，原来已经题两首绝句：

别有诗心画不成，听人吹笛过西泠。
梦中岩濑茫茫绿，枕角吴山宛宛青。

断云别我向西峰，绕过孤山却又逢。
正有一诗无觅处，杖头飞堕凤林钟。

没有署上款，只写了他自己的款识曰：“西湖杂诗两首，夏承焘八十二岁。”显然这两首诗是他的旧作，不是专为此卷而写，但他还是动了一番心思的。我又一次感谢地说："诗意很好。"他说："不好，谢稚柳不给我画画，我也不题他的画。"词翁有些像小朋友赌气，令人不得要领，我看看吴闻，她说："这两首诗是夫子抄了送给你的，不是为题这个手卷作的。"虽然如此，词翁送给我一本新出版的《唐宋词欣赏》，并在扉页题写"明昭同志正，夏承焘奉"，"明昭"是我原来的名字，是我让他这样写的。

虽然如此，我还是带着很大的满足，携卷回到上海后，即去看望壮暮翁谢稚柳。壮暮翁看了张伯驹的题跋，称赞说诗的情意很真切；看了诗后夏承焘的题识，说：这位老兄还是书呆子。我说了见到夏承焘时的情景，他爽朗地笑了起来，说：他有一本书出版，来信叫我画封面，我没给他画，他生气了。壮暮翁说时的表情带有一点调皮的味道，就像小弟弟逗大哥哥。

两翁之间孩子似的表现后面，深深地隐藏着夏、谢两家的兄弟友情。1926年，谢稚柳之兄谢玉岑执教永嘉，与夏承焘同校共事，两人都以诗词闻名于世，惺惺相惜，夏承焘称之为"平生第一知己"，结为莫逆之交。谢玉岑有《永嘉杂咏》多首，其中一首是赠夏承焘之作，诗曰："清奇雁荡数东瓯，秀发青衿丽句收。才子敢随黔夏后，八声檀板唱甘州。"谢玉岑在诗后自注云："黔夏谓瞿禅，所作《八声甘州》，颇为浙生传诵。"谢稚柳在少年时代就与夏承焘相识了。谢玉岑离开永嘉时，作词《南浦》与夏承焘惜别，词中有句云："回首池塘青遍处，一夜离情都满。何时社燕还逢，说赚人、词赋长卿应倦。"在这以后的时间里，夏、谢不常相见，只是以信相慰藉，夏承焘说："别十余年，书问往复无虚月，其为词，每俾予先读。"彼此写下书信一百余通，切磋词意。此时，夏承焘正在编撰姜白石词疏，谢玉岑给他寄来参考资料，夏承焘《天风阁学词日记》，屡屡提及谢玉岑；谢玉岑作画，亦多由夏承焘题识。谢玉岑在病中，仍作词《忆永嘉旧游》致夏承焘，夏承焘赴常州问病。1935年，谢玉岑因病去世后，谢稚柳曾致信夏承焘，请帮助提供玉岑遗稿。谢、夏的词风都与姜白石相近，和姜白石的情况也差不多，都是以诗为词，后来诗名为词名所掩。自谢玉岑逝世后，夏承焘词龄长达50年之久，词风由吴梦窗转向东坡和稼轩。凭着谢玉岑与夏承焘的友谊，如果谢稚柳不是以小弟弟的任性，给夏承焘画了新作的封面，在《西湖小景》的卷后，词翁肯定会兴致勃发，写出一阕很好的词来。要不是吴闻的面子，恐怕连旧作也不愿意抄上去的。他们都很有性情，各自任性，多可爱。

夏承焘于1986年去世，隔年，吴闻将其灵骨落葬于浙江千岛湖。吴闻写了《贺新凉》词，更见女词人本色。词曰：

幽绝湖堤路。最关情、轻梳白羽，一行鸥鹭。飘渺闲云羡峰顶，似有仙槎来去。拍手招，词翁同住。千岛回环拱一墓，荡晴波，万顷涵丛树。春不老，人千古。

平生兴在林泉处。记流连，西湖北雁，竹筇麻屦。唤取桐君与严叟，还有南邻神姥。共商酌，诗词隽句。我有离愁如絮乱，任天风，吹梦成烟雾。鹃语咽，四山暮。

（2017年3月）

袁安圃与“董美人”

《隋董美人墓志》是蜀王杨秀为其侍女董美人写的墓志，铭文中写董美人之丰姿有云：“态转回眸之艳，香飘曳裾之风，飒洒逶迤，吹花回雪。”写其墓地云：“依依泉路，萧萧白杨，坟孤山静，松疏月凉。”瑰丽清新，雅具六朝文风。墓志铭的书体楷法精备，有着上接魏晋下启李唐的微妙转变，多为收藏家所追求，海上收藏家吴湖帆，花十年之工，孜孜寻找，他写道：

> 余旧藏《常丑奴志》，颇欲觅此志为丑美伴侣。十年来搜录之勤，所得者三本，一即此册，淡墨笼纱，真如蝉翼，且锋棱毕现，自是石墨上乘；其一浓墨拓，嘉兴陆氏鬲鼎楼旧物；一为整本，拓最次，以未剪裁为可贵……

吴湖帆得《隋董美人墓志》拓本后，在《袭美集》中又记：“曩余家传有金氏冬心斋旧藏《隋荥泽令常丑奴墓志》，因合装一函，题曰‘既丑且美’，并征近人六十家题词，一一和之，合一百廿首。”《袭美集》现藏上海图书馆，陈麦青君通览此集，并录词人六十家名单见诸报端。吴湖帆不但制“既丑且美”函匣共贮这两个隋墓志拓本，还经常拥《董美人》入寝，睡前还摩挲不止，自谓“与美人同梦”。

据陈麦青君所记，吴湖帆看到的《隋董美人墓志》不只是吴氏在跋语中所说的三种，另外还有现藏上海图书公司的陈淮生（承修）的藏本，这有吴湖帆在陈藏《隋董美人墓志》的题跋可证：“丁卯之冬，淮生道兄携示隋《常丑奴墓志》，与余藏冬心斋本相校勘，赏析竟日，各易题字，以识石墨胜缘。余并示以《董美人墓志》，意亦欲共观，而先生亦以此册未携为怅，盖《丑奴》《美人》俱隋志中铭心绝品，仅有之本也，吾二人俱双有之，岂非奇缘？戊辰冬日，访先生于寓斋，因得饱眼福，并属余录郑小坡题《西河》词及余和词于后。”

除了吴湖帆经眼的原拓四种，再有王壮弘在《崇善楼笔记》所记的两种，一种是他在市肆所见，“索价太昂，尚未售得”，另一种是他所赞美的“极尽浑美秀韵之致”的陈景陶（懿斋）旧藏的淡墨初拓整张的《董美人墓志》，此件现在上海图书馆，据说，仲威又在该馆库中，发现一张淡墨初拓，但无题跋。

2015年12月至2016年3月，上海博物馆举办“吴湖帆书画鉴藏特展”图录中，有一件《隋董美人墓志铭》整张拓本，题签“《隋董美人墓志铭》原石精拓，鱼千里室珍藏，庚辰十月，安圃袁樊”，册内有褚德彝题《调寄齐天乐》词并跋，跋云：“十年靑为湖帆世兄题此词，顷安圃仁兄复以古拓见示，因录旧作即蕲正拍。”再有郑慕康画《美人读谱图》，并题曰“辛巳六月为安圃学兄所藏董美人墓志铭补图”，另有署名“吴下安圃袁樊题记”。由此可知此册的藏主姓袁名樊，字安圃，苏州人。吴湖帆得《董美人墓志》岁在丁卯（1927年），袁安圃题此志岁在庚辰（1940年），显然此本未曾经过吴湖帆的收藏。

《隋董美人墓志》撰文落款“上柱国益州总管蜀王制”，这种墓志作者署名在古代撰写中是少见的。蜀王即杨秀，据《隋书》所记杨秀为隋高祖杨坚的第四子，“有胆气，容貌瑰伟，美须髯，多武艺，甚为朝臣所惮”。但是他那个做皇帝的父亲不大欢喜他，常对他的母亲献皇后说：“秀必以恶终。我在当无虑。至兄弟必反。”初封越，继徙蜀，由于他的奢侈，违反制度，为太子所谗，仁寿二年（602年）被废为庶人，幽内侍省，不得与妻子相见，令给獠婢二人驱使。董美人为杨秀侍女，据墓志铭所记，董美人于开皇十七年（597年）感疾而终于“仁寿宫”。董美人汴州恤宜县人，其祖为齐凉州刺史，父“俶傥英雄，声驰河浣”，董美人当然不会是“獠婢”了。撰此墓志铭时，杨秀已处逆境，又无能文章，此墓志铭文不可能是他握管自撰的了。

《隋董美人墓志》原石，于清嘉庆道光间出土于陕西兴平县，先后归上海陆剑庵、徐渭仁所藏，徐深为珍爱，因此名其斋为“隋轩”，咸丰三年（1853年）毁于兵燹，存世只有二十多年，故原石拓本甚少，为世人所珍，翻刻本较多。吴湖帆所藏原拓，即为徐渭仁的原藏。袁安圃在题跋中对所藏本赞曰“此本开卷即觉光华外发，风姿婀娜，字体稍瘦，而极墨不溢笔、笔不滞墨之妙”，但他又不无感叹，说：“矧其存世之暂，又与美人之红颜摧谢同，其可伤嗟呼。美人不永，庸讵知千百年后，其志石之所遭，竟亦如昙花一现邪。”袁氏谓其旧藏为庞氏味道腴斋蝉翼淡墨拓景印本，字体丰腴，及见吴湖帆藏本，则字体较瘦，以后的翻刻本“结体疏滞，神采不完”，且“墓字土旁无点，制字完整无蚀，是为翻刻伪本之左证”。又说：“彼拟玉环之丰，此方飞燕之弱，亦如定武兰亭之肥瘦平睨传为嘉话欤？”看来，袁安圃对《隋董美人墓志》是做了一番校勘研究的。

袁安圃何许人也？为什么海上对他无闻？于是，我又恢复了闲置多年的寻找习惯，寻找这位叫袁安圃的收藏家。他收藏的《董美人墓志》初拓本怎么会进了博物馆的？对他的寻找当然还是从上海博物馆开始。原来，他是银行高级职员，在“文革”中因抄家，其藏品都进了上海博物馆，直到2014年5月才补办了“袁安圃先生捐赠文物清单”，除了明清书画、元龙泉窑盘、犀角杯，再有就是《董美人墓志拓本》《隋元太仆暨夫人姬夫人墓志》等12件。办理捐献手续的是袁安圃的女儿袁葰文。此外还有《永乐大典》一册、《名人尺牍》也都为北京国家图书馆和上海博物馆收藏。

原来，袁安圃住的地方在富民路尽头的一条弄堂，如今这条弄堂已被拆除，沿着延安路盖起一栋高层公寓大楼，比那条弄堂要阔气多了。我熟悉的还是那条弄堂，这里住着陈巨来和他的弟弟陈左高，左高先生是我女儿读中学时的语文老师。在这栋公寓大楼里我见到袁葰文。她早已移民去了国外，退休后还是留恋自己生长的地方，就又回来住了。她总感到当今的高层公寓，不如昔日的花园洋房。但室内仍然留存着往日的书香，有赵叔孺为她父亲题写的“鱼千里室”，壁上悬挂着于右任为袁氏之夫人陈佩瑶书写的条幅，圆台上堆放着袁安圃的诗稿、残札，她在埋头整理中。在交谈中，袁葰文提到她父亲的朋友陈光甫、穆藕初、胡笔江和胡惠春父子等人的名字，虽然我都没有见过他们，但仍然有着几分亲切。他们既是银行家又是收藏家，笔者在以往写作收藏家传时，都为他们立过传，所以对他们并不陌生。

袁安圃虽从业于金融，但他雅好丹青、诗赋和昆曲。他是冯超然的大弟子，与陆俨少、郑慕康同出于冯超然门下，所以郑慕康为他藏的《董美人墓志》补图时，称他为师兄。陆俨少早年每有佳作，都要请他题诗，如题陆俨少《杜陵秋兴图卷》：“笔有江山助，身行万里归。秋怀传子美，画格出探微。多难兼国家，披图慰渴饥。槎溪渺云树，乡梦未应稀。”对陆氏画此卷，吴湖帆亦有《水调歌头》题之。

袁安圃和吴湖帆的交往也较多。民国初年，袁安圃与顾廷龙、吴湖帆、陈巨来，师从栩缘老人王同愈，王氏为版本目录学泰斗，亦擅画，时居南翔槎山草堂，对此四人寄望甚殷。

袁葰文对吴湖帆还有印象，一个大胖子，穿着很随便，和她父亲一见面，不是谈诗，就是论画。在袁安圃的诗集中有《湖帆家植铁骨红一株，春来忽作绿华，超然夫子对花写照，系之以诗，湖帆和之，余亦次韵成三解》，其一首云：“岂容桃李妒颜红，铁骨冰心向晓风。识得江妃长日恨，绝无梳洗閟唐宫。”吴湖帆临石涛《烂石堆云图》，袁安圃亦有题诗：“乱壑堆云石气蛮，行空天马匹荆关。漓漓大笔愁真宰，蓦见清湘邋遢山。”可见袁、吴相交不浅。既然如此，好为人作题的吴湖帆为什么没有在袁氏藏的《董美人墓志》留下他的题痕。袁葰文记忆，吴湖帆没有看到过这件原石拓本。

袁安圃诗词经整理自书成册，吴湖帆《集宋人句调芳草奉题安圃道先芳草集》，集苏东坡、刘后村、方千里、张玉田、辛稼轩、赵坦庵、蔡友古、晏小山、吴梦窗、柳耆卿、陆放翁等十一家词。集句比自创更加困难，所集之句要切人、切事，还要切调，更要熟背诸家词，否则觅句无所适从。更加耐人寻味的是吴湖帆题冯超然为袁安圃画的《鱼千里室图》，写下了《江城子》，词曰：

十年一梦旧山川。忆前欢。总茫然。几度危阑倚遍莫能传。翰墨情关遗研好，初未了，了因缘。

闭门高卧有袁安。雪漫漫。乐鱼渊。千里沤波咫尺且盘桓。三绝诗书图画外，眉黛扫，共婵娟。

吴词中所涉及沤波即袁安圃的别号。袁安是东汉汝阳人，品性高洁，守正不移，且安圃自诩为袁安后人。恽南田有诗书画三绝之誉，袁安圃读南田《瓯香馆集》，“益知三绝之名，自非幸事”，把“三绝”作为自己艺术追求的目标，故吴词中亦涉及之。

在《江城子》词后，吴湖帆遵照袁安圃的嘱托，写了《鱼千里室图》背后的故事：“袁沤波兄鱼千里室图，其师冯超然先生，许之十年未成，迄甲午（1954年）夏，忽动画兴，一鼓竟之，偿宿诺焉。款书犹著癸未（1943年）八月。不意隔一月先生遽归道山，是画竟如绝笔，后之览者，不识其原如此。”

袁安圃留下诗集二册，前半部由他自己手书，后半部由其夫人陈佩瑶手抄，娟娟小楷写得别有情调。他的诗也写得清新隽美，多有艳丽之语，大有唐代李长吉、李商隐的风韵，特别是古风及歌行都写得很有气度。他曾说自己为学的经历：“画出于冯，诗出于张，词出于吴。”冯即冯超然，张是南通的张謇，吴即是吴梅，张、吴是诗词大家。笔者曾看到张謇写给他论诗的一封信，说：李长吉为长爪郎，非福泽人；欲艳丽，可从玉溪生。李长吉命短，是学诗者之一忌。《吴郡安圃袁樊诗集》前有冒广生写的序，对他的诗颇多赞誉，序说安圃的诗“语语真挚，使人增骨肉之重，曩与散原论诗，辟诸草木，有膏汁者生，无膏汁者死，其诗可谓有膏汁存焉者，非错彩镂金可比也”。

不只是画、诗、词，袁安圃用功最多的还是昆曲。袁葰文告诉笔者，她父亲和梅兰芳、俞振飞交往很多，昆曲传字辈的朱传茗、沈传芷、王传松是他们家的常客，父亲曾登台与俞振飞合演《牡丹亭》中《游园惊梦》一折，扮演杜丽娘，人们称他是昆曲梅兰芳。高亭唱片公司灌有他的唱腔留存于世。其实袁安圃师从俞振飞的父亲俞粟庐学昆曲，远在1922年就拜师俞粟庐了。他曾写了《听俞丈粟庐度曲》的诗，有句云：“俞翁高歌震屋梁，岿然大年鲁灵光，双瞳烂烂神飞扬，古调清泠气盘礴。……真情逸态妙弦外，四座闻之增慷慨。欲持如意为翁起，一字一击唾壶碎。”唱者与听者情景交融，写得真切而动人。

后来，俞粟庐应穆藕初有西湖之游，袁安圃随行，这次见到了吴昌硕，袁氏写了一首诗，诗前小序颇记其详：“俞粟老应穆藕初之约，游于西子湖头，适与吴缶老订邂逅缘，邀登西泠印社，把臂言欢，诵冬心诗‘如此青山两白头’之句，不啻为当时写影。是日，嘉宾戾止，清兴不浅，复有大休上人，抱琴而来，为弹《梅花三弄》，诸子报以《折柳阳关》一折，山灵有知，亦当为之击节不止。时在壬戌（1922年）三月二十七日，客凡十有九人。”

看来他们是清游，绝不是今天的观山游水，而是在玩学问，玩雅兴。对于袁安圃那一代人，只是看到他们消闲散疏的一面是不够的，还要看到他们砺志于学的一面。在袁葰文家，我翻阅了堆在桌上的袁安圃遗稿，开始也感到有些杂乱，渐渐地理出了头绪，他是在准备编三册画集。文稿上标明“石一”“石二”“石三”，下列许多画目，应该是他要编的画取材于《石渠宝笈》中，另外有些标有“虚斋”“过云”及画目的残页，应该是藏在庞虚斋及苏州过云楼顾家的石涛画名。另有一册《鱼千里室考藏书画记》初稿，都是手卷类，其中有《清王原祁仿元季六大家推蓬图卷》《清查士标仿黄鹤山樵水墨山水卷》，每一条目后都录有印记、题跋及画家小传，看来，他是要做一部书画著录之类的书。可惜只记了三五位画家的作品，没有进行下去。除了书画，小嘉趣堂是袁安圃藏书处，曾藏书万卷，他还创办“鉴真社”“安定珂罗版社”，出版的有《明代名人墨宝》《今古鉴真》等影印本书画册。

还有一册《鱼千里室考藏明贤金箑》并注明时间是“己丑春莫”，此册为1949年所记，虽然记了二三十件，仍然没有进行下去。袁葰文告诉笔者：这批金笺扇面有500把，如今还在，由她经手，按兄弟姐妹五人分成5份，不论价钱高低，以编号抓阄的方式分掉了，如今这批金扇面都藏在海外袁家后人手里。

作为银行高级职员，袁安圃的爱好与风雅似乎是与生俱来，探究下去还是有渊源的。“文化大革命”时批评袁家一门的“阶级性根源”，似乎有些荒唐，按照今天“遗传基因”的科学说法，他的风雅不是无源之水，袁安圃说他们是袁安的后代，有些太遥远，但有谱可查的是他确实具有明朝苏州“六俊”中第三俊袁衮的血统。明袁鼒工诗书兼精岐黄术，而子侄袁表、袁褧、袁衮、袁褒、袁袠、袁裘俱负盛名，嘉靖年间称之为“吴中六俊”。六俊之一的袁褧尝摹刻古书善本，如《世说》《文选》，亦刻有《淳化阁帖》，虽流传不广，但五百年以袁刻为罕传。嘉靖末，顾从义刻《阁帖》，其后万历间潘允亮又刻之，都号称翻自袁藏本。袁刻全帙，今同星凤，世遂以顾、潘刻为善本。

袁鼒结婚17年无子，沈石田为他写榴花题赠曰：“吾写君家多子榴，明年消息在枝头。锦囊一朝百宝露，积善衮衮皆公侯。”次年果然生了儿子，遂名衮。袁衮为嘉靖十七年（1538年）进士，官至礼部员外郎，父因子贵，袁鼒任承德郎礼部仪制清吏司主事。从钱大昕题签的《清芬世守》的影印本来看，仅明一代题赠袁氏墨迹的有吴宽、祝允明、文徵明、周天球、王宠、沈周、陆师道、文从简等。袁氏文脉代代相传，至袁安圃而未断，袁安圃有“江南六俊世家”印。吴湖帆题赠袁安圃

《三部乐》词中有言“不负慧业，获旧泽文缆重结”，应该就是这个意思。

袁安圃的身份是多重的，既是银行界、纺织界高级职员，又是文化人，更是收藏家，其名字不为社会所知，除了于1963年12月24日因车祸在香港去世，和他的寿命不算长有关，更为重要的是他的人生价值的取向和同时代的人不同。从当时银行界的《金声》来看，王辛笛、黄苗子也活跃在银行界，他们经常以诗唱和，后来王、黄二位都参加了“左”倾的文化运动，闻名于社会，而袁安圃仍然崇尚儒家精神，提出“经营不改琴书乐，贸易犹存翰墨香”，以洗被斥为“市侩俗贾”的耻辱，仍然在画画、作诗、唱曲、玩收藏，有生之年，一直没有离开做儒商的宗旨。他不能算“大隐隐于市”的隐者，他的女儿袁葰文至今还记得他的一句话：“要把自己藏起来。”有了这样“藏”的人生，虽不为世人所知，但避开了许多烦恼。

（2017年3月）

钵水斋主：苏渊雷

有一种“文化学人”，并不是指搞文化学研究的人，而是指具有文化气息的学者。世间学者很多，而能有洒脱高雅文化气息的则不多；文化人也不少，而能具有学问深厚朴茂修养的则很少。钵水斋主苏渊雷则是二美并存的学者。我对他的认识也是从他身上那股文化气息开始的，大多数人对他的认识也是在这方面。

是为了一个画卷，我走进钵水斋。那时，我常去大石斋听药翁唐云论画，并热衷于搜觅他的资料。在闲谈中，药翁常念念不忘的是给钵水斋画的卷子，他不说自己的画好，而是说苏渊雷的诗好。这样，我就乘兴而去，到钵水斋观赏《柳桥忆别图卷》。那时没有电话，只是带着唐云的手札，到了那里，钵水翁毫无准备，东翻西寻，费了好大劲才把卷子找到。但他不打开画卷给我欣赏，把画卷往袖管里一塞，说到老唐那里去看，他的夫人在旁说，无非是想去那里喝酒吧。果然，到了大石斋，正值晚饭，钵水翁即入座饮酒。唐云也是钵水斋的酒客，曾在那里饮酒数日不归。钵水翁好饮而不善饮，酒量远不如药翁，但他们都知己知彼，量力而行，饮到最佳处是微醺而不醉，各人都以尽兴为乐。我在旁看他们饮也是一种美的享受。酒后观画，自是别有一番情趣，但意犹未尽，药翁“担保”，钵翁允我带回观赏，因此《柳桥忆别图卷》留我家月余方还。

画卷使我认识了钵翁这个人，也认识了钵翁的诗。这个画本来就是药翁依据钵翁的诗意画的。此诗云：

廿年心事柳萧萧，长忆门前旧板桥。
一自美人和泪别，愁风愁雨到今朝。

劫换华年两鬓萧，几回攀恨赤栏桥。
春江碧涨秋江白，一例魂销奈此朝。

不须闻笛怨飘萧，取次春风拂灞桥。
百尺柔条千尺水，未曾断送是明朝。

诗写得是如此精警沉郁，纡徐往复，思飘云物之外，正如药翁在跋语中所说：“非常人所能共喻也”。此诗作于1949年，钵翁居长乐路，朱大可说他的院子里“有海棠三本，奇石数峰，每招待宾客醉吟其间，颇有顾阿瑛玉山遗风。诗境既好，诗笔自工也”。这时他正在徐森玉的领导下，做文管会秘书，对“明朝”自然是充满希望的。以后又读过钵翁所赠诗篇数件，其中多为唱和游弋之作，都无法代替这三首诗给我留下的美的印象，那是诗韵之美。

以后，我和钵翁时有过往，也多在大石斋或壮暮堂中，接触机会最多的是在他重建钵水斋的时候，他津津乐道的是钵水斋的由来。抗战八年，他避难重庆，在南温泉中央政治学校觅得讲席一职，他有感于世变日亟，出处维艰，谋生途径之狭，生活情趣之低，为求温饱所花的时间，几乎占每日的全部，和他诗酒风流、广交朋友企求相去甚远。为了有一个自由自在身，他不顾生计所迫，毅然辞去教职，摆脱薪给的生活圈，在重庆闹市中心上清寺，创设钵水斋，以文会友，凡文物交流、图籍出版、学术讲座、书画展览，无不一一举办。一时俊彦，乐与周旋，和酒人共饮，和诗人唱和，和学人论学，与书画家谈艺，一些法师居士，也常来钵水斋谈禅说佛，真可谓“书林坐隐，广结胜缘，一时流寓诸公，颇不以寒斋简陋见外，文史优游，声气相通”（钵翁语）。吴稚晖、马一浮、沈尹默分别为题斋额。开幕之日，乔大壮首介其亲戚所藏古代名画寄售，以壮观瞻。海内外学人李约瑟、高罗佩、柳翼谋、章行严、许寿裳、汪旭初、钱宾四、傅孟真、顾颉刚、杨家骆、徐澄宇等，常到钵水斋走动，过从甚密。地处夏家坝的复旦大学教授陈子展、林同济、伍蠡甫、梁宗岱、鲁实先等，辄联袂过江，雅集钵水斋。远至牛津、剑桥诸大学，屡屡访求秘籍；而复性书院、支那学院、汉藏教理院乃至国立历史语言研究所对钵水斋亦皆崇信，多以所刊典籍，托为流传，“世始知寒斋闹市，隐为陪都文化中心焉”（钵翁语）。钵翁好友高二适《赠渊雷》诗曰：

故人昔住温塘日，酒罢高歌泪数行。
自倚卖书为事业，谁知经世有文章？
贫余妻子能行乐，倦里关河供发狂。
似我萧疏亦何计，江湖安得便相忘？

最为使他快活的是号称酒人尹石公、马叔平、孙伏园，几乎每日午后，到钵水斋清谈，乘兴即去开设在钵水斋旁的酒肆，饮谈为乐。其时曾履川结“罗湾诗社”于其寓所，家厨甚美，吟朋屡集，如陈仲陶、潘伯鹰、吴稚鹤及沈尹默、章行严、乔大壮诸诗老，苏渊雷常与之登高作赋，这给他战时生活带来许多快活，“迄今四十年，犹为人所乐道”（钵翁语）。

四十多年之后的1985年，钵翁感到“盛业日新，与时偕及”，正是“重恢旧绪，借证新机”好时光，他兴致勃勃，要重建钵水斋，再现昔时的盛景。无奈旧雨飘零，新知难觅，环境骤变，文化气息也销蚀殆尽，再也难以重现旧时月色，虽然花了许多功夫，重建钵水斋也就成了水流云去一梦。他为此很伤心了一阵。

钵水斋还在，仍然有酒，有诗，有书，有画，只不过是他和家人自娱的所在。这也是他难得清静的时候。既然是学人，治学才是立足之本，在史学、文学、哲学及佛学研究上的多年积累，喷薄而出，撰写并出版《中国佛教史》，校点禅宗名著《五灯会元》，选注《王渔洋选集》《晚唐四家诗合论》，还为高二适、吴湖帆、钱瘦铁等书画家的集子作序。这时钵水斋给他带来最大欣慰的是其与公子苏春生举办父子书画联展，春生是华东师范大学艺术系教授，擅山水，那时我为他们父子书画联展撰一小文，大意是说眉州有三苏，温州有二苏，跨越历史的时空，互为媲美。

高二适诗中说“故人昔住温塘日，酒罢高歌泪数行”。“温塘”有二义，一是指重庆南北温泉，一是指温州，钵翁为温州人。钵翁苏渊雷的这种豪情纵放，我是从被称为“谢家玉树”的谢玉岑的诗翰中有所了解的。谢玉岑与词人夏承焘并在浙江省立第十中学（今温州一中）任教，玉岑诗词中有《永嘉杂咏》《南浦·丙寅仲夏临发永嘉赋示诸生》，他在温州教了一年书，因年迈祖母及病妻，即回常州奉养。他有《病起忆永嘉旧游》一首，是附在给夏承焘信中的，此诗云：

> 黉舍常传月下歌，清游前梦堕银河。
> 绛纱弟子才如海，槛风吪鸾可奈何！

诗后自注云：“蔡生死后，苏生犹系杭狱。”蔡生即蔡雄，苏生即苏渊雷，都是谢玉岑得意弟子。蔡雄于1927年“四一二”死于党狱，苏渊雷入狱七年不觌，幸得生还。蔡雄被害，铁窗中的苏渊雷热泪滂沱，用戴镣铐的手写下了长诗《伤感之秋》，诗稿辗转到狱外，以“逝波”的笔名在潘汉年主编的《幻洲》半月刊上发表。原来，苏渊雷在中学时代就参加共青团，继之又参加共产党，曾是浙东地区的风云人物。1933年，苏渊雷出狱后即赴上海，参与薛暮桥、骆耕漠、钱俊瑞、徐雪寒等办刊物、开书店的活动。可见，他以后在重庆开创钵水斋所做的营生，就在此时已扎下了根，变成了一种情结，直到晚年还要重开钵水斋。其实，苏渊雷的酒兴诗情及他那豪情坦诚的胸怀，一生未改。由此也就把自己定为文化型学人了。这对他也许是最合适的。

1949年，苏渊雷面对“一片江山突兀来”，当年的许多朋友已随军进驻上海，故友重逢，欣喜若狂，他是首任军管会高等教育处兼文管会秘书，配合徐森玉，为保护文物做了大量工作，在万事待兴的繁忙中，他还是没有忘记自己是个学人，出版了《白居易传论》《李杜诗选》《元白诗选》等著作，以后就调到华东师范大学历史系做起教授来了。

性格决定命运。1957年在《文汇报》上发表的一番言论，说什么“矛盾引导前进，烦恼即是菩提”，对高等教育、知识分子改造及民主党派问题谈了自己的看法，使他在劫难逃。他对佛家经典及禅宗妙义虽然研究颇深，由于他的天性使然，使他无法进入“菩提本无树”的境界，只落得全家流放“宁古塔”。还好，没有到北大荒，而是被分派到哈尔滨师范学院历史系，做了个“戴帽”的教师，但“宁古塔”这一劫还是免不了，几年之后，随着历史系师生下放劳动，去了零下四十多度的海北，以后又干脆在这里插队落户了。

钵翁1958年流放东北，到1971年的“文革”时期从他插队落户的海北退休回到故乡，塞外生活14年，为我们留下诗稿《霜笳集》。发配到“宁古塔”的知识分子数以万计，可能由于笔者的孤陋寡闻，仅见聂绀弩的《北荒草》《赠答草》《南山草》的“三草诗”，一时为人传颂，流传颇广，但对苏渊雷的《霜笳集》则知者甚少。从该集中可以看到当时唱和的有马一浮、谢无量、瞿蜕园、高二适、朱大可、钱默存、冒叔子、徐天风、陆维钊、陈士械、周退密、张宗祥、张志岳、陈登原、穆茧斋、吴仲康、夏承焘等二十余人，或咏物，或咏史，或抒怀，流连古昔，感喟平生，读之使人情不自禁地联想到吴兆骞的《秋笳集》来，虽然都是“却怜万里寻诗客，满纸酸辛杂泪痕”，但《霜笳集》中的诗没有哀怨之感，恰如吴仲康评之曰：“诗心愈深，诗胆愈壮，清言见骨，旧解新生，芬芳悱恻，可以泣鬼神，诉真宰。”可惜的是，苏渊雷不如吴兆骞有遇到纳兰容若的赏识的幸运，没人能为他作提早南归计，直到“雪花如掌鬓如丝”方才退休归里。总之，他还是幸运的，能活着回来。再有幸者，他虽然在流放之中，仍然是书卷、山川、朋友三者具备。

自宋以降，历来被发配的文人，都会以苏东坡流放到海南事以自喻，钵翁何尝没有这种情怀呢？不过，他比别人表现得还要具体而生动。他藏有“东坡墨妙亭诗残刻十七字断碑砚”

一枚，他说："予得此砚后，随身携赴粟末。"1962年1月24日（农历十二月十九日），东坡诞生925周年，虽在流放中，仍集客于钵水斋以此砚相示为贺，同时他又把残碑上的诗句拓片，以及用东坡集中孙莘老求墨妙亭诗原韵及东坡龙尾砚歌韵写了两首诗，分赠海内师友索和，诗中有"三年松花江水碧，诗声琅琅孱登登。赏奇析疑饮文字，盍簪亦得两三朋"，再现了他在北国的生活。诗中又云："铭词还似叠山句，弘骨弘心同心知。（叠山铭曰："洮湖石，碧于血。千年不死苌弘骨。"石斋铭曰："身可污，心不辱，藏之三年化碧血。"）暂将清白离诸垢，笔扫胡尘归九有。"我想他是以此来表现自己的风骨吧。既然命定做了知识分子，任何时候都不应失诸风骨的。

东坡墨妙亭诗残刻砚，世有两枚：其一枚为王阳明所藏，存"灯他年忆贺监时须服孙莘老"十二字，背镌"守人"楷书二字，又"阳明山人"篆书四字，侧镌"驿丞署尾碑"分书五字。清乾隆中，在新建裘叔度处，蒋心馀、纪晓岚各为题诗。今不知所在。其二即苏渊雷所藏此砚，在明代为黄道周（石斋）所藏。清代乾隆年间，初在归安姚玉裁之孱斋，继归桐乡之求是斋，丁龙泓、厉樊榭、蒋心馀，皆有长歌，张芑堂并为摹刻于《金石契》。也有一说南城曾宾谷得之扬州市上。同光间在吴县潘伯寅之滂喜斋，后入袁爽秋之沤簃，宣统中在贵筑王仲猷处，民国后在杭州杨见心之丰华堂。新中国成立后转入钵水斋中。史无前例的岁月中亦是钵翁随身之物，故他感叹说："十年动乱，人天如客，此砚能存，宁非快事！"

在南京大书法家高二适处，我看到过一批高、苏往来的信件，有几封是在有关王羲之《兰亭》真伪辩论时写的，苏渊雷是高二适论说的支持者，信中有言昔日郭老是我钵水小斋中常客，今日何来如此的霸气？对这次辩论笔者曾写过一篇《回眸"兰亭论辩”》的文章，在这里就不再赘述。但有点可补：当年《文物》杂志为什么会全文发表高二适论文的手稿？今年夏季，当年《文物》杂志编辑、直接编发高氏手稿的黄檝来电告知：那是康生的主意，康认为高的章草写得不好，有意出高的洋相。如今黄檝已移居新加坡，我相信他的话是真实的。因为章士钊写信给毛泽东推荐高二适的文章时，信的一开头就把高二适的章草称赞了一番，他写道：“兹有读者江南高二适，巍然一硕书也（按硕字出《柳集》）。专攻章草，颇有发明，自作草亦见功力，兴酣时并窥得我公笔意，想公将自浏览而喜。”章士钊这话本意是讨毛泽东的喜欢，不料得罪了康生。康生的书法也是从章草出身，不过和高二适的书法不是一个路数。

对章士钊，高二适、苏渊雷都是以师长辈尊之。但他们对章士钊所著《柳文指要》一书中的错误也会毫不客气地指出来。从他们的信中可知，他们指出《柳文指要》的错误有180多处，高二适出于对恩师的爱护，希望在该书再版时能作改正。毛泽东在复章士钊的信中也谈到《柳文指要》，说：“信及《指要》下部，都已收到，已经读过一遍，上部还想再读一遍，另有友人也想读。大问题是唯物史观问题，即主要阶级斗争问题。但此事不能强求之于世界观已经固定之老先生们，故不必改动。嗣后历史学者可能批评你这一点，请你要有精神准备，不怕人家批评。”对章士钊的《柳文指要》的批评，毛泽东是从大处着眼，高二适、苏渊雷是从具体的小事入手。这些“小事”是《柳文指要》的硬伤，学生们对老师能如此指出，足证他们尊师爱学的传统道德之风。可惜，《柳文指要》重新出版时，章、高师生均已作古，对其中的错误当然也就无从纠正了。

钵翁晚年已白发盈顶，但仍然是有酒、有诗、有书、有山川、有朋友，仍然是豪情不减，但经历了大劫大难，心境毕竟是不同了，他曾给小友也是笔者的朋友蒋国梁书写一副对联“马蹄秋水，虎尾春冰”，以作对学生处世的告诫。此时，这位小友风华正茂，钵翁自己不正是从风华正茂走过来的吗？唯遇险处不留神，才落得多灾多难的身。唯他身上的文化气息不衰，故我要作文记之。

（2008年）

胡问遂：石库门内播种者

如今，对石库门冠之以“上海文化”，它也就变成上海的象征，被称为“石库门文化”。石库门的建筑大多是楼下为灶堂、客厅、左右厢房、天井，在一楼与二楼之间楼梯处，另设一间，有一个小小的房门，称为亭子间，二楼即是卧室，左右厢房，再往上还有一层，有的是正规的房间，有的则是阁楼了。我没有家时住在集体宿舍，有家后即住在新式工房，没有领受过住石库门的乐趣。但是我的书画界的朋友有几位就是住石库门的，像陆俨少、来楚生、张大壮等。现在的一些中年文化人都大谈居住在石库门的乐趣，有着几分迷恋，回想起这几位老画家住石库门的窘境，实在是感受不到什么乐趣。我在这里要写的书法家胡问遂先生，就是住在石库门里，除了二楼的大房间，左右厢房，还有三层的阁楼。不像其他石库门里住着72家房客那样拥挤嘈杂。

“文革”期间，《文汇报》从内容到版面虽然有着脱胎换骨的变化，编辑记者雅好文化的本性难改，有时还搞一些小趣味，比如文前、文尾有小题花，标题也不全是愣头愣脑的方块字，而是用书法家的手写体。为《文汇报》写标题最多的要数胡问遂先生了。

胡先生住在上海商业中心南京路上的一条弄堂里，前面是商业大厦，后面即是他居住的所在，可谓是大墙后面的石库门。那时南京路商业萧条，却是红旗如海，拳头如林，口号声、革命歌曲声响遏行云，我曾走进这座石库门的房子，从后门上楼，那已经有着裂缝的木楼梯发出“咯吱咯吱”的声响。他对着木楼梯的门又总是开着的，未进门我就高喊一声：“胡先生！”他会面带微笑站在门前迎接我；迎门而立的就是他那临窗的书案，案上毡毯沾满墨迹，案头有一只大柚木笔筒，笔筒里插着长的、短的、大的、小的毛笔，案的那一头就放着那石砚，石砚内残留着宿墨，墙上拉着一根钢丝，墨迹未干的字就悬挂在钢丝上，他会像刚完成作业的小学生那样问道：“你看这幅字写得怎样？”那是他的虚怀若谷，我会高谈阔论地议论一番，是对是错，他都是认真地听着。还有胡师母，她总是面带着慈爱的微笑，送上一杯茶，是那样温婉可亲，无论我们谈什么，她总是坐在一旁静静地听着，很少插话。有时，我会做不速之客，或傍晚，或晚饭时，或夜里，快步登上楼梯，请他为报纸写一条标题，即使在吃饭时候，他也会立刻放下饭碗，提笔写就，我又拿着他写了字的温润的宣纸，飘飘荡荡地奔回报社。

在胡先生那里，我真正领会到“桃李无言，下自成蹊”，是一种什么样的意境了。在我和胡先生初识于“文革”初期的冰封季节，真是万花凋谢，没有生机，街头本来是用毛笔写的招牌，在破“四旧”的声讨中被摘下，无法摘除的，也都封之以白纸，或涂之以红漆，可以这样说，除了在《文汇报》上偶然还能看到胡先生手书的标题，其他地方就很少再能看到毛笔字了。就是在这样的季节里，我经常还会遇到三三两两热爱书法的青年，拿着自己的习作，到胡先生面前去请教。胡先生也会像对待自己的书法作品那样，把学生的书法悬挂在钢丝上，和学生们在一起评讲，总有点像古代设绛帐讲学那样，我感受到他们对胡先生的尊敬，带着一种唐僧西天取经的虔诚，而胡先生又是那样谆谆教之。南京路上“造反有理”的口号声震天，街头贴着扫“四旧”的标语，和这小屋的气氛是那样不和谐。

来胡先生这里求教书法的青年，从群体来看，真可谓是丰富多彩。有学中医的，有学西医的，有工程师，有教师，有政府工作人员，有商店的店员，有小菜场卖菜割肉的营业员，有街道工厂青年，里弄的无业者，农场的知识青年，有的患先天性的腿疾，拄着拐杖，有男生也有女生。他们的兴趣也都非常广泛，不只是爱好书法，还有爱好篆刻、画画、手工，或许还有某种绝技，有的人家中还可能遭受“文革”的劫难。此时他们都是成了“文革”政治旋涡中的边缘人，以边缘者的心情在求知、在赏玩、在交游，他们手中还会有传单、造反小报及手抄本，和他们在一起，我感到那是一个轻松、友爱和谐的世界，也感受到一股带着强大生命力的潜流在涓涓流动。作为一个新闻记者，我多想把感受到的情景写成文章，见诸报端，但是时代不允许我这样做。

生活在这样一群青年中，胡先生也是很愉快，不但教他们书法，还为他们提供纸笔，当然那是某种特殊的纸和笔，送给我的是几张旧皮纸和南京十竹斋诗笺，都是有年头的了。十竹斋诗笺是1948年印刷出来的，是秦子奇和吴青霞、庞左玉画的东坡诗意，有郑午昌、王季迁、陈小翠、周炼霞等人的题跋，如周炼霞题诗：“翠竹夭桃不在多，闲拈诗意写东坡。春来未化仙人舄，解向江头浴暖波。”陈小翠题诗：“江南二月草如丝，正是春潮欲上时。远信沉浮鱼未到，□江冷暖鸭先知。尽邀绣阁生花笔，补写东坡得意诗。近日艺林传绝唱，旗亭都画竹枝词。”李秋君题写了东坡《惠崇〈春江晚景〉》诗，并曰：“戊子五月秦子奇、庞左玉、吴青霞合写东坡春江晚景诗意，镇海李秋君题记。”诗笺已经用了一些，那几张皮纸我仍然保存着，至今也有45年了。1973年，有一次传达了毛泽东讲话，其中有一句提到“要学一点书法”，我听后有些喜出望外，用那时的话说“闻风而动”，立即请郭绍虞先生写了一篇文章，题目就是“要学一点书法”，又请胡先生写了一幅四尺整张的鲁迅的诗，发表在《文汇报》上。郭先生的文章和胡先生的书法，当时就被认为是“解冻之作”，社会上反应很好，胡先生周围学书法的青年更是高兴，认为学习书法不需要再遮遮掩掩，是名正言顺的事了。此事推动了书法学习，在上海书法活动的历史留下了一笔。当年，我在胡先生家中认识的那些学书法的青年，如今，有的成为上海书坛的名家，有的成为书法界领军人物，盛名之下，有人就不大愿意重提这样一段历史了。

在胡先生那里，我还为许多朋友求过字，有报社的同事，也有上海或外地的朋友。他总是奉行着“有求必应，绝不应酬”的原则。有一次，我为一个朋友求字，并没有什么奢望，只要能求到他写一张条幅就满足了。我们交谈时，无意中提到董其昌书写的白居易《琵琶行》长卷。他说：“我就给他写一卷《琵琶行》吧。”几天后我去取字，他拿出两卷，说：“这一卷写得不好，我又重写一卷。”我说：“那一卷不好的我留下。”他说：“既然不愿送给你的朋友，又怎么能给你呢。你要的话，我再给你写一卷。”我远出采访归来，谈途中风物之美，胡先生亦乐在其中。过了一段日子，再去看胡先生，他欣然命笔，将《琵琶行》诗和序作了完整的书写，全卷600多字，一气呵成，可谓是胡问遂书法作品中的煌煌巨制，行草相谐，点画狼藉，既有方笔的庄严，又有圆笔的流畅，方中有圆，圆中有方，冶方圆于一炉，又有着浓厚的真书笔意。我将此卷付诸装池时，请来楚生先生写了“胡问遂行草书琵琶行”引首，来先生对此卷赞赏备至。到了20世纪80年代，我经常进入火箭、卫星、原子弹尖端科技领域采访，张爱萍将军给我很大的支持，有许多采访都是他亲自安排，可谓是为我的采访一路开了绿灯。张将军既是战将，指挥一江山岛战斗取得胜利，又是儒将，是诗人，而又颇好翰墨。为了表示对张将军的感谢，我又去向胡先生求字。胡先生写了一幅六尺中堂，内容是曹孟德的《龟虽寿》，并写了张将军的上款，字大如碗口，观之顿有回肠荡气之感。我把这幅字带到北京，送给张将军，当天就送去装裱，张将军并回敬胡先生一张四尺中堂，他们在进行心灵上的交流。当然，张将军也为我写两幅四尺中堂，都是他为洲际导弹发射成功而写的诗。

虽然受到青年书法爱好者的拥戴，但胡先生并不以我为尊，他经常向学生介绍海上其他书家的长处，把学生介绍到其他书法家那里去学习，让他们师从多门。在1962年，我就认识沈尹默先生，他还为我写了毛泽东《沁园春·雪》词，而且是他不多见的草书。这时沈老已经去世，我想去看看沈夫人褚保权，但时间已经过去几年，她可能对我没有什么印象，胡先生亲自陪我去海伦路沈老家中探望。胡先生是沈老的入室弟子，当然是熟门熟路。我当时还没有认识的书画家，胡先生也一一作为引荐。如谢稚柳、陈佩秋二位先生，胡先生不只是向我推荐，而且还派了其长公子胡考专程陪我到乌鲁木齐南路谢、陈寓所。胡考称谢氏为老师，称陈氏为师母，他当然是谢氏的学生了。胡考拜谢氏为师，还是沈老为他写了介绍信。胡考那时还是顽皮少年，只把沈老的信给谢氏看了一眼，就收藏为已有了。还有认识王蘧常先生，也是胡先生为我介绍的。我去胡先生家时，胡考已经是小有名气的青年书法家了。“文革”初期，我即从淮海路旧货商店买了旧的红木镜框、老式台灯及一批洒金旧纸，用此纸请老先生为我画画写字，无不称赞是好纸，程十发先生除了用此纸为我作画外，他要用他的画换我的纸，怎么要他用画与我交换呢，遂送他几张旧纸。我用这种旧纸请胡考写一卷，内容都是毛泽东诗词。后来胡先生知道此事，说：“让他用这种纸给你写字，太浪费了。”我也用这种纸请胡先生写字，他只写了一张，说：“这种纸你留着吧，或者请别人给你画画写字吧。”可见，胡先生教子之严及为人之自谦。我没有听胡先生的话，几十张旧纸都用完了，有了赏心悦目的享受，也就不感到可惜了。

胡先生恂恂儒雅，对自己从不张扬，和他在一起，很少听到他谈自己临过什么帖，读过什么书，写过什么字，更没有听到在什么时候他的一幅字卖了多少钱。当然，那时很少有卖字的。一天，我去看他，胡师母说先生在发烧。我爬上阁楼，看到他拥衾而坐，手里捧着一本帖，聚精会神地在读。说实话，由于我的孤陋浅薄，就贸然地说：“只听说过临帖，没听说过读帖。”他说：“读帖和临帖同样重要，我在读帖上花的时间比临帖多。”他告诉我学书总是要读了临，临了读，反反复复，品味书中的意趣、用笔方法，有时还要观看通篇的字法、行气，更要逐字玩味。这是他唯一一次给我讲了他学书的过程。随着岁月的流逝，胡先生给我讲了许多事我都忘记了，现在还只记得他临颜真卿的《告身帖》，在四年的时间里，竟然临了一千多遍。读了多少遍，连他自己也不知道了。后来，胡先生知我也学写字，并送我一支天马笔。天马笔还在，惭愧的我当时没有听他的话，没有在写字上下功夫。如果我那时听了胡先生的话，到现在也写了几十年了，说不定也可以书家自诩了。

我那时有个习惯，欢喜这位老先生给我画的画和写的字，还会送到另一位老先生那里，评点欣赏，有时也会在办公室里张挂起来，请报社的同仁来看，使自己的欣赏水平有所提高，因之被朋友拿走的字画也不少。有一年，上海中国画院举行书法展览，我送了几幅老先生为我写的字参展，其中当然有胡先生的经典之作《琵琶行》卷，那一次陈佩秋先生也在看这个书法展览，我就在她旁边听她评论，她说："看来还是沈尹默、来楚生、胡问遂三家书法写得好，胡问遂的功夫深，有一定成就，要写出他的那种笔势也有一定的难度，要写到一定程度才能有成就。"她特别讲了胡先生写的颜字的上挑一勾，像鸟头那样写得圆浑，不服气的可以试一试，比一比。佩秋先生是当代书画大家，又精于鉴赏，更以讲真话而闻名于海上画坛，她的话应是恂知之言，诚可信也。胡先生为书《琵琶行》长卷，系之情怀，日久弥深，2009年夏，为此卷写了跋语，云：

白香山《琵琶行》，以自写羁臣怨士之绪，抒彼旷怀，此意不为人所深解，意为沦落摩登伽女揾青衫之泪也。黄山谷亦云：白太傅后身，所作艳词与琵琶行同歌，尤为禅德所呵，不止堕驴腹马胎。山谷书学张颠狂素，飘逸激荡，清空绝尘，惟书白香山琵琶行，规摹草草，本意以行书写流艳语轻之，然正似香山以无情人落有情痴，遂为妙迹。

余尝游天下，往往地阅千万里，欲得一卷《琵琶行》，藏诸敝斋，以供不时清赏。但知音难觅，常为之怫然。癸丑（1973年）之秋，余采访远游归黄浦，趋藤颖阁拜胡问遂先生，见其奋笔作书，诚如米元章云："如撑急水滩船，用尽气力，不离其处。"落笔与纵笔处，和缓劲挺兼之。胡翁每日临池，用功之勤，不知费纸几何，退笔几何，真是痴人前不得说梦，对夏虫难与之言冰也，其中艰辛唯书家自知耳。今日朝学执笔，夕已成名者，何能得其解也。少顷，胡翁收笔，余与之谈远游趣闻，兼及未得白乐天《琵琶行》诗卷之憾。胡翁听之，唯唯否否。

约越月，余再趋藤颖阁，胡翁心绪盎然，取佳纸精毫，书白太傅《琵琶行》，如黄钟就范，一铸而成，行草相间，仍写其法，骨气刚劲，如端人正士，凛然不可犯，非瑶台婵娟，绮丽之调可语也，柳公权曰："笔正须善学柳下惠者参之。"观胡翁之书，可知胡翁之为人也。

忆往日藤颖阁之游，余正壮年，而今华发盈顶，霜雪染眉，此卷伴余亦已三十有六年矣，每当清寂，横陈几案，悬灯观之，全卷凡一百二十六行间，结构布局，错落有致，破古人以险绝处见欹正之论证，得欹正中透险绝之妙趣，神采奕奕，墨气袭人，如对故人屈膝交谈，乃为百里溪堂之宝也。己丑（2009年）绿肥红瘦之时。

写此跋语，时光又忽忽八年。我已顶秃齿落，耳鸣目眩，进入老境，而重读胡翁所作《琵琶行》长卷，愈加墨气勃发，神采盎然，怎能不作人生易老、艺术常新之叹呢。

（2017年5月）

壶　魂

那一天是壶天阁的节日，我也去了。

在那里遇到许多人，有制壶家，有藏壶家，有书画家，也有写诗作文的，还有穿梭于制、藏两家之间的壶商。

大家都在看壶。不用讲话，只要传递一个眼神，彼此就可以领会对那把壶的评价了。心里是静静的。展厅里也是静静的。谁都不愿意破坏这欣赏中的寂静。

她来了。本来在静静看壶的人都向她走近，想和她攀谈，给寂静带来些许的热闹。恰巧这天邮局为壶天阁发行首日封，手中持有首日封的人都要她签名留念。

她应该是一位名人了。我看她签名用的是一支普通的圆珠笔，不是我们常见的名人用的那种笔痕粗壮，墨汁饱满，写起来风姿潇洒的签名笔。再看她的着装，那是入流而朴素的。

她是谁?

从她签了名的信封上我看到：汪寅仙!

汪寅仙，她就是我最欣赏的制壶名家汪寅仙！我的情绪有些振奋。

“紫砂热”还没有兴起的时候，我就注意汪寅仙的作品了。近几年我看到她做的花货有南瓜壶、梅桩壶、松段壶、岁寒三友壶，她做的光货有鱼罩壶、水利壶、玉炉壶，她做的方货有龙凤印包壶、大印包壶……她的制陶艺术温厚、细腻、平和而含蓄，就像她的人那样，宽和淡雅的神韵蕴含着微笑。

这时，我才把汪寅仙的艺术和她的人联系在一起了，谈到创作紫砂花货的构思时，她曾经说过：首先要从形、神、气、韵、精、功等方面追求艺术效果，设计以竹为题材的作品，必须有清秀挺拔感或有秀竹潇洒飘逸的特征；以梅为题材的作品，应具有冰肌铁骨之势，或梅花疏影横斜富有傲霜斗雪的精神气质；以松柏为题材的作品，应有精壮老练，气势横生，苍翠劲遒富有生命的魄力……她在和自然对话，用女性的眼光和敏感的心灵领悟感受自然，运用捏塑、雕镂、堆贴等多种装饰手法，把自己的心灵付诸砂泥，制作出有生命感的艺术品来。她在追求内在的气质，捏出来的哪里是紫砂壶，而是一个个活的生灵。

的确，在我的眼里，汪寅仙是一位承上启下敢于向传统风格挑战的陶艺家，她的艺术气度具有大师的风范，在香港出版的《紫砂壶鉴赏》一书中，我专门写了汪寅仙，还对她的紫砂艺术曾专门写了一节加以论述。那时，我还不认识她，而此时，我评论过的汪寅仙就站在我的面前。我手中虽然也有一纸首日封，终于还是没有走上前去让她签名。

在这以后的日子里，和朋友谈到我和汪寅仙的这次没有介绍没有握手没有交谈的见面，深知她的人都说：“汪寅仙的壶好，人品也好。”

确立汪寅仙在紫砂艺术中大师地位的，主要是她的艺术，而对于她的生命的经历，不只是我，就是那些热衷于收藏她的作品的人，知道的也很少。收藏家眼睛看到的只是壶。“人品也好”，这话朴素中有一种磁力，使我要在近处看看她。

特别是“紫砂热”经久不衰，名家的作品被炒得比黄金还贵时，汪寅仙是怎样看待自己的呢？

远看汪寅仙，那是有着许多现成材料的：汪寅仙14岁进陶业合作社学紫砂陶艺，拜吴云根为师，后又转师朱可心门下。她曾经担任过紫砂研究所的领导，是全国劳动模范，江苏省政协委员，无锡市人民代表。她曾东渡扶桑，两赴香港，下南洋作艺术交流和表演。她的作品九次在全国和省市评比中获奖，有的作为国家礼品送给外国首脑，在日本为她的曲壶举行了一次学术讨论会……近看汪寅仙，这一切似乎都烟消云散了，都看不到了。

汪寅仙不谈以往的荣誉，她认为那都是过眼的烟云，死了带不走，留给后世也没有用处，不值得迷恋。

“我和社会取得联系，就是那些用砂泥捏出来的东西。”她说得淡淡的，像泥土一样纯净而带着芳香。

“生活中什么使你最迷恋？”我虽然欣赏她的超脱，但不相信她生活中没有追求。

“艺术，人格，生命。”她常常用最简单的语言来表达复杂的内容。

她追求艺术的不朽，始于拜吴云根、朱可心为师的时候。吴云根喜做筋瓤，朱可心善制作竹节、梅桩，这不只是哺育着汪寅仙的艺术情操，从老师青年时代的作品上，她看到了老师的青春气息。她有些感叹：壶艺能留住青春，能留住人生。做壶就是塑造自己的人生，她要把壶做好。

要问她对什么体会最深？她会告诉你跟着师傅朱可心学做项圣思的《桃杯》。那一年她才18岁，当这件国宝从南京博物院库房中取出，摆在师傅和她面前时，她简直被惊呆了：它的形象是那样完美，构思是如此的巧绝，以苍劲的桃梗作为把手，生动秀挺，桃叶和枝蔓作基座，以半只桃构成杯体，杯体上塑着大小老嫩14片桃叶，结构纤密，融雕塑和造型为一体。在跟随师傅仿制《桃杯》制成时，汪寅仙仿制的桃杯也成功了，作为国家的珍品，送往当时的苏联展览。

桃杯仿制成功了，但项圣思是谁？除了这只桃杯，再也找不到他任何资料。只能从桃杯的艺术风格上判断，他是生活在明末清初的陶艺家。也许那时的汪寅仙还不懂得哲人对人生的议论，但她领悟了项圣思的桃杯塑了他的人生，没有项圣思就没有这只桃杯，没有这只桃杯，项圣思也就随着他的自然生命的消失而消失了。

汪寅仙也要让自己的生命在紫砂泥上留下一个光斑。她也想借助其他物体自己设计制作一只陶杯。厂里有一棚葡萄架，她经常从那里经过，那嫩绿的叶子，弯曲交错的藤蔓，晶莹成串的葡萄，慢慢地在她的心中孕育成美的构思。巧思还要用巧手去体现。一只葡萄杯做成了，她左看右看，总感到那杯子是静静的，没有微风吹拂的动感。如何让这只杯子动起来？朝思暮想，心有灵犀，在杯子上加了一只栩栩如生的小松鼠，静静的葡萄杯动起来了。

汪寅仙青年时代的每一件作品都是在塑一个自我的世界，充满了青春的诗意。我看她的壶常常是把它当作一首小诗来读。进入中年之后，她的作品虽然仍保留着青春时代的精巧和诗意，但是壶的气度有了开阔，走向大度和达观，仍是一种没有杂念的纯净。即使在商品浪潮的冲击下，紫砂壶比黄金还贵的繁荣期，她的作品仍然没有向别人讨欢喜的低级趣味，仍然在塑造着她的自我。

“壶的商品价值超过了实用价值，我要像过去一样精心地制作，不然的话就对不起那些收藏家。人家是用金钱买爱好！”汪寅仙说。

“壶商在炒你的壶，所以你的壶价一直看好。”我说。

“是的。但是我以为那不是一件好事情，炒上去的总是不稳定的，如果下来了怎么办？”她说得很清醒，接着她又说：“我欢喜真实，不欢喜虚假！”

在拍卖市场上，真实与虚假是很清楚的事情。有的拍卖品特别是在世人的作品，看上去价钱拍得很高，而暗地里还有许多附加条件的。汪寅仙不愿意接受附加条件，也不想把壶的价钱炒得太高。

她说：“价格与人格应该是统一的。现在的壶都是作者自己定价，壶毕竟是一件实用品，所以要以良心定价，要大家都有生存的空间，都有钱可赚。”

“也不能不要钱啊。”我说。

“是的，没有钱不行，钱太多了也不行，祖宗给我们留下了赚钱的技术，不要在我们这一代就把祖宗吃掉了。说实话，我现在关心的不是我的壶能卖多少钱，而是我的壶卖出去之后，收藏者能不能一代一代用下去，传下去。”

“是不是你的钱太多了，所以不再考虑钱的问题了。”虽然是初识汪寅仙，但我仍然提出一个尖锐问题。

“不。我的钱不算多，但厂里每年给我的报酬，已经很可观了。”汪寅仙很坦率，她不回避这样的问题。

在艺术上，汪寅仙在塑造自我；在行动上，汪寅仙在塑造群体。她入紫砂陶艺这个领域时，正是流散的紫砂艺人组成合作社群体，从那时起，她就是这个群体的一员。在合作社群体的基础上发展成紫砂一厂，现在就是有一批像汪寅仙这样的人支撑着。所不同的是，壶价虽然都是制壶家自己定的，但汪寅仙做的壶都交给工厂，紫砂壶的经营者再向工厂订货，她不和经营者直接发生关系。我到汪寅仙工作室的时候，看到门上贴着安民告示：工作重地，请勿打扰。平时她也把门锁起来，带领儿子和女儿在安静地做壶。

汪寅仙的每年收入有十多万元，是工厂发给她的奖金，这就是她说的那个“很可观的报酬”，在紫砂壶名家中是中等的收入。

可是她每年给工厂的贡献有多少？那是一个更加可观的数字！

她的家是一个紫砂之家。她的先生在工厂搞生产管理，儿子和女儿在她亲手的培育下也都是陶艺新秀。

“按理说，你们可以开一个家庭陶艺公司了。”我说。像她这样的家庭，自家制作、自家经营的公司，在宜兴丁山不算稀奇。

“现在还没有考虑。不到山穷水尽的时候，我们不会离开这里。”她说得是那样深情，又不是没有忧虑。

汪寅仙追求的生命，除了要在艺术中留下生命的光斑，再一层的意思就是孩子，她说：“孩子是自己生命的延续，为了让那延续生命的健康，就要使他们成为有吃饭能力的人。”

在她的工作室里，我见到她的女儿姚志泉，性格内向而沉静。志泉向我展示了她以泉字命名的紫砂壶系列，都是她自己的作品。儿子志源，不但壶做得好，而且能写会刻，是位不可多得的多面手。“外面在利用你妈妈的名做假壶，你们呢？”又是个不太客气的提问。

“天下要自己去闯，我们各人走各人的路。”志源和志泉都这样说。

“我要把祖宗留下的技术传给孩子，让他自求生存，受用不尽，而不能用卖祖宗的办法来给孩子们积钱。”汪寅仙说。

（1992年10月）

贾植芳：要活得像个人样

复旦大学附近有许多小书店，每当写作到黄昏，我会放下笔，到那些小书店里转转，不买书，随手翻翻也有许多快乐。这时候，又总会看到一位瘦小的老人，也会在书店里，一手扶杖，一手在翻书，一些复旦学子，又总是和他打着招呼，他也乐哈哈地说又看到你的新书了，或者问你最近在写什么。看得出，他虽然是位老人，但头脑里装着许多新的信息。我知道他是贾植芳，只是留下一些表面印象。直到和贾植芳先生断断续续交谈多次，不只是留下了一些印象，也写下了这样一些文字。

生命之火熊熊燃烧的象征

已是春去夏来的季节，绿荫拂窗，读着贾植芳先生的回忆之作《狱里狱外》，不再是乍暖还寒的时候了，还是读得心中发冷。八十七年的生命，坐过四次监狱，北洋政府的监狱，日本人的监狱，国民党的监狱，共和国的监狱，人生几何，除去坐牢，余下来的还能有多少岁月呢？

在《狱里狱外》读到一段有关《契诃夫手记》的文字，他写道："1982年，当我重新在阳光下自由行走的时候，一次从学校图书馆的'内部书库'内偶然找到了这个译本，就像在街头碰到久已失散的亲人一样，我的眼睛里涌出了老年人的泪花。我望着译本扉页上印着契诃夫像，想了很久以前读过这位作家的一段话：'一个人没有什么要求，他没有爱，也没有恨，这样的人是成不了一个作家的。'这句话一直是我在漫长的坎坷的人生道路上跋涉的精神支柱。"

读了这段话，我有些激动：我不是也有一本《契诃夫手记》吗？爬上梯子，从书柜上找出这本书，一看封面，译者就是贾植芳，1953年文化工作社出版。这是在我认识贾先生之前的事了。如果没有对先生的拜访，我也不会想到这本书，更不会有这样的激动。

1953年，正是我从初中进入高中的时候，为了纪念这段生活转换，在我的家乡那个小县城的新华书店里，买到一本《契诃夫手记》。为什么买这本书？我喜欢契诃夫的一句话："一个人没有什么要求，他没有爱，也没有恨，这样的人是成不了一个作家的。"我就把这句话写在书的扉页上。手记每段文字都很短，很容易读，确如高尔基说的"它是些美丽精致的花边"。这本书随着我由故乡到负笈复旦，还是经常读的。后来就放在书柜里，多年不去碰它了。

初中时代，做过当作家的梦吗？现在已经记不清楚了。自念了新闻系，又当了记者，似乎就不做文学的梦了。文学是靠想象生存的，而新闻的真实恰恰是文学想象的克星。

这次，又谈到我藏的那本《契诃夫手记》，贾先生说："出版这本书的老板还在，叫韦秋深。"贾先生说他喜欢俄罗斯文学，更偏爱契诃夫，他不是一个为艺术而艺术的人，也不是专业作家，他是个医生，他最了解的是人。由此，贾先生又讲到他在复旦大学教书时开设四门课，先是讲“现代文学作品选读”和“苏联文学”，后来又加了一门“世界文学作品选读”，一门“写作”。那个时候所谓“苏联文学”，其实就是苏俄文学，从拉吉舍夫的《由彼得堡到莫斯科旅行》讲到苏联卫国战争小说。为了配合教学，贾先生陆续翻译出版了苏联巴鲁哈蒂《契诃夫的戏剧艺术》、捷克基西的《论报告文学》、苏联谢尔宾娜等著《俄罗斯文学研究》，包括这本《契诃夫手记》。他所用的资料是参考日文、英文的有关俄国文学研究资料。我和他开玩笑：“你的山西话，讲日文最合适。”他又哈哈地笑了，说：“我的英文最好，在北京读的是教会学校，全讲英文，俄文可以阅读，日文还可以。”

贾先生当大学教授的那个时代，教苏联文学是进步的，革命的，还是很走红的，也是贾先生的贡献。没红几年，贾先生就成“胡风反党小集团的骨干分子”，这一切都成了“披着革命外衣”的反革命了，在“红色海洋”的特殊时期旧酒装新瓶，“革命的外衣”变成“红色的外衣”，不过“反革命”的性质仍然不变。去年，他的哥哥贾芝送给他一件红色夹克衫，他说那是“红色外衣”，说啥也不肯穿，至今仍挂在墙角的衣架上。

读了《契诃夫手记》五十年，直到今天才知道译者是贾先生，我带去请贾先生签名留念，他写郑某“购得此书，嘱为签名留念，谢谢了！”我说：“请你签名，应该谢谢你，你怎么谢我了。”他顺手拿出诗人曾卓逝世纪念卡，念着纪念卡上曾卓的绝笔：“我爱你们，谢谢你们！”他又说：“作者或译者都要感谢读者的。”他又指着印在纪念卡上的曾卓的名诗《没有我不肯坐的火车》，说：“刘绪源纪念曾卓的文章中提到这一首诗。”当时作家陆幸生也在座，他说：“我见过你的名字。”说着又起身走到书架前找到《上海百家散文》，指着上面的名单，说：“你的名字在这里，郦国义的名字在这里。”他对为他拍照的摄影师雍和说：“你那个雍和宫是位妃子的。”

贾先生谈话总是那样幽默风趣，特别是他那惊人的记忆力时时在闪光，这是他那生命之火在熊熊燃烧的象征。

贾先生的笔一天也没有停下来

去年岁末，在我和贾先生相识之后第二次去拜访的时候，他赐我一册线装宣纸本《贾植芳致胡风书札》，有清园王元化先生的题签，册中所刊是1938年4月21日到1954年4月20日的书札31通。还有几通遗失了，他说：“批判胡风时，有几封信被‘御批’之后就没有了。”

我最早读贾先生写的东西也就是这批书札，反复读过多次，大都是有关稿子及他流浪生涯的事。这次拜访他时，我说：“贾先生，我感到你有一颗不安定的灵魂。”这是我从读书札中得出的印象。

他听了这话，愣愣地看着我，说：“你要搞大批判的话，很能打中我的要害。”他又说：“在太原读初中时，我写的第一篇小说就叫《冷魂》。”

平时谈话滔滔不绝没有“休止符”的贾先生，此时停顿一阵，然后带着感慨对我说：“我是个富家子弟，伯父在济南办洋务，我没有遵从他给我的安排，而是自我选择生活之路。但是，在我的一生中，命运一直在跟我进行着长期持久的玫瑰战争，斗争的焦点之一就是我的写作。命运之神似乎在那儿发誓过，绝不让我有任何写作机缘，而我，却又总是在人生道路上有一个安定的瞬间，又匆匆忙忙抓起笔来，努力要留下一些人生的感触。斗争的结果就是手稿的多次失落。每当暂时的安定过去，随之而来的厄运的一击，总是在摧毁我的作品。”

1945年，他在国民党工兵部队任日文翻译，当他得知部队长怀疑他是共产党要活埋他的时候，他背着一包文稿和妻子任敏连夜出逃，当他们逃到山顶，已经拂晓。回忆这天的情形，贾先生说：“我们携手伫立山头，晨雾尚未消失，真是四顾茫茫。”这时任敏狠狠地说：“我们这么苦，还不如到延安吃小米。”贾先生默然。那时，延安已经发生了“王实味事件”，贾先生在西安就看到报纸，他读过王实味翻译的作品，绝对不相信王实味是“国民党特务”，虽然他的哥哥贾芝已经到了延安，后来娶李大钊的女儿李星华为妻。贾先生觉得那里不是他写作理想的地方，就转道济南投奔伯父去了。此时，他把文稿埋在一个枯井里，后来几经辗转，文稿早已灰飞烟灭。

在北京读高中时，因参加“一二·九”运动，被关进北洋政府的监狱，经伯父花了一千个银洋五十两鸦片把他赎出来后，就亡命兼留学去了日本。在日本期间写了许多小说，也翻译一些革命著作。1937年由日本回国，把这批文稿带到香港，寄存在一个朋友家里，又经几多波折邮寄到上海。那已经是1946年了，他们夫妇住在胡风家里。任敏把三大包文稿领回，用三轮车拉到胡风家门前，没拿文稿径直上楼，待胡风问时才想起，赶快下楼去找，三轮车早已跑得无影无踪了。当时许广平也在场，她提议登报悬赏寻找，胡风立即拟稿，送到《新民晚报》登出来了，但文稿仍石沉大海，了无下文。

1947年，贾先生又被关进国民党的监狱。一年多之后被胡风营救出狱，上海不能蹲了，他就去了青岛。青岛有他伯父的商号。因为有“前科”在身，不敢出来活动，贾先生说：“一般白天不出门，由任敏外出随便买点食品回来吃，就像两只老鼠躲在地洞里似的。”这时，他埋头写狱中的回忆，不几天就写了五万多字。一天下午，客栈门口突然出现了军警，一副要抓人的样子，他就来了一个“焚稿”，把小说扯碎放入火里化为灰烬。1949年之初，他才凭记忆将青岛烧毁的那部狱中回忆录重新写出来，那就是我们今天还能读到的《人的证据》第一部。

贾先生说：“老天给我安定的写作时间太少了，而我遗失稿件的机会又实在太多。”然而到了1955年胡风事件的那场风波里，贾先生再一次遭受了文字劫，不但以往留下的生命痕迹消失了，写作的权利也被完全剥夺了，贾先生不无心酸地说：“不能再写了，做了‘绝育手术’！”但是贾先生的心中一直燃烧着写作欲望，当他的冤案得到改正后，又立即提笔写了一篇散文《花与鸟》，这是一篇歌颂生命的作品，贾先生对我说：“这篇散文是代表我的思想的。”文章写出后，他采取的办法是先外地后上海由“农村包围城市”。1983年他把这篇文章寄给《青海潮》，已经拼好版将要付印了，被该地宣传主管发现，批评说：“贾植芳这种人的稿子怎么好用呢。”后来，这篇稿子送到香港《文汇报》上刊登出来，“出口转内销”，人们才得读到它。对贾先生的错判得到改正之后，他的第一篇作品小说还是由他的故乡《山西文学》上刊登的，那时故乡人不忘乡情，以此来为这位老乡正名。

贾先生对我说：“我实在算不上什么作家，而且我早已忘记了自己曾经是个作家。现在我是面带着微笑，向我青年时代就迷恋的文学创作告别，无须再做‘绝育’手术，而是大大地超过了‘育龄期’了。”其实，贾先生的笔一直没有停下来，他不但每天认认真真写日记，还写一些散文，整理旧稿，每天还是忙，忙，忙！

历经劫难　不文人相轻　不卖友求荣

新中国成立之初，贾先生和王元化先生、梅林先生同时进了震旦大学中文系任教，后来又到了复旦大学中文系，从这时开始，他才和学者、教授打交道。

贾先生说：“当年复旦的教师，陈望道翻译马克思《共产党宣言》，我翻译恩格斯《住宅问题》，再也没有第三个人翻译过马恩的东西。”他的话还表现出当年纯朴的“牛气”，多可爱啊。

从他的《狱里狱外》以及其他回忆的文字中，感受不到他身上有知识分子文人相轻的坏习气。在复旦教书时，和新月派戏剧家余上沅相识。左派文艺家对新月派是很轻视的，但贾先生不是这样，他在文章中写道：“我那时年轻，习惯在晚上工作，每当夜深人静时分，我走下楼吃夜宵，总看对面余先生楼下书室的灯光亮着，他还在备课……我看见一个爱国的知识分子对祖国和人民的赤诚的心。”贾先生是崇拜鲁迅先生的，但鲁迅对一些人的批判，他是不以为然的，如在震旦大学教书时和施蛰存先生相识，初次见面时他写道：“这时偷眼看去，见是朴朴素素的一个人，丝毫没有‘洋场恶少’的习气。以后交往愈多，说话也愈随便。”以后，他们成了朋友，他还到施先生家喝茅台酒。劫后余生再见面时，施先生还说：“哪天我再弄一瓶茅台，你找几个老朋友来聚聚。”他说老朋友“都在不同时期，以不同的方式离开这个世界了……”两人相对默然。还有陈子展先生，早在20世纪40年代贾先生就认识他了，那时胡风就对贾先生说：“陈子展很阴险，你必须注意。”到了复旦之后，他们成了同事；贾先生写道陈子展先生“为人豪爽正直，说话无拘束，与‘阴险’丝毫联系不上”。陈先生有时也要说些调侃的话，对胡风有些不以为然，诸如“东风东吹，西风西吹，胡风胡吹”。开始批判胡风时，陈子展先生就不批判，并对贾先生说：“胡风曾经骂我是国民党的走狗，现在人家又说他是国民党的走狗，其实我们都不是走狗。”他们两位都是很有性格的人。

贾先生对人真，他希望别人对他也真。他告诉我，当年在复旦印刷厂被监督劳动时，一些女孩子现在已是中年妇女了，在大院见了面，仍然直呼“贾植芳”，贾先生也乐哈哈地和她们谈着。当时管制他的干部，现在见了他都点头哈腰地称他为“贾先生”，还要递上一支香烟，他心里就想：你还是叫我贾植芳不是更真些吗。在“五七干校”接受监督劳动时，一天晚上，监督他的人在写他的思想汇报，他们以为他睡着了。干校是上下铺的双人床，两个人正坐在下铺写，他从上铺伸着头看，他看这两个人把他写的“不暴露思想，抗拒改造”之类的话记下，他就想：我是奴隶，你们是奴才，奴隶还有自己的灵魂，你们连灵魂也没有。每当遇到这样的事、这样的人，贾先生的温和就没有了，他会变得尖锐而冷峻。

和贾先生长谈，不能不谈到胡风。他告诉我：“胡风太书生气，个性又强，又没有政治斗争经验，不像我是个走江湖的。”讨论“胡风的文艺思想问题”，何其芳写了一篇文章《现实主义的路，还是反现实主义的路》，胡大为不满，这时贾先生认为何其芳的文章有很大的背景，就劝胡风：“老胡，你斗不过他们，就算了，不要再逞气，我们都不如鲁迅先生，鲁迅在二三十年代卷入政治斗争的旋涡，但他深深懂得中国的政治历史和社会，他进得去出得来，始终主动。而我们不行，进得去出不来，那太危险了。”他劝胡风在上海做两件事，一是写一本鲁迅回忆录，第二件事译《天方夜谭》。这两件事没做，胡风就到北京去了。事隔半年，贾先生去北京探望父母，父母这时住在他妹妹家。他的哥哥贾芝，此时是文学所的党支部书记，“当然跟何其芳站在一个立场上，他们希望我能同胡风划清界限，或者像舒芜一样反戈一击。”后来何其芳又亲自找贾先生谈，历数了胡风的四条罪状，“我那时性格很暴躁，一听这种扣大帽子的做法，我就产生反感。”“你说的四条，我看不出来”，“我哥哥是老实人，他一看谈僵了，就悄悄地走了出去。”何其芳希望我“能改变立场”。这次谈话弄得很僵，两人不欢而散。贾先生说：“其实，我心里很明白，我这是失去一次可能改变自己人生道路的机会。为此，我将要付出悲惨的代价。”贾先生认识留日时一位同学潘开沛的哥哥潘开滋，此时任农业部集体农场局局长，知道胡风与贾先生的关系，就对贾先生说：“把胡风弄到农场去，让他脱开文艺界这块是非之地，养养身子也好。”这样胡风认识了潘开滋，开展对胡风批评后，胡写了《我的自我批判》，文章写好了，要不要交上去，胡风有些犹豫，潘开滋讲：“你写这个干什么？先把自己臭骂一顿，他们要批判你，你写不写都一样，你写了还多一条罪。”胡风在北京的朋友认为潘是局外人，说的风凉话，一再怂恿胡风交上去，结果胡风的《我的自我批判》和舒芜揭发的材料经“御笔”点批一同发表。

谈了这段往事，贾先生说：“梅志对我说，胡风到了晚年还后悔当时没有听老潘的话。”

知识分子卖友求荣，在秦始皇时代就有了，而在那个历经劫难的年代，像贾先生这样的知识分子，没有文人相轻，不卖友求荣，该是何等可贵啊。

“可以自我告慰的是，我总算活得还像个人”

胡风事件作为历史，已经渐渐地远去了。在这个事件中各类人物的表演也渐渐为人们所忘却，贾植芳的一切也会这样。但是他在为胡风事件所作的两次对话，人们是不应该忘记的。

一次对话是在1955年拘捕他那天，他和陈其五的对话。

这一天，复旦大学党委书记杨西光陪贾植芳去高教局见陈其五。杨西光很客气，还把一包中华牌香烟塞在他的衣袋里。但是到了高教局和陈其五握手，贾先生回忆说："陈其五的手是冰冷的，我感到事情不对头了。"贾先生就是这样敏感的人，聪明的人，但和陈其五对话时，他的这种聪明和敏感就消失了。

陈其五先开口："贾先生，你看了报没有？"

"我订了好几份报纸，当然看。"

"哦，关于胡风反党集团的材料看了没有？"

"看是看了，可是我没有看懂。"

"怎么会看不懂呢？"

"字当然认识，但是意思我不明白。"

"你不懂，我就念给你听。"陈其五念了刊登在《人民日报》上毛泽东写的按语。

"我对这按语的意思似懂非懂，你念了我还是不明白。"

"胡风搞的是什么阴谋？"

"你为胡风辩护，支持胡风，你和胡风是啥关系？"

"我们是文章朋友，不是什么关系。我们旧社会是共过患难，他在最困难的时候帮助过我，就是这么个关系。"

谈了一个上午，没有结果，中午吃饭以后他居然还能躺在会议室的沙发上打着鼾声睡觉，下午又接着谈。陈其五和他谈话时，杨西光坐在那里，始终没说一句话，后来站起身对他说："贾先生，把你和胡风的事情都说清楚吧，说清楚了回去上课，学校缺少你这样的教授。"杨西光说完这些话就走了。一直谈到晚上八点钟，贾先生就被带去进另一个监狱了。

“你如果当时也像别人那样反戈一击，会不会不抓你？”我问。

“你说的是要像舒芜那样？舒芜是新社会的一种文化现象。我当时不存在幻想，就自知胡风不是反党的人，即使我瞎说一套，还是要抓我的，即使不抓我坐监狱，今天我的内心会很痛苦！如同另一种监狱，即心灵监狱。”

“在狱中，你有没有担心把你整死？”我问。“这倒没有，我是‘御批’的‘钦犯’，他们不会整死我，万一把我整死了，上面查下来，他们也不好交代。”贾先生说。

在监狱过了十一年之后，法庭正式判刑时，又有一次对话。

“不过我可以向你交个底，你不会被枪毙的。”

“我不会被枪毙，那么胡风会不会被枪毙？我们坐了十多年的牢，就是相信历史会公正对待一切，总有一天会真相大白，难道我们就是为了等这么个下场？”接着又说：“我犯了什么罪？胡风犯了什么罪？”

“都啥时了，你还要替胡风说话？你们不犯罪怎么会到这里来？”

十多年的铁窗生涯，贾先生没有乱说乱写，没有悔过，不用更多的文字，只是这两段相隔十多年的对话，不就足以说明他活得像个人吗？

谈起这句先生的名言，贾先生对我说：“这话是一个共产党员经常对我说的，要活得像个人，我们经常用这样一句话来互相勉励，这句话一直响彻在我的后半生。”这位共产党人就是《文萃》三烈士之一的陈子涛。1947年，贾先生被捕入狱时就和陈子涛关押在一起，他说：“每当陈子涛受刑时，我们都把胸紧贴在铁栏前，整个心都被审讯揪住了。”正是这种做人的信念，1947年他在牢房里没有向特务告密去抓胡风。贾先生不是共产党员，但一个共产党员的话一直响彻在他的后半生。贾先生说："我很赞成梁漱溟先生的话'我不是学问中人，是社会中人'，我只是浪迹江湖，眼看要进火葬场了，我可以自我告慰的是我总算活得还像个人。"

"你们这一代知识分子，为什么走了这样一条路？"我问。

"我们这一代受了'五四'精神的熏陶，都在追求独立的人格，又是在抗战中成长并成熟起来的，又参加了反内战斗争，这样的经历，不但从理论上而且从实际上或国情上，对共产党领导的革命有着认同。同时也就理所当然地把自己看成革命的一部分。革命取得胜利，也视为自己的胜利，也就自然地投向新潮，何尝没有分得一官半职的思想呢，原来的那种追求个人独立的人格，变成了与生俱来的个人主义热情冲动，这种人格的追求与新时代格格不入，所以我哥哥来信责备我'你在旧社会造反造惯了，什么也敢反'。还有的知识分子穿上了政治红舞鞋，一直到死在政治舞台上。"贾先生似乎在解剖自己。

两天之后，我再到贾先生家，送去雍和给他拍的照片。他拿起夫人任敏的照片，说："老了，真的老了。"任敏的侄女桂芙说："你也老了。"他又拿起自己的照片端详着，沉默良久，像是自言自语："老了，真的老了，都老了！"

（2002年5月23日）

聚散一杯酒

1996年，我去香港，和新闻界前辈卜少夫相识。从此，我就成了他创办并主编的《新闻天地》的读者。所谓读者并不是每期都能读到的。接到2000年九月号的《新闻天地》，打开扉页映入眼帘的是“特大预告”，其中有云，“下期（十月号）为本刊告别读者纪念特大号，因本人年迈，精力衰退；因历年亏累，经济上难以支持。”这使我一惊，一本有着56岁高龄的长寿杂志，到了今天居然要寿终正寝了。像卜老这样顽强而坚韧的报人，为了维持《新闻天地》，曾卖掉台湾两处房产，今天的一点困难怎能使他望而却步？

每接到《新闻天地》，我首先要读的是卜老写的专栏《我心皎如明月》，文前写下了这样一句话：

云无心以出岫，鸟倦飞而知还。

想到十月号将告别读者，便想起这两句辞。

读此怅甚戚甚。一个乐观而旷达的人，内心何以发出如此的酸楚？细读，再读，才知卜老在7月已经感染肺火与气喘病发作，赴台湾入宏恩医院治疗，后又回香港，住进圣保禄医院与律敦治医院，仍在着手编十月告别读者纪念号。这一期的《我心皎如明月》中有一段写了他由台返港的心情：“航机中沉思，今年的六七八两个半月，是我一生受难的日子，两度进出医院，作了所有的体格检查，体重失落十公斤，看看自己的体型，真的瘦骨嶙峋。想到妈妈93岁去世，难道今年是我大限吗？我有信心再活两三年。”从我送走几位忘年交老朋友的经验中，我感到这是一种不祥的预兆。

在等待中，我接到了《新闻天地》告别读者特大号，看到封面上印有卜老的肖像，虽着病服，但台板上放着纸和笔，双目有神，挥手向朋友祝福致意，看到他那种精神劲，我感到一种宽慰，可是当我急急地翻到应该是刊登《我心皎如明月》的页码时，看到的却是《向朋友们挥手（也是我的遗言）》，我带着沉重的心情读下去，结尾是“让我随风而去，让我静静、悄悄地消失吧！”卜老没有死，这是他的浪漫，他仍然谈笑风生地坐在我的面前。

但是，那些悼念他的文字告诉我，卜老已经静静地、悄悄地飞走了！

亦狂亦侠亦温文

和卜少夫相识和写林风眠有关。1996年11月，为了写林风眠传，我专程去了一次香港。林氏最后的十年生活在那里。

除此之外，我还想拜访饶宗颐、南怀瑾、董桥、卜少夫。前三人是我心仪已久的人物，从他们的著述中有所相知。只是卜少夫，完全是从朋友那里得到的传闻。虽是传闻，我已经感受到他一身侠气。他是一位文侠。

武侠易得，文侠难寻，那是因为文人多无行之故。

到了香港，除了饶宗颐因身体欠佳未能拜访，南怀瑾、董桥都是见到的。和卜少夫相见，还有一个小小的情节。

经朋友的介绍和卜少夫见了面。那天，他身着蟹青色花呢西装，身材高大，貌相清奇，风骨嶙峋，豪迈气势中透着一丝慑人的威严，爽朗清亮，风趣幽默的笑语，又透出几分的亲和，已度“米寿”的老人，还能有如此风采，见面之前是没有想到的。

还未落座，他即送我《天白与我》和《卜少夫这个人》，扉页上题着“先生”“敬赠”之类的话。这当然是一种客气。我随即打开前面的插页，第一页就是朋友题赠卜氏的字，写的是龚定庵的诗：“非是逢君便誉君，亦狂亦侠亦温文。照人胆似秦时月，送我情如岭上云。”诗后又有跋语“少夫其人却如其诗，纵横湖海，心忧天下”云云，未及细看，就谈别的去了。

在座的都是他的朋友。大家都安慰他不要过于悲伤，要保重身体。原来他的夫人徐天白（品玉）不久前逝世了。朋友的话更加引起他的伤感，说：“她把一生都献给我了，我对她有所抱愧……”说着就潸然泪下。

他知道我就职上海《文汇报》，就说徐铸成、赵超构都是他的老朋友。我告诉他这两位前辈都已作古，他唏嘘着，心中有几分难过，说：“徐铸成是个人才，受了不少罪，赵超构要不是到延安访问，和徐铸成有着同样的命运。”他还说了许多朋友及那些朋友的故事。

接着，他的话锋一转：“这次来香港，是单纯观光旅游，还是有别的事情？有什么要帮忙的吗？”

我说：“主要是搜集林风眠的材料，还要拜望几位像你一样未谋过面的朋友。”

他说：“哦，要搞林风眠研究，有两个人你非见不可，一位是王良福，他收藏的林风眠的作品是香港的第一，再一个就是冯叶，林风眠的义女。”

我说：“王先生那里我已去过两次，并看了他的收藏，他又介绍了几位熟悉林先生的人，只是冯叶，虽托人相约，但她不愿意见面。”

他举起酒杯，说：“好，我给你约，她一定会见你。”

我这个不善杯酌的人，也举起酒杯，一饮而尽，表示对他的感谢。

他很高兴，又举杯：“好，淮上多义士，爽快！”

我也举杯相应：“卜老，我可是舍命陪君子啊！”

放下酒杯，他的话锋一转来个“但是”：“不过，我要看看你的功力，能不能写林风眠传，然后才能给你相约。”

来了，这位前辈要考我了。我虽不能像他那样，下笔千言，立马可待，但多年的记者生涯，临场发挥的急就章还是能应付的，等待他出题考试：“我怎样接受你的考试呢？”

他说：“你有什么著作吗？”

哦，有啊，我不是背来几块敲门砖吗，怎么忘记把那几块破砖带来呢？我说：“带来几本小书，在宾馆里。”

我的朋友接着话茬：“饭后我即去拿来送给卜老。”

这才算解了围。我没有想到这时会有林风眠的话题，更没有想到他和林风眠相识，不但相识，他还告诉我他的四弟卜乃夫（即无名氏）在青年时代还追求过林风眠的女儿。

卜少夫为扬州人，兄弟六人，他排行第二，朋友都称他为“卜二哥”，书法写了一手郑板桥体，板桥为扬州八怪之一，人称卜少夫为“扬州第九怪”。如今，他和卜乃夫、六弟卜幼夫在台港并称为“卜氏三杰”。

酒过数巡，他又引出一个新的话题：“你名郑重，号是什么？”

几十年来，不只生活单薄，连名字也简单了，只有小名和大名，哪里还有什么字和号啊，像我这样年龄的知识分子，不知“字”“号”为何物。我说：“在下没有号。”

他说：“给你写信，总不能称之为重兄吧。”

我们都是老张老李叫惯了的人，哪里还有称兄道弟的事，朋友在一起称兄道弟，就会被认为是搞小宗派，风浪一起，就很危险。

他又说：“你名郑重，但遇事不必郑重其事，要举重若轻，你的号可为若轻。”

这次我主动举杯：“谢谢卜老赐号。”

饭后，朋友随我由香港到九龙，取拙作送给卜老。

送书不能无题，我随即在扉页上题写道：“香港与卜老前辈相遇，卜老云你名郑重，要举重若轻，你可以若轻为号，予易轻为清，号若清，此乃卜老所赐也。”

第二天清晨8点钟，卜老即来电话：“昨晚读大作到两点钟，今晚我做东，请你和冯小姐见面。”

晚上，我很早就到了卜老约会的酒店。在等待中，冯叶果然到了。客人都到齐了，卜老姗姗而至，介绍我和冯叶相识，又给我带来他的文集《如是云云》，这次扉页上题的是“若清老弟”了。席间我和冯叶离席，作了简短的交谈，并约定联系方法，因她要去就医就离去了。回到席上，卜老问：“谈得怎样？”我说：“只是开始建立联系吧。”卜老说：“这种采访不能急，不能用猛火攻，要用文火慢慢地温，来日方长，要细水长流，事缓则成。”

卜少夫这个人

对于死后的事，卜老在“遗言”中有所交代。“不办任何丧礼，不发讣闻，不举行任何纪念仪式，不花费分文，因为朋友们在我的生前，已经写过纪念我的文字了。”这里所说的朋友们为他写过纪念文字，就是那四册《卜少夫这个人》了。

在纪念卜少夫六十华诞时，台湾《传记文学》的主编刘绍唐就主编了《卜少夫这个人》第一集，都是朋友们写的与卜氏交往的回忆文字，以后每隔十年出版一集，到八八“米寿”时已出版四集。在第一集的征文信中他就写道：“通常朋友之间有一方死亡，另一方会写文章悼念追思，少夫要求朋友们与其等他死后来写，不如在生前来写，不论是骂他捧他，好让他在以后的岁月中有此自知之明。”又云：“与其在我死后写我，不如生前写我，让我知所适从，知所生活下去。”“希望识我知我未曾写我的朋友们，勿使我失望。”

如果从18岁算起，“这个人”已经混迹江湖七十多年，先后做过13家报纸的编辑、记者直至副总编辑、总编辑、社长，上至达官贵人，下至贩夫走卒，朋友无所不在，已经走完了漫漫人生路，对未来的生活还有什么疑惑、彷徨、不解之处呢？按理说应该透彻通达了。但他不这样认为，他说：“女娲炼石补天，天一样有残缺的，需要修补。”言下之意，人就更要修补了，能借他山之石来修补自己的人，这是内心豁达完美的勇者。我通读了四集《卜少夫这个人》，其中有不少文字对他指责评骘，他说“我照样拿出来，不加隐讳”。他常常在文章后加上一段“少夫谨注”的文字。

卜老是“饮中之圣”，凡写“这个人”的文字中，可以说没不谈及此事的。但他不借酒行凶，咄咄逼人；不使酒骂座，能使大家尽欢而散；每饮定要使对方醉倒，才自鸣得意。朋友们还为他总结出饮酒三境界：开始讲英语，初有酒意，为第一境界；高歌一曲“不要抛弃我”，酒意微醺，为第二境界；第三境界是诵百家英语……

卜老以酒会友，所以在他的遗言《向朋友们挥手》一文的开首就是他的一首诗：

聚散一杯酒，江山万里心，
好友情永在，风雨作飘零。

对朋友写他的酒后之趣，他在“少夫谨注”中写道：“我虽好酒，但并非酒鬼，亦并非职业酒家，三日无酒，十天不饮，一样生活，在家吃饭，从不饮酒，只有外出应酬，与友好欢聚时，才需要一杯两杯，六十年来，从未‘不能一天无酒’。”

接触名媛倩女，出入花丛，卜老在“少夫”的时候艳福不浅，这样的风流逸事，可能由于他“不加隐讳”的坦荡，在“这个人”中每有所见，读之令人捧腹而笑。他在“少夫谨注”中写道：“酒酣耳热之余，朋友们开玩笑，我也不当一回事。所有朋友写我的文章，一字不改，即使有错误，有出入，我是尊重朋友，因为他们没有恶意。”有的酒友说他“酒后对美人索吻”，在“少夫谨注”中他认起真来了，写道：“绝无其事，酒能壮胆，即使壮胆，也要看对象，第一她美不美；第二她是否接受，心心相印。”

四册《卜少夫这个人》收集文章四百余篇，而且不重复，也就是说有四百余位朋友在他的生前就写文章纪念他，写了他们所认识所理解的卜少夫，有详有略，有褒有贬也有损，每篇文章的后面有作者的照片，并有“少夫谨注”用活体字排出，对前文的补充、解说或纠正，对文章的作者有介绍也有评价，都是极为潇洒有趣的文字。

中国的知识分子对人生的安排都是很周到的，自秦汉以来，不仅有自挽诗、自祭文，更有生前造坟墓、立生祠之类的事。如今报端也常见此类事情，但读之总感到是在逢场作戏，没有实在的东西，缺了几分真诚，多了就感到无聊了，有几人敢像卜少夫这样面对真实的人生，任人解剖的纯真态度。他的一位朋友写得好："我觉得写一篇生前的'这个人'，到底没有写死后的'追悼会'那么容易，而且也缺少某些安全感。因为写'追悼文'，你可以信口开河，好在死无对证，即使有错，当事人也不会从棺材里爬出来和你算账，在哀思录中，更不会有'少夫谨注'这类妙文来反噬一口。"可见《卜少夫这个人》中作者所持的又是何等严肃的态度。

《卜少夫这个人》出版到第五集。这正是卜老生前所关心的事，他在"告别读者"中写道："还有两件事待做，如果能做的话：一、《卜少夫这个人》第五册，二、《我心皎如明月》这两本书的出版，如此，对自己有了交代。"我读到《卜少夫这个人》第五集时，已在卜老跨鹤之后的三个月时间了，每篇文章的后面再也没有"少夫谨注"的妙文了。

真朋友　真浪子

以往只听说卜少夫重友情，一旦和人结交就倾心相见，专栏作家梁厚甫曾说："如果问：卜少夫是怎样一个人？我的答案只有三个字：真朋友。"老报人李嘉说："千金散尽，他连眉头都不皱一毫；失掉一个朋友他会伤心落泪。"和他初次相会，我即有此感触。在九龙下榻之处，读了他赠给我的书，更感到他待人以真。他的夫人徐天白待人处世同样以一个真字相见。

在《我爱少夫》一文中，徐天白（品玉）写道：

> 这个题目，可有两解，一是“我爱少夫”，一是“我爱，少夫！”每个人都爱自己的缺点，我也爱我的缺点，所以我爱卜少夫。

看来，徐天白是把卜少夫当做自己的“缺点”来爱的。

徐天白与卜少夫相恋之初，她的父亲就劝道：“此少年佻脱不羁，情不能专，视之为友则可，若作良人，则吾儿苦矣。”母亲也劝她：“儿应理智一点，自己拣中的人，将来不要后悔。”她也明知道卜少夫女友甚多，滥情不专，但她仍下定决心，结为伴侣。婚后，徐天白与卜少夫有约法三章：“一、不得再与任何人恋爱。二、不得正式与有夫之妇尤其是黄花闺女发生暧昧关系，人知之，败汝行；人不知，丧汝德。三、不得带花柳病入家门。”卜少夫作了保证，徐天白也以有“浪子”少夫而骄傲。

徐天白在《浪子赞》中写道：“不嫁浪子，不知浪子之可爱；既嫁浪子，乃知浪子之堪夸。”“作荡妇易，作浪子难。”何谓浪子？徐天白的解释曰：“苟作浪子，则在众香国里，能免纠缠牵连，兴到为之，交易而退，皆大欢喜，不粘不恚；即不动食指，亦调笑无忌，然头脑清醒，葆吾真，绝不向野草闲花滥施真情，及离艳薮，心绪坦然，行虽不检，心同皎月。一日如此，一月如此，一年如此，十年亦如是，乃称真浪子矣。”这样的浪子只有卜少夫才能担当得起了。对卜少夫这样的浪子之夫，徐天白的一句名言道出了她那豁达、大度和宽容的心境：“丈夫，丈夫，一丈之外，即非我夫。”

卜夫人的这些名言，在朋友的圈子里广为传颂，也只有她有水准说得出这样的话。她出生于常熟名门，毕业于南京中央大学中文系，拜词学家吴梅、汪东门下学词，曾以诗鸣于诗坛，知者都公认她中国文学基础比丈夫深厚，她曾有打油诗对丈夫调侃："人在江湖心在'花'，一天生命亦无涯。才华倚马终自弃，老去情怀付'酒家'。"

这些名言虽然表现了妻子对丈夫的"宽容"，但她笃爱57年不变，此中精妙绝不是"宽容"所能维系的，应该说还是卜少夫的人格，是他的"洒脱、不羁、热情、古道热肠"（徐天白语），是因为"惟真浪子乃能爱妻而终身不萌二心，惟真浪子乃能无事不可对妻言，惟真浪子乃能逢场作戏而不动心"，此乃浪子所追求的"心灵所寄，情有所托"（徐天白语）。在夫人卧病期间，卜少夫是衣带不解，朝夕侍疾。徐天白的去世，卜少夫椎心泣血，他写道："我是缺点，我有缺点，她就爱我这些缺点。"又说："品玉爱我，夫妻之爱外，还有母子之爱，她是我的妻子，也似我的母亲。"这都充分体现了鹣鹣情深，老而弥笃的爱情。

为《新闻天地》尽瘁一生

《新闻天地》是1945年元旦之后的第三天在重庆创刊。最初创刊的11人，是当时分布在各媒体单位的记者和编辑。他们是：卜少夫、陆铿、乐恕人、丁中江、刘竹舟、罗保吾、邱楠、刘问渠、李荆孙、毛树清、黄锦龄等。抗日战争胜利，11个发起人奉各所在单位的调派，各奔西东，"新天"就落在卜少夫一个人身上，在"告别读者"的时候，发起人中只有卜少夫、丁中江、陆铿、乐恕人4人，其他7人已先后弃世。在回溯"新天"所走完的56年的岁月，卜少夫“告别读者”中写道：“每一阶段都尽了它的阶段性书生报国的责任，立场一贯坚定，因此能无愧无悔。”

《新闻天地》的铭言是“天地间皆是新闻，新闻中另有天地”，以内幕性、批评性兼而有之。这一办刊宗旨是由他的经历所决定的。1942年12月的一天，卜少夫从外交部获得一条独家新闻：中美、中英之间的不平等条约将在1943年元旦废除。条约废除后，英美在华的租界旋即收回。当时身为《中央日报》采访部主任的卜少夫当然不会放弃这样的独家新闻。但他不知道中、美、英三方有约定，这一消息必须同一天公布，中方首先公布就违约。消息见报后，蒋介石大怒，首先追究外交部泄密。后知道是《中央日报》的错误，社长陶百川和总编辑程沧波均被撤职，卜少夫因陈布雷的说情调和，受罚薪两月的从轻处分。受到此事的刺激，卜少夫因而想办一个非官方的同人性刊物，刊发内幕新闻。

在这样的思想背景下诞生的《新闻天地》，卜少夫和它死生一命休戚相关，《新闻天地》生他生，《新闻天地》死他死，卜少夫自己说：“我为《新闻天地》尽瘁一生。”对这样一本与自己生命休戚相关的杂志，在卜少夫生命垂危的时候，他不是没有所托，曾想“无条件地让李敖来接办”，曾经请陆铿征询过，李敖无意，卜少夫带着无可奈何的心境说“人存政在，人亡政息”，“新天也只好就此淡出了”。但它“尽了时代性的发挥：菊花表现了秋色，松柏显示了冬寒而已”。随着卜少夫的远行，《新闻天地》也只有“人存刊在，人亡刊停”了。

无愧无悔，可以对天笑

在《告别读者：我自横刀向天笑》一文的开头，卜老这样写道："当我决定告别读者时，当我决定公开'长流计划'时，我即有谭嗣同当年的绝命诗中这一句慷慨的情绪。当然我的决定怎可与他的爱国行动相比，不过有那种气势而已，主要在无愧无悔，可以对天笑。"

卜老的爱国激情主要表现在多年为推动祖国和平统一而默默地工作上，与此有关的就是他的那个"长流计划"。还是在香港，他约冯叶见我之后即和我谈了"长流计划"的事，从1990年开始，他就为祖国的和平统一奔波于上海、北京、台湾与香港。他曾多次到京，曾得到中央领导的接见，畅谈祖国和平统一大业，温叙乡情，中央领导建议他到扬州去看看，还用乡音背诵几首有关扬州的诗词。就是这次长谈，酝酿了"长流计划"。卜老的这次上海之行，又与我谈了"长流计划"，大骂李登辉，说："李登辉这个东西背信弃义，我上了他的当。"在《新闻天地》上，他曾旗帜鲜明地反"台独"，批李登辉。后来，卜老听了朋友的劝告，才打消了公布"长流计划"的念头。

卜老的这次上海之行，还要我陪他到虹口的旧居去看看。他在上海做《申报》总编辑时，就住在虹口，与李白烈士对门而居。他在旧居前流连忘返。他认为他的房子不属"敌产"，不在没收之列，期望能落实政策，有回上海定居之意。他恋恋不舍地离开旧居，又来到多伦路，找到当年中华艺术大学的旧址。他曾在这里读过书，和张爱萍将军是同学。60多年前彼此都不了解，60多年后在北京相逢，都喜不自禁，张将军送他一册集诗词、书法、摄影于一体的《神剑之歌》，并亲笔题词。他回敬著作《二十世纪人》《如是云云》两本，也亲笔题词。在中华艺术大学的旧址，他指点着在哪里上课，在哪里开会，在哪里谈天，说得津津有味。

卜少夫这个人，真是说不出、读不明、写不尽的。他挥挥手向朋友们告别，不带走一片云，像清风，像浮云，像彩虹，两袖清风，随风而去了。

（2001年11月）

王世襄：自我得之，自我遣之

11月30日，敲开俪松居之门，拜访收藏家王世襄先生。但愿一识韩荆州，这是我蕴藏在心底已久的愿望。但机缘未到，怎敢贸然登门。这次冲寒北上，实在得益于朋友传来的两条信息。

一是，世襄先生获得荷兰王国"2003年克劳斯亲王基金会最高荣誉奖"。12月3日，荷兰王国约翰·佛利苏亲王要为他颁奖，奖励他在文化事业上的贡献。他给温家宝总理写信，表示把所得十万欧元奖金捐献给希望工程，由总理指定在某省某一乡镇或山村建一所中荷小学。

二是，11月26日中国嘉德拍卖公司举行的"俪松居长物——王世襄、袁荃猷珍藏中国艺术品"拍卖专场，143件艺术珍品，全部落槌成交，没有一件流拍，竞拍者频频举牌，不给拍卖师报价的机会，有的珍品成交价高于底价的十倍或廿倍，总成交价6300多万元人民币，创造了拍卖史上的奇迹。遵循国际拍卖行的习惯，中国拍卖师第一次戴上白手套。

得奖与拍卖，看来似乎是毫不相干的两件事，而且发源地又在地球的西边一半和东边一半，可是同时落在王世襄的身上，这是很耐人寻味的。

我带着这种耐人寻味去敲俪松居之门。

完全如我想象的那样，世襄先生是个乐哈哈的长者。听到我喊他是“大收藏家”，他拱手相谦，笑哈哈地说：“实不敢当！实不敢当！古代名家，姑置勿论，近现代收藏家者，如朱翼庵先生之于碑帖，朱桂辛先生之于丝绣，张伯驹先生之于书画，周叔弢先生之于古籍、学识之外，更雄于资财。以我之家庭背景、个人经历，实不具备收藏条件。”

论其家庭背景，王世襄祖上都是清朝官员，父亲于1902年随中国驻法国公使孙宝琦去法国进修后，即开始了外交生涯，驻墨西哥两年，回国后的职称为“待命公使”。孙宝琦任职北洋政府时，他父亲担任过国务院秘书长。可谓是世宦书香之家。1914年，王世襄出生于被其父新购并修葺一新的芳嘉园。在这里，他一住就是80年。对王世襄的艺术产生直接影响的是他的母亲和舅舅。大舅金北楼是20世纪初北方画坛领袖。母亲金章是著名的鱼藻画家，二舅金东溪、四舅金西厓是著名竹刻家。正是这种影响，不但哺育了他的艺术兴趣，也影响到他收藏之所尚。这次拍卖的艺术珍品中，有铜炉、木器、漆器、雕刻、竹刻、古琴、匏器、铜雕几大类，可以隐约看到家庭影响的存在。谈到这些珍藏，世襄先生说：“我没有收藏书画，没有收藏瓷器，没有收藏玉器，更没有收藏青铜器，因经济所迫，对这些不敢问津，只是用几元或十元的价钱，掇拾于摊肆，访寻于旧家，人舍我取，微不足道，自难有重器剧迹。在收藏家心目中，不过敝帚耳，而我珍之。岂正合敝帚自珍一语。”

从世襄先生的经历中，我感到他最有兴趣的是书画。还是在大学读书时，他就开始研究中国的《画论》。当时的燕京大学没有美术系，在文学院做这样的题目算是跨学科，三年级获得硕士学位。生命中所形成的许多兴趣，都是由绘画开始的，从南北朝画家宗炳的《画山水序》中，探索盆景的起源与绘画的关系；宋人赵子厚《花卉禽兽图》细细描绘的兔起鹘落的画面，使他进一步体会到养鹰的刺激；他从绘画中不但勾勒出明代家具的源流，而且研究了文人参与对家具器物品位提升的重要性。

但是生活没有允许他沿着这个轨迹发展下去。1944年，他参加朱启钤（桂辛）创办、梁思成主持的营造学社，开始研究古代建筑。此时抗战胜利在即，他又负责校对中英文《战区文物目录》。这个目录是由国民政府教育部在重庆成立的“清理战时文物损失委员会”编印的。1945年8月，抗日战争胜利，王世襄以该委员会平津区助理代表的身份，接收清查战时文物。在这一年的时间里，他在平津两地经手清理的文物有：没收德人杨宁史青铜器240件；收购郭觯斋（世五）的藏瓷；追还美军德士加定少尉非法接收日人瓷器；抢救长春存素堂丝绣；接收溥仪存在天津张园的千余件文物；接收海关移交的德浮洋行的一批文物。最近，李经国对王世襄在这段抢救文物的历史做了调查，查到了当时的登记目录，与故宫藏品档案核对无误。除了以上对战后文物追寻外，王世襄还受命奔赴日本，负责领取并运回日本侵入香港后劫往日本的一百多箱善本古籍，赴美国调查流散在国外的中国书画。

1952年，“三反”时，王世襄这位抢救文物的功臣却被以贪污罪下了大狱，关了十个月，虽无罪释放，但已被文物局、故宫博物院除名。从此就离开以身相许的故宫博物院，成为社会游民，无所归宿。后来，好不容易进了音乐研究所，1957年又被扣帽，用他自己的话来说：“不仅敝帚之不如，而直弃同敝屣矣。”

但王世襄与夫人袁荃猷相濡以沫，“共同决定自珍”，不但珍于收藏，而且自珍于操守。他们编了《自珍集——俪松居长物志》，记其收藏的来龙去脉，光明正大，集中《自序》云：“自珍者，更加严于律己，规规矩矩，堂堂正正做人，惟仅此虽可独善其身，却无补于世，终将虚度此生。故更当平心静气，不亢不卑，对一己作客观之剖析，以期发现有何对国家、对人民有益之工作而尚能胜任者，全力以赴，不辞十倍之艰苦、辛劳，达到妥善完成之目的。”

在逆境中伴随着他们坚持“自珍”的，就是他们的珍藏。在他们的珍藏中，有曾用来说明传统工艺之制作，有曾用以辨正文物之名称，有曾对坐琴案，随手抚弄以赏其妙音，有曾偶出把玩，借得片刻之清娱。这些伴他们多年自珍的文玩，在“文革”中目睹车辇而去。他们都坦然处之，未尝有动于中。他们何以会有如此的情操？世襄先生在《自序》中又写道：“但悟人生价值，不在据有事物，而在观察分析，有所发现，有所会心，使上升成为知识，有助于文化研究与发展。此岂不是多年来坚守自珍、孜孜以求者。”

我们都知道，王世襄还在中学时代就开始“玩”，种葫芦，养鹰，养狗，养鸽子，捉蟋蟀。但他无论玩什么都能钻进去，探本求源，生发新意，形成一种特异的绝学。不要说斗蟋蟀斗出了皇皇巨著，家具的研究引导世界潮流，即以这次拍卖的143件艺术珍品中，件件有学问。诸如：

唐代“大圣遗音”伏羲式琴，和他们相伴55年，除“文革”十年被抄家外，不曾须臾分离。由250万元一下跳到600万元，最后以891万元成交价和他告别。琴上留下“世襄荃猷鬻书典钗易此枯桐”，即以饰物3件及日本版《唐宋元明名画大观》，换得黄金约5两，再加翠戒3枚，其中最佳一枚为世襄先生母亲的遗物。他从这架古琴上不但享受了奇、古、透、润、静、圆、匀、清、芳的美好音色，而且研究了古琴的制作、修复、保养、漆色诸多学问。

朱三松雕竹根老僧，席地而坐，手提袈裟，足着草履，年事已高、额头皱纹累累，齿脱唇瘪，而笑容可掬。底价100万元，而最后以264万元成交，竹雕上有“三松制”的款。王世襄的舅父金西厓先生尝有言“真而疑伪事小，伪而作真事大”，鉴定甚严，以为“三松制”不如朱小松归去来辞笔筒行书款潇洒自如，故未免可疑。王世襄以为“老僧镌镂精绝，在所见明、清圆雕人物中当推第一，故以为乃三松真迹”。多年之后，他又用荷叶式的款相比较，可以证明老僧“三松制”款不伪。

拍卖的珍品中有铜炉廿多件，成交价都在百万元以上，高于底价十多倍。世襄先生对铜炉提出赏玩标准云：“历来藏炉家欣赏的就是其简练造型和幽雅铜色，尤以不着纤尘，润泽如处女肌肤，精光内含，静而不嚣为贵。”铜炉的这种风貌品相是经过长年炭墼烧爇徐徐火养而成的。世襄先生受前人的熏陶，对铜炉火养的过程做了研究，搞出了快速烧炉法，一夜把炉烧成棠梨色。后来，他又从前人著作《烧炉新语》中发现，古人早已发明快速烧炉法。

张伯驹先生生前曾言，“京城有两个小天才，王世襄是一个。”天才者即奇才也，世襄先生当之无愧。

世襄先生研究著作已出版四十余本，现在各家出版社都抢着出版他的著作。可是遥想当年出书，他不无感慨地说：“出书之难，难于上青天。”此时，他取出他的第一部油印本《髹饰录解说》，很有风趣地说：“此书现在拍卖可卖一千多元。”他给我谈了这部书从写作到出版的过程：

《髹饰录》只不过是“关于漆工及漆器的记录”而已。此书的作者为明代黄成。是我国现存唯一的古代漆器之专著，但三四百年来只有一部抄本保存在日本。直到1927年才经朱启钤先生刊刻行世。1949年冬，朱启钤请王世襄对此书作注解，使之推陈出新为社会主义服务。从此，王世襄即开始注释。他因“三反”时是“大老虎”，又被解雇，自谋出路，断送了观察研究漆器的机会，他拖着患有肺病的身子，到收藏家、古董店、挂货铺、晓市、冷摊去找实物，但他并没有放下《髹饰录》的研究。到1958年完成《髹饰录解说》。

由于“戴帽”，他只好化名王畅安，将手稿送到誊印社，自费刻版油印。但当时要送所在单位审查，所内的中层干部认为他是“右派放毒”，准备批判，但所长李元庆认为《髹饰录解说》是一部有用的著作，同意誊印社为他油印。当时油印200部，分赠博物馆、图书馆、漆器厂及朋友。1961年间，郭沫若见到此书，推荐给科学出版社，旋因作者是“右派”而作罢。改革开放之后，又几经周折，于1983年才由文物出版社出版。

我藏有世襄先生出版的另一本著作《竹刻》。1991年由人民美术出版社出版。除了文字是清楚的，其他都模糊不清。在国家文物局前局长张德勤那里，我看到王世襄给他的赠书，书中还有一张作者用毛笔书写的打油诗：

交稿长达七载，好话说了万千，
两脚跑出老茧，双眸真个望穿。
竖版改成横版，题辞页页倒颠，
纸暗文如蚁阵，墨迷图似雾山。
印得这般模样，赠君使我汗颜。

他的记忆力很好，我说了这首诗，他还能一句不落地背诵出来，背诵后又一阵哈哈大笑，说：“人在倒霉的时候，一切都跟着倒霉。”

“你现在成了收藏名家，新生收藏家都像追星族一样在追踪你。”我说。

“那不是因为我收藏的东西有什么了不起。他们都是我的读者，读过我写的书，产生了浓厚兴趣，有了一件我收藏过的东西，将来可以去说山，讲故事，不是正常价格的拍卖。”

拍卖已过去几天，嘉德拍卖公司总经理王雁南说：“拍卖现场的抢拍火热，拍得价位之高，现在我还有些惊魂未定。开始弄不懂是怎么一回事，有的参拍者第一件拍不到就拍第二件，再拍不到又拍第三件……直到拍到一件才甘心。一只竹刻青蛙正常情况下也不过一万多元，但最后拍到十多万，他们完全是冲王老的人格与学养来的。”

谈到这次拍卖，张德勤也仍在兴奋中，他分析这次拍卖现象，说：“王世襄先生坎坷一生，从来没有得到充分的展示，这次拍卖，是他人生的大展示，展示了他旷世绝学，展示了他的高雅逸趣，展示了他的人格魅力，展示了他天才的智慧。买者追求的不单纯是文物，而追求的是情缘。如果把李白“生不用封万户侯，但愿一识韩荆州”的话借用过来，可以说，千金万金何足惜，愿得世襄一玩物，何令人羡慕以至于斯啊！”

俪松居珍藏艺术品的拍卖，震动京华，也有人提出这样的问题：让这些藏品进博物馆不是更好的归宿吗？

作为收藏家，王夫人袁荃猷还在世时，世襄先生就和她讨论过这件事。他们不是没有想过把这些珍玩捐献给博物馆，但与朋友相商，大家都认为博物馆不是文物的唯一归宿。有些东西，留在民间，让它带着曾经拥有者的感情及背后的故事在民间流动，带着老一辈收藏家的风范去哺育新的收藏家，这样会更能表现出文物的生命力。

其实，世襄先生心中还是想着博物馆的。拍出的珍品中有一件是朱小松雕刻的陶渊明归去来辞图笔筒，筒身刻孤松斜偃，枝干苍古，渊明扶松，展目远眺，神情闲逸。两坡交处，一童子荷酒瓮，插菊花一枝，回首引道而行。当王雁南告知，此件以底价100万元为上海博物馆购得，世襄先生甚为高兴。我与他谈及此事时，他说上博藏有一件香筒，是出土的，为朱小松的标准器。世襄先生藏品亦有朱小松款，上博藏的刘阮入天台的香筒，有朱缨款及小松印。

多年前，世襄先生在处理明清家具时，首先找到的就是国家文物局局长张德勤。他问局长：我把家具捐献，你能给我多少报酬？张德勤说最多给你100万。张德勤告诉我：世襄先生住的芳嘉园被"刮共产风"时给"共"了，住进许多人家，院子里又盖了许多小房子，把二位老人挤进三间北屋。袁荃猷就在明代大案上烙饼、擀面条，他需要钱买房子。可以理解，一个被打入另册、在众目睽睽监督之下生活了几十年的人，即使对老屋有着无尽的眷恋，也还是无法再居住下去，更何况许多珍藏没有落足之地。张德勤虽然身为国家文物局局长，还是建议世襄先生不要把家具捐给故宫博物院。因为故宫博物院宝物太多，捐到那里不能发生作用。那时上海博物馆新馆落成，开辟了家具专馆。最后由香港庄贵伦先生购了这批明代家具捐献给上博。提到这件事，世襄先生说：当时有一个条件，图录上80件家具，要一件不落地捐献。图录中只有一把椅子，世襄先生连同其他未入图录的三把椅子也让出。还有一个小马扎，已经送给老友，老友看他把家具转让出去，太孤单寂寞，又把马扎归还。世襄先生还是把它送给上海博物馆了。世襄先生风趣地说："那四把椅子在我家没地方摆开，现在可以伸开腰舒展了。"

也就是在处理明清家具时，世襄先生写了“自我得之，自我遣之”这样两句话，现在仍奉行着。其中含义如何，请朋友们各自领会吧。

（2003年12月5日）

八壶精舍四题

魂归西湖

西子湖畔漫游，在湖光山色中，可谓移步换景，无论是前人遗存的古景，或是今人营造的新景，都是某一时代的文化标志，其背后都有说不完的故事。杭州西湖的故事多，和古景新景都是有着关系。可不是吗，你看那在绿荫丛中，在数本芭蕉、几簇翠竹的掩映下，“八壶精舍”几个金色大字闪现出来。穿过拱形门，进入陈列室，就可看到钤有“桑连理馆”“阿曼院室”印记的曼生壶了。

“八壶精舍”是海派画家唐云的斋名。唐云的乡情浓于酒，在画作的款识中一生都题写着“杭人唐云”自不用说，为了纪念父亲的中药铺，他总是以“药翁”或“老药”自许，他随妻在富春江畔的大石山生活了多年，最常用的斋名就是“大石斋”或署名“大石山人”。独有“八壶精舍”是以赏玩收藏八把“曼生壶”而得名，并请篆刻名家叶潞渊为他刻了“八壶精舍”大印，可见这个斋号非同一般了。

抗战期间，唐云走出杭州，携家带口到了上海，虽说是落脚生根，但生活还是处于维艰多难的时刻。一次，朋友相遇，酒热耳红之际，在醉眼蒙眬中看了陈曼生创作的瓜形壶，和壶上“试阳羡茶，煮合江水，坡公之徒，皆大欢喜”的壶铭，如饮陈酿，醉上加醉，随以四两黄金将此壶购下，装入袖中，扶醉而归。唐云由此钟情于曼生壶，先后购得扁壶及合欢、提梁、匏瓜、笠荫、井栏、石瓢诸壶，还有搏浪椎、树瘿、汉铎、莲子、僧帽、袱印等清代名壶。曼生壶的石铫、横云、井栏、合欢、却月、方壶、瓜形、覆斗等十八式样，有不少已经聚集在八壶精舍。

分久必合，合久必分，世界、国家是这样，人与人、人与物何尝又不是这样，千里搭凉棚，没有不散的时候。唐云磊落大度，放眼云山，对自己的收藏也是拿得起，放得下。他爱画入骨髓，但对以师尊之的华新罗、吴昌硕、赵之谦等人的名品，他可以送人，或者用来和别人交换自己更欢喜的东西。明式坐椅，吴昌硕篆书长联可以用作结婚礼品送给朋友。在他的藏品中也没有看到以“宜子孙”或“子孙永宝”的印记，但是对所藏的曼生壶却系之情愫，期望聚而不散，长相守，勿相忘。药翁生前，在大石斋和笔者品茗啜饮，曾道出他对自己所藏曼生壶的这种心绪。

陶器与人类相伴由来已久，但是对茶器的认识与讲究，却是从宋代开始，随着饮茶、品茶、论茶之风盛行，制壶技艺也随之发生变化，从煮茶的大壶转向文玩小壶，从单纯的实用走上实用与艺术欣赏结合的新的审美观念。在元代的茶器上即出现了“且吃茶”的题句，应该是文人参与撰写壶铭的发端。明代潘允瑞、董其昌、陈继儒都乐于其事，到清代嘉庆年间的陈鸿寿，达到了文人参与制壶的高峰。

陈鸿寿，又名曼生，浙江钱塘人，是药翁唐云的同乡，擅长篆刻，为“西泠八家”之一，情趣和药翁又有些相近。在他任溧阳县令期间，受宜兴紫砂文化的浸染，对茗壶产生了雅兴，不久即结识了制壶名家杨彭年、杨宝年、杨凤年兄妹，参与之念油然而生，先后创造了茗壶十八式，一一撰题壶铭，接着又有他的幕僚们共同参与，促使宜兴陶艺空前发展，陈曼生在溧阳为官五年，流传下来的一把壶铭有“曼生督造茗壶第四千六百十四”。陈曼生制壶为数可谓不少了。谁又能知道他从溧阳任上告老回乡，又带回去几把紫砂茗壶呢？如果曼生老人泉下有知，应该愧对乡亲了。

乡情绵绵，时间经历了百年，药翁唐云成为曼生老人的身后知音。他用大海捞针的精神，寻寻觅觅，日复一日，年复一年地发掘搜存曼生老人遗留在人世间的紫砂茗壶。药翁不只是发现了，而且得到了，伴随他生活的时间较曼生老人更为长久，使他们的指纹、体温及精神结缘在一起，带着他们的灵魂落叶归根于西子湖畔。

壶之为器，用则活，活则灵

藏壶的人，不一定喜好饮茶；爱饮茶的，又不一定对壶有所认识和了解。药翁不但知壶、爱壶，而且懂得用壶，日以品茗为乐。

药翁好饮，这个饮字中包含着饮酒与饮茶。药翁好酒，每天也不过两餐而已，并不像魏晋时代的酒鬼，抱着酒坛子，终日在醉中。而药翁对于茶，正像魏晋人对于酒，可以说无时无刻不在啜茗。清晨起来，他的第一件事就是饮茶，清洗肚肠中的糟粕之气；晚上入睡之前，一天中的最后一件事还是饮茶，涤荡胸中的尘埃之气。

笔者某次和药翁聊天，即问之："茶与酒，到底哪个对你最重要？"

药翁说："都重要，酒有酒的妙处，茶有茶的功能。不过，我在梦中常常是饮茶，而不是饮酒。"

我说苏东坡不但梦中饮茶，还写了回文诗。他是：酒饮绝，肉吃绝，茶啜绝。

药翁说："坡翁还有一绝，即是诗写绝。饮酒、吃肉、喝茶的诗，都被坡翁写过，我辈虽然有酒、肉、茶三绝，但诗不敢和坡翁相比。不过，坡翁用来泡茶的肯定不是紫砂茗壶，饮的茶也没有我饮的茶多。"

虽然没法考证谁饮的茶多，我想坡翁和药翁饮茶的路数也是不相同的。坡翁有朝云在身边，当然不会让他动手煎茶，什么"鱼眼""蟹眼"，只不过站在旁边看看，用文学语言来形容泛起的茶泡罢了。药翁身边没有朝云，煎茶要亲自动手。笔者每去大石斋，沿梯登楼，只见楼道的一边排列着许多大的玻璃瓶或塑料桶，那都是从无锡运来的惠山天然泉水。煎茶只煎水，自古以来饮茶人都知道水的重要，药翁一肚皮有关水的故事。有一年他在杭州品茶，茶叶研究者曾用虎跑泉水、西湖水、雨水、井水和自来水，分别泡同样的龙井茶叶，评比水之优劣，药翁品之，以虎跑泉水冲泡为最佳，以下次第为西湖水、雨水、井水和自来水。正因为有这样的体验，药翁冲泡茶多以惠山泉水为主。

大石斋中有一鼎陶制三角风炉，每到入冬，斋主都是亲自点火煮水沏茶。他先用作画写字的废纸，把炉内木炭点燃，然后把一只陶制大壶放在炉上煮水，选壶放上茶叶，待水煮沸后稍待片刻才沏茶。药翁常用来沏茶的就是那把壶身刻有折枝竹子瞿子冶制的石瓢壶。壶铭为"翠雨萧萧，人过茶寮"。瞿子冶是继陈曼生、朱石梅之后的金石大家，自题、自画、自刻。药翁常用的这把密而不繁，富有生活气息而又格调高雅的壶，特别是壶上镌刻古意盎然，韵致怡人。药翁对此壶的欢喜不在曼生壶之下。药翁常用来待客的还有一把瞿子冶制石瓢壶，壶上画了数笔兰草，并题了两则壶铭，一则为“君子之交淡如水，同心之言臭如兰”，另一则为“画竹多而作书少，人道余书无竹好；偶然作此当竹看，又道竹不如书老”。对几把曼生壶，药翁则是轮番使用，这把壶用上几天，然后又换上另一把。大石斋藏曼生壶八式，壶身包浆内敛，虽不是锃亮夺人之目，但是带着人的手感体温，给人留下温婉可亲的朴实之感。这样的包浆效果不是用茶叶水煮泡养出来的，而是药翁用手摸出来的。

某日，笔者和药翁谈他对曼生壶的收藏，他说：紫砂壶不是钟鼎之类的青铜大器，即使是名壶，也不过是用来饮茶的实用之物。陈曼生从制壶中得到乐趣，我是从用壶中得到乐趣。他说：“曼生壶也只不过是饮茶之器，既是器，也就成了身外之物，当常用之，只有用才能变成身内之物，才能达到物我两忘，世人多不知此。”药翁还说：“实用的东西不用则死，壶也是这样，用之则活，活了也就有了灵气。”当今，再想玩曼生壶当然是一种奢望，但玩名人之壶的人还为数不少，却未必能有药翁这样以“趣味”为尚的玩法。药翁所藏不只是曼生壶，其他还有书画和众多的文玩，都能以平淡之心对之，他说：“我不想用古董来装饰，我要用，能使用的东西就用，字画我挂起来，自己看，也给别人看，这样才能体会到收藏的乐趣。”但是当今藏者不知从藏品中寻找乐趣，多是藏而不用，更不说与人共赏了。

药翁对所藏曼生壶虽自榜为身外之物，实则他爱之如生命。那些名壶在他手中虽然常用之物，但壶身则一尘不染。不用时，有的用布套套好，有的用纸包好，然后再放进特制的锦盒中，朋友来了，则有着共赏共饮之乐。每当携壶外出，他不会把壶放在旅行箱中，而是把壶装在一只竹篮中，自己提来提去。有一把他用了38年的曼生壶，因自己的不慎而被打破，不是心痛，而是内疚和不安，对笔者说："我这是造了孽啊，流传于世百年的茶壶，竟然葬送在我的手里。"

不谈佛法不参禅

药翁唐云，是名士风流，朋友很多，画友、文友、诗友，还有僧、尼、道等，他的朋友无所不在，尤其是和几位高僧，都有较深的交往。青年时代他和杭州南屏山高僧巨赞成为知音，来到上海直到晚年和若瓢和尚如同一佛门的师兄师弟，还有他那形象：宽额、大耳、丰而圆的面庞，常带微笑，慈眉善目，再加上大腹便便，只要再披上一领袈裟，就是一尊佛了。因此人们都认为药翁长于茶道，啜茗时也充满着佛性禅机，其实不是这样。

抗战始发，药翁率家人由杭州来上海，到了宁波延庆寺滞留两个多月，受到长老静安和尚善待。临别时药翁为他画了一本册页，题句曰："君谈佛法，我画云山；溪声山色，酒里同参。"静安以出家人不受身外之物为由，没有接受。和出家人在一起，药翁只谈茶与酒，不谈佛说禅。对"且吃茶""吃茶去"的茶话，高人都以充满禅机来解释。某日笔者和药翁谈到这两句被视之为禅机的话，他说："你不要中邪，吃茶就是吃茶，很纯净，没有别的杂念。"他又说："且吃茶""吃茶去"都是制壶的人兴到随意之作，很干脆明了，文人是写不出这样的句子，对茶来说，禅机也是一种杂念。

药翁所藏曼生壶，每把壶上都篆镌铭语，他认为陈曼生题的壶铭也有牵强不当之处，他最欣赏的还是笠荫壶铭文："笠荫暍，茶去渴，是二是一，我佛无说。"他对这壶铭的解释是：

曼生这个铭有他自己的切身体验，斗笠能遮挡烈日，茶能解渴，这是一个人对自然的体验与享受，人人都有这样的体验，还要佛说清楚干什么呢？佛也说不清楚啊。不要中禅机的邪。药翁不但藏壶，而且制壶，题写壶铭，他为瓜壶题铭曰："欲乞东陵种，何人忆故侯。凭君范一个，拓我小窗幽。"诗的前两句讲的古代东陵种瓜的典故，后两句则落实自我世俗生活中。药翁也设计了一把井栏壶。壶上画了两只小鸡啄食长生果，壶铭为"饮之可以得长生"。在另一把掇球壶题铭曰："四大皆空，坐片刻无分你我；两头是路，吃一碗各奔西东。"这应该是他在画室中以茶待客的写照，是生活实景。药翁的"吃茶就是吃茶"，和"且吃茶""吃茶去"一样，都是吃茶的最高境界，单纯自然，而没有任何附加的所谓佛性或禅机。这样说可能会引起品茗谈禅的朋友不高兴，这可能和我还没有进入禅境的浅薄有关。

崇尚自然，适意为上

饮茶本来就是日常生活中的琐事，善饮者多是注重内心的享受。药翁用曼生壶固然是一种享受，但那些用斟茶的杯盏和饮茶用壶是不配套的，看似有些杂乱，但药翁却能从中得到享受。紫砂陶杯能吸附茶叶，积茶锈于杯壁，蕴蓄茶香，传热缓暖，药翁用时自然是一种享受；但景德镇白瓷，泡着绿茶，药翁也感到其中的高雅境界；玻璃杯透明，药翁常用来泡碧螺春，注目于嫩绿颜色和其叶的浮动，把它引用成人生浮动的另一种境界。它似乎是万物皆备于我，都可以带来适意快乐。谈到茶具，药翁说："玉器和玛瑙茶具，则不入我这村野的布衣人家，除了表示主人的华贵，是不会给饮者带来什么清福的。"

崇尚自然，适意为上，是药翁的饮茶之道，对那些注重形式的茶道，他都兴趣不大。尤其对日本茶道，饮者不但不能从中得乐趣，反而感到是一种不畅的拘束。我们在讨论茶道时，他说：犹如你来了，我把小炉子点燃起来，沸水泡好茶，各人随意，自斟自饮，何等自然。崇尚自然，这是中国茶文化的传统。古代饮茶的人多是僧人、隐士、诗人，他们的人生清雅俭朴，身临江溪，目对青山，在饮茶中饱赏大自然的情趣，所求只在适意二字。这些都是皇室贵族享受不到的，所以在这一群体中，饮茶的故事就不多。在大石斋中，药翁的崇尚自然的心态随处可见，在沈尧臣用锡制作的瓜形罐上刻有铭文："绿荫漫竹架，瓜熟喜春秋。堪作学人馔，恬然兴味幽。"还有刻着"眉上白"的茶叶罐的铭文："垂叶似碧，结实如金，书窗闲对，抱膝长吟。"还有药翁为许四海制作的石瓢壶，药翁画了一丛翠竹并题铭曰："竹里清风竹外尘"。可以说药翁崇尚自然，是他秉性中所固有的，贯通天地，不是后天修炼而成，别人也是无法学到的。药翁"崇尚自然，适意为上"的饮茶之道，也就是今天在喧嚣的尘世中人们所向往的"和、静、清、寂"四字，对更多的好茶者来说，这只能作为追求的理想，要达到这一境界就很难了。

由文人的参与，给紫砂壶注入了文化精神，但它毕竟还是生活中实用之物。药翁曾经想到如何用仿古的方法，对曼生壶及古代名壶进行普及，使大多数茶的爱好者都能享受，不再仅仅是文人把玩的小摆设。大石斋中一把曼生壶盖破损，他请制壶大家顾景舟用紫砂配制，直到第十只壶盖才与壶妥帖吻合。药翁可能是感到曼生壶仿制之难，望而却步，没能进行下去。"八壶精舍"移居南宋故都，生根于西子湖畔，现在有八壶精舍文创中心应运而生，实现药翁未竟之愿，开始对曼生壶形、气、神进入了新的研究，无论是死者或生者，对此都会拭目以待！

（2016年10月）

程十发的幽默

十发，姓程，名潼，字十发，取“一程十发”之意。《说文》：“十发为程，十程为分，十分为寸。”“发”者，古量器中最微小之数也。历史上的程姓名字中用数词的有唐人程千秋、宋人程千里、宋人程九万、元人程一飞、明人程一枝，无论是“十发”或“百发”，论其量都是不好和这些名字相比的。十发这个名字是其老师李仲乾给他起的，十发说：“我在学校里只有姓和名，叫程潼，而没有字，所以给自己刻图章的时候，总是重复刻程潼。李老师觉得奇怪，问我有没有字，我说没有。李老师说我给你起一个字，叫‘十发’，取‘十发为一程’之意。从此我就用十发，名不大用了。”

十发为画坛之奇才。远观者，爱其画，欲知其人；近观者，爱其画，亦爱其人。余与十发相识近四十年，对他仍介乎于近远之间，所以对他的探索之心未泯，欲入其堂奥，观其画，听其言，识其心，企盼对他求得真知。

一个春寒料峭的下午，余西行剑河，去十发隐居之处探访。适高花阁主陈佩秋飘然而至，两人相见甚欢。高花阁主刚完成“布置画”，日夜挥毫，劳累过度，腰腿酸痛未愈，对十发说：“你是老大，我是老二，我当然要多干活了。”十发说：“谢，谢，谢！”高花阁主说：“我们现在是近邻，你什么时候需要交流了，一个电话，我即过来和你聊天。”十发说：“应该我去看你。”高花阁主说：“你是老大，还是我来看你。”十发说：“不，我去看你，三天之内我就去看你。”高花阁主说：“你现在手抖得好些了，我看你的线条抖出许多新意，是过去没有的。”十发说：“我那时精神抖擞。”在大师凋零的年代，交流特别可贵。

“非典”肆虐，人心惶然，某日余又西行去剑河，见十发作《采药女》，背后修竹一丛，寓意竹报平安，题曰：“深山采药抗‘非典’”。他说：“现在大家都在抗‘非典’，李时珍的孙女请缨抗敌，大家平安。”

十发的幽默发自内心，天性使然，常是随机而出，水到渠成。手指颤抖本是画家的不便，他能以“精神抖擞”应对；电梯出了故障，上上下下不停，他说是“七上八下”；啤酒与汽水掺饮本是饭局中常见之事，他说“喝了会发脾气（啤汽）”；喝酸奶，他说“不能喝得太多，喝多了有酸腐气”。在饭桌上，十发常机锋迭出，令人喷饭。十发患气喘疾，常喘息不止，他与人戏曰：“我气量小。”十发曾住高邮路，不知者问曰：“居何地？”他答曰：“咸蛋路。”因高邮的咸蛋闻名于世，由联想而生的幽默。某理发店请十发题匾，十发操笔题写“要侬好看”四字，来者不知十发之幽默，曰：“万万使不得，顾客都被吓跑了。”一位画家见十发作画，色彩动人，欲乞一色，不日，十发赠其颜料一盒，并戏曰：“给侬点颜色看看。”

十发画，素来求者如云，且有求必应，故其应酬之多，世界少有。有位书画爱好者，向十发索画。十发因画事太多未能及时画出。索画者曰："我已经跑了七八趟了。"十发戏之曰："你倒是八大山人了。"并将此戏语题于画上，别有风趣。一位从业银行者向十发索画，十发问："你懂画？"索者答："我不懂画。"十发曰："你不懂画要它干什么？"索者曰："白天和钱打交道，晚上消遣消遣。"十发曰："我和你一样，白天画画，晚上也消遣，也有个爱好，喜欢看货币，美元、英镑、法郎、马克，我都喜欢看。"以其人之道，还治其人之心。有求画者，索得十发画一帧，把画带回去之后，论者有称画不真。索者旋返沪上，言其原委，十发不愠不恼，遂当此君之面，挥毫作图，并令人家拍照存真，以此画与照片并赠索者。此足见十发善解人意，大度有致。

十发爱朋友，重友情。电视主持名家曹可凡，因煤气中毒，经抢救化险为夷，十发慰问之，并曰："你不会死，因你名曹可凡，如果你叫曹不凡，就活不过来了。"文弱的十发欢喜勇猛的足球，但和足球教练徐根宝素昧平生。徐根宝兵败吉隆坡，责怪之声沸起，十发赠一套《孙子兵法》，以"胜败乃兵家常事"之语相慰。徐根宝在崇明办足球学校，十发坐轮椅前往祝贺，和足球娃娃们一起玩了一天。勇猛的人也有脆弱的时候，十发深知此理，徐根宝去昆明训练，十发作《迟开的茶花》相赠。某日，徐根宝来看十发，十发向客人介绍曰："我们是手足之情。"客人不解，十发又曰："我用手作画，他用足踢球，乃手足之缘也。"香港电影导演李翰祥是十发的好友。李翰祥病逝，十发伤心，对曹可凡说："你还记得李翰祥吗？他去世了，这两天晚上做梦，天天梦见他。"失去朋友悲恸之深，尽在几句话语中。

日本著名书法家梅舒适，和十发交谊甚笃。梅氏在上海中国画院举办书法展览，开幕的那天大雨滂沱，经久不停，到会的人很少，冷清得很，这对来自东邦的书道大师来说，多少有点美中不足之感。十发致辞曰："今天落雨，只来了五六十人，其实已经不少了。当年王羲之兰亭雅集，到会的只有42人。王羲之是书圣，只有42人到会。参加梅先生书法大展的有五六十人，超过书圣王羲之……"真是妙语惊人，克诚相敬，皆大欢喜。

生活幽默和艺术幽默相一致，在艺术的幽默之语中藏着真知。郭河阳论山水有"平远、深远、高远"三远之说，十发云："要在'心远'。得心远之法，'三远'也就在其中矣。"中国画界常有激越之猛，视优秀传统为粪土，猛烈挟击之，十发语金石书画大家韩天衡曰："汽车朝前开，还要装上反光镜呐。"气息平和，言浅理邃。对艺术的新与旧，十发常以饮茶的杯子相喻："如果不把杯子的旧茶倒掉，又怎能再泡新茶呢？"艺术体验与生活体验相通，把生活中的悟性运用到艺术中去，即是悟艺之大道。

十发把艺术创造喻之为盖房与拆房，他的高足、人物画大家毛国伦铭记师言：

> 40年来给自己盖了一间房子，十分艰苦。我像造茧一样，不是在房子外面砌墙，而是在房子里面添砖。总算屋顶有了，四周的墙壁也已经砌到最后一块砖，当我松一口气庆贺自己的工程完工时，我困在房子里出不来了。只有拆去房子的一部分，我才能生活下去，于是我拆了旧房子，又想从头学起，准备造新房子。

在十发六十余年的艺术生涯中，他不停地在搬砖运瓦，几经艰辛，为自己盖了三座房子，一座是修竹远山楼，一座是三釜书屋，一座是九松山庄。第一座房子盖在故乡松江，有着浓郁的乡音、乡情、乡思；第二座房子盖在海上，吞吐云雾，海纳百川，有着有容乃大之气概；第三座房子盖到太平洋彼岸去了，不想再做隔岸观火者，而是要做火中凤凰，晚年修炼，再塑一个金身。

（2004年）

送谷孙同学一程

深夜，接陆灏电话，说陆先生发病住进医院，很危险。以后几天，每天他都来电话，告知陆先生的病情，最后一次，他说陆先生的女儿回来了，总算见到一面，意思是陆先生很难度过这一关了。7月28日中午，楼乘震来电话告知，陆先生去世了。可见，关心陆先生病况的人很多。

在同一时期复旦大学毕业的同学中，除了新闻系同届毕业的同学每年相聚几次，其他接触较多的除陆谷孙，还有朱维铮、吴中杰二位先生。在复旦，他们三人的私交也不错。朱先生走了，吴先生远在澳洲，一年只能见上一面，平时能交谈的就只有陆先生了，而且住地隔路相望，见面交谈也很方便。所谓交谈，也都是路边人语，我走路，他散步，有时相遇，就陪着他围绕宿舍走上一圈。我们彼此也有过往，到家中小坐，也只是一杯清茶，谈上片刻，各奔东西。

我称他为“谷孙同学”已经超越了复旦校友的概念，我们的确在同一个教室里听同一位老师授课。我在新闻系读书时，除了新闻专业课是本系教师讲授，其他的课都是由中文、历史、哲学、外语诸系教师上课。有时又会分别和中文系、历史系，或外语系的同学，在某一教室里听某一门公共课。不是专题讲座，是要持续上一个学期的课程。那时的复旦就是个大染缸，各系学生在缸里染来染去，彼此有着交流，受各系学术的熏陶，现在回想起来，仍然感到收益多多。

有了这样的交流和了解，我们共同的话题就很多，从校园内的逸闻趣事如捉蚊子、打麻雀，到校外五角场地摊、校门前的三路有轨电车叮当叮当的铃声。谈得较多的还是教授的风范和派头：一根手杖、一个提包、一件派克大衣，知识分子的自高、自傲和自尊，个性都很鲜明。谷孙常常感叹在复旦校园再也看不到这样的风景了。他现在已是名重一时的教授，但他仍然怀着高山仰止的心情，称他们为恩师。在复旦的各系中，外文系是小系，每年招生不多，教师也不多，但名师倒是有多位，尤其是徐燕谋、葛传槼两位教授，不只是外文好，而且博学宏达，精通中国传统文化，谷孙称赞他们教学生是“精雕细刻”。他继其薪火，托钵传经，不但精于教学，而且精于散文、杂文及现代掌故之学。外文系名师除了杨岂深、徐燕谋、葛传槼，还有我认识的伍蠡甫、林同济，都精于中国诗画。作古诗似乎是外文系的传统。我家小女在外文系攻读比较文学硕士学位时，还参加“饺子诗社”，每月有任务有活动，学作古诗。

我说“谷孙同学”，还有更深一层的意思，我们曾在一起相处数月进行专题研究。1958年“大跃进”年代，北京大学学生主编的《中国文学史》出版，对复旦大学有所震动，这校就组织学生进行学术研究。除了各系有专业研究的课题外，还要跨系组织学生对18、19世纪外国文学进行研究，成立了巴尔扎克、屠格涅夫、契诃夫、司汤达、罗曼·罗兰研究小组，陆谷孙、中文系一位姓姜的同学和我参加巴尔扎克研究小组。指导教师有外文系的任孟昭教师和张介眉老师。那时的口号是“破字当头，立在其中”，所谓研究就是批判。

为了配合批判，图书馆专门设了开架书库，放了许多书。各个研究组就在图书馆学习，我们随时可以去开架书库找书。我读了许多外国文学名著，就是在这个时候。孟昭老师还是昔日派头，她手指夹着香烟，在烟雾盘绕中给我们讲巴尔扎克，谷孙说我们是牛津式的读书。传言牛津大学的老师都是捧着烟斗给学生上课，故有牛津的学问都是从烟斗喷出来的说法。读了一段时间的书，在孟昭老师的指导下，我们搞了一个批判巴尔扎克世界文学提纲。后来，她带着我们去上海作家协会向王道乾请教。道乾先生是研究法国文学专家，对我们的提纲讲了一些意见，并告诉我们研究巴尔扎克世界观要读巴氏的《驴皮记》和《乡村医生》，这两书代表了他的哲学思想。《驴皮记》我们是读过的，但复旦图书馆里没有《乡村医生》，我们就到福州路上海旧书店去找，居然被我们找到了。在巴尔扎克的著作中，《乡村医生》是最难读的一本书。再后来就是贯彻中央精神，恢复正常教学秩序，学生还是要读书。这些跨系组织起来的文学研究小组宣布解散，我们也都想当好学生，就回到各自的系里念书去了。

再次见到谷孙，是在“文化大革命”后期了。那时中共上海市委写作班要编《摘译》，还要出版外国政治家传记、外国文学及有关外国历史书籍，谷孙也被抽调出来参加这项工作。他告诉我，他这时还属另类，没有资格当编辑，只能做一些资料翻译。1975年，政治环境宽松了些，徐燕谋、葛传椝和谷孙要编一本英文词典，是不是《新英汉词典》，我记不清了。他们大刀阔斧地编《新英汉词典》是在改革开放时期。我想他对莎士比亚研究已经卓有成就，为什么还耐得住心思去编词典呢？就跟他讲了他早已熟知的故事：英国出版的《英语辞典》颇得好评，但是这部词典的编辑塞缪尔·约翰逊编完词典时说："你要想惩罚谁吗？就让他去编字典。"谷孙回答说："我不受惩罚，谁受惩罚。"我当时感到他有着"我不入地狱，谁入地狱"的精神。《新英汉词典》出版之后，受到赞扬。我不懂英语，不知好在什么地方，问我家小女。她说：收入了许多新的词条，而且都是外国流行的新词语。我有一次问他：你又没到国外去，词典中新词语从哪里来的？他说，当年市委写作班要他参加翻译工作，他提出要翻译可以，必须订国外的报刊。他当时还开了目录，居然都照单订到了，在当时这是复旦大学无法办到的。这样，他对当时的词语有所积累，《新英汉词典》的词条收录也跟上了世界语言发展的潮流。

复旦大学出版社有几次宴请陆谷孙、朱维铮二位先生，我也叨陪末座。朱先生是酒仙，席间有几位善饮者和朱先生怀来盅往，酒友之情致深，陆先生稍作点啜，我则是静静地看着。我们都渐入老境，保健自然也就成了重要话题。朱先生说他的保健是三不：不戒烟、不戒酒、不运动。陆先生不但赞同朱先生的"三不"，还加了不检查身体，成了"四不"。我也讲了我的保健"三不"：不吸烟、不饮酒、不熬夜。他们说我的生活失去了意义。后来陆先生知道家务都是我和老伴自己操持，就让他家的帮工胖阿姨过来帮忙，由此我知道他终日伏在电脑前，常常是深夜不眠，早上不起，一日两餐。前几年一场大病痊愈之后，他说要注意生活规律，吃早饭了。但还是口无禁忌，想吃啥就吃啥，胖阿姨对他照顾得很好，在饮食上立下一些禁忌，搞得他很烦，对胖阿姨说："你又不是我的后娘，干什么要管得那么多。"他旧病复发，不可逆转，突然而去，这是否和他不注意自我健康保护及生活失去规律有关呢？

和谷孙这样一位学人交往，由于从业的不同，很少有谈学论道的事，但我们都有读杂书和阅览野史的习惯。有关这方面的书籍资料，他收藏丰富，阅读甚广，他对我说，有了这样的读物，就可以从被“惩罚”中作一些解脱。这是对他编词典生活的一种调节。可能是他长期为人师表的习惯，不但自己看这些书，还推荐给别人，我读的一些书有些就是从他这里得到的，待传我手边时，有的已经残缺不全了，他常常无可奈何地说：不知谁借去给搞丢一册。其实，谷孙的思考不像编词典那样单纯，对当今世界他有着许多牵挂、许多思考、许多见解和许多忧虑，在沉思默想中，他变得有些内向而忧郁，他的散文集《余墨二集》出版后，送给我一本，在扉页上工整地题写了“虽死不肯输此心”，忧思过多，知音甚少，这些也有可能是使他的宿疾无法摆脱，突然发病而去的原因。谷孙同学，山阳笛远，送你一程，一路走好。

（2016年7月30日）

泼彩·落墨·高墨叠彩

对陈佩秋，我是以师尊之的，平时都称她为陈老师。每当随她看书画展览，听她谈书论画，不尚玄虚，质朴明白，言简意赅，又总是句句中的，除了增长见识，更感到的是艺术享受。

和陈佩秋相识近50年，曾有多少次听她谈艺，已经不复记忆了，但对她谈话的宗旨还是记得清晰的，像刀刻一样留在头脑里。我们曾谈论到画家的胆识和技巧，当然会涉及天才的问题，她都不以为然，只是平淡地说："热爱即天才"。就是这样一句话，包含着许多哲理，能引人辨析、深思和遐想。书画名家都有着他们的成功之路，我有时写一些画家传记，自然很注意探索这样的问题，不免要向陈佩秋求证，她的回答又很简单："业精于勤"。对那些想找绘画捷径的后学，她也总谆谆以此话相教。20多年前，朋友为我组织作品讨论会，请她和壮暮翁题字，她为我写的仍然是"业精于勤"四字。这四个字应该是在艺术道路上行进的坐标。对画坛的时尚，陈佩秋也有诸多感慨，她说画画就像运动，参加奥林匹克体育竞赛，没有规则性的高难动作，是无法入围的。陈佩秋在艺术的追求上心高气旺，从她走进艺校进行学习的那一天开始，就是从高处着眼，从难处入手，这种艺术精神一直伴随着她走到95岁高龄，并遵循着这一艺术操守继续朝前走。20世纪40年代中期，陈佩秋要考大学了，结果进了西南联大攻读理科，经时一年，她放弃了对理科的学习，转考杭州国立艺术专科学校，她由昆明去了重庆沙坪坝。潘天寿、黄君璧，名师云集，陈佩秋得以亲炙，经受现代方法的训练，为她日后追求奠定了基础。当时学校教育乃至中国画坛，以石涛、八大、扬州八怪及“南吴北齐”的吴昌硕、齐白石为宗，粗笔写意成为绘画的主流。校外有张大千敦煌归来，画风大变，由四僧转宗宋元，加上谢稚柳脱胎于陈老莲及宋元的工笔细写，和校内所学成鲜明对比，两种画风在巴山蜀水中激荡，使陈佩秋知道绘画还有另一个世界。作为艺术院校的学生，陈佩秋谨从师教。但她感到粗笔写意耗时不巨，而且学得容易，身在教室，对绘画的另一种风格有着更多的向往。强调以书法用笔入画的黄宾虹，创造出独树一格的艺术风格，为当时山水画的宗师。作为学生的陈佩秋，和黄宾虹有着深厚的师生之谊，可是对老师的绘画作品及理论产生了怀疑，舍难求易，远高近低，其结果必然是一代不如一代。她于是逆风而动，悄悄地摹写了五代赵幹的《江行初雪图》。这幅图是山水小卷，尺寸不高，尺幅很长，河里有船，船上有渔翁举网捕鱼，波纹涟漪，岸边有草丛，草丛里又有小孩，内容丰富，构图复杂，陈佩秋花了两周时间，比在课堂上一挥而就画写意粗笔山水花鸟，要沉着痛快得多。她满以为教山水的老师黄宾虹看了一定会说临得不错，就带着画高兴地去见老师。孰料黄宾虹看了说：你不要画这个东西，匠人气。类似的批评，陈佩秋产生了怀疑，为此她专门去请教教艺术批评史的郑午昌解疑。郑午昌不但肯定了《江行初雪图》在艺术史上无可代替的地位，而且鼓励陈佩秋学画上溯宋元。从此，陈佩秋一方面要以写意粗笔应付课堂作业，投老师所尚，一方面就自立从高从难的学画准则，沉浸在追溯宋元艺术的潜流中。

1949年之后，随着石涛“笔墨当随时代”说法升温成为政治口号，扬州八怪写意画风滥觞于画坛，尤其是郑板桥画竹题句“衙斋卧听萧萧竹，疑是民间疾苦声。些小吾曹州县吏，一枝一叶总关情”被推崇为代表了“人民性”，文人写意画就成为时代的主流。而陈佩秋锐气不减，承载着宋元遗韵，逆风而行。她在20世纪50年代进了上海市文物管理委员会，看到了更多宋元古画，临抚《两宋各家山水册》、宋人《雪江垂钓》、《清溪泛舟》长卷、宋人《花鸟团扇》，以及临元人钱选《八花图卷》、黄公望、倪云林、吴镇、盛懋诸家山水，和当时推崇的粗放草率文人画，殊途南北，风格迥异，展现了她那清新华贵的艺术品格，深入到蒙上历史烟尘、别人不曾企及的领域。一个人的奋斗，知音太少，有时难免有孤单之感。还好，她早已了解的以唐宋绘画为艺术灵魂的谢稚柳也在文管会，他们以画盟誓，以古求新。也是在“国画革命”，艺术被贴上“阶级性”“政治性”的标签的浪潮中，秀逸、儒雅、温润的格调被视为“没落”“颓废”，“师古”被推向“为现实服务”的对立面，几乎失去生存的空间，批评直指陈佩秋，把勾勒填彩的画家讥为“包小脚”。1997年，陈佩秋卓然是绘画大家，重题50多年所绘山水，不无感慨地写道：“曩者余初习山水于校中，每有临抚，辄为同窗讪笑，回首此境，不觉五十余载，虽世殊事异，而其言犹在，能不令人感慨系之矣。”

宋人工笔细写虽为陈佩秋所痴情，但她并没拒绝、排斥或放弃奔放的抒情写意。所以当别人讥笑她的绘画艺术为“包小脚”时，她也会放笔纵横，表现疏阔“天足”的美感。还是在国立艺专读书时，在教授花鸟画的潘天寿指导下，对宋元先贤阔笔水墨花鸟画已经三沐三浴，对齐白石甘愿在其门下当走狗的徐渭，她也是去其不羁而狂的躁硬习气，取其魂魄荡漾的多变，对八大去其夸张，取其笔墨凝重洗练和对形象的概括准确，再加上她那极强的写生能力转化成或精微，或概括表现客观自然风物，因此她的阔笔写意也是儒雅脱俗大气，远远高于时俗的写意之作。由刘旦宅题签引首的《陈佩秋四君子图》卷，谢稚柳题曰："中国自有画事，初用重色，而后演进为墨笔，所谓墨分五彩也。此健碧写四君子图全用墨笔，合出于写生饶有宋人韵致也。"这寥寥数语，也足以说明陈佩秋的阔笔写意，远离吴昌硕、齐白石，更不是文人画的逸笔草草，而是从宋画中演绎而来，具有宋人的品格。

文人画的特色是以书入画，强调绘画的书写性。陈佩秋在临摹唐宋真、草及小楷上所下的功夫不亚于绘画。她早年学习书法如醉如痴，谢稚柳看到她对书法的迷恋也有些发急，说：你想当书法家，不想当画家了？陈佩秋不只是草书用笔旋转及字的结构有独特的个性创造，而她的小楷就是活脱脱的倪云林，而且由倪的清纯变得更为浑厚。陈佩秋是当之无愧的书法家。但她对"以书入画"的理论不甚赞同。笔者很欣赏陈佩秋的书法，一次，谈到书法与绘画的关系时，她说：书法的形象是抽象的，绘画的形象是具象的，书法的用笔不同于绘画的用笔，而文人画则混淆了两者用笔的方法，只重视用笔而忽略了造型，而绘画的用笔是为造型服务的，使形象有精神，有精妙的艺术气氛。她还以她为笔者画的《顽石卷》《竹鸟卷》为例，讲了书法和绘画用笔不同之所在。陈佩秋很珍惜自己的书法，一次某君上门求字，她应允写了多幅，某君以为自己也是书家，说某字笔画缺笔，信手加上一笔，陈佩秋说："你有什么资格为我加上一笔"，在盛怒之下把已经写好的字全部撕去丢在字纸篓中。某君不懂，陈氏的书法从全幅到每个字都注重结构，且章法严谨，是一笔也动不得的。“文革”风暴对陈是一场劫难，在寂寞中她仍然没有完全放下画笔，山水画得少了，只画写意花鸟，用酣畅笔墨画竹林、柳荫、红叶、枯枝，一只独处的小鸟儿，或缩颈啁啾，或惊恐张望，无疑表达了她内心的孤独。在这种时刻，她还是画了很难入画的仙人球，湿漉漉的泥盆、黄褐色刺人的球针、嫩绿欲滴的球及紫、黄、红、蓝各种颜色的花朵，画史上不见，堪称绝妙之品。谢稚柳有诗赞之曰：“小白团红朵紫妍，碧丸黄玉好静天。窗前已种花如锦，素壁更悬画里仙。”还有她画的农村写生《水稻图》，虽然是现实体裁，但那金灿灿的黄色，会使人想起凡·高的《向日葵》。虽是40多年过去了，笔者对此画仍然难以忘怀。从这时开始，她已注意色彩的运用，特别是绿色，她曾告诉笔者，“绿色象征着生命”，“未来是绿色世界”。如果给陈佩秋的艺术发展过程进行分期，20世纪80年代中期已经开始了“绿色时期”。笔者当时和谢稚柳谈了这样的看法，他认为这一观点在画史上也是能立住脚的，曾写论文论述“陈佩秋的绿色时期”的绘画艺术。

谈到陈佩秋绘画的“绿色时期”，就不能不谈到张大千的“泼彩”和谢稚柳的“落墨”。“泼彩”和“落墨”两种绘画方法在中国海峡两岸同时出现，不能不说是画史上巧合的奇迹。1949年后的中国，两岸艺坛不通信息，张大千因视力不好，改细笔写真为粗笔泼彩，据目睹张大千泼彩者所记：用大水盆盛了墨汁，在经清水润过的绢织画料上，缓缓泼去，再以大帚笔勾画淡淡轮廓，至于着色那是以后的事。张大千自己也说自己作画是“泼墨翻盆”。谢稚柳也因“目眩手颤”采用“落墨”，那是从徐熙的“落墨为格，杂彩副之”引发出来的，自称“为古人招魂”，以墨为底，敷以色彩，不是泼，而是用笔画出来的。这是两者的不同。张、谢在艺术道路上走到了这一步，心有灵犀，显然因“泼彩”与“落墨”之别，创造了各自风格，前者以彩为貌，后者则以墨为骨。

无疑，“泼彩”与“落墨”对陈佩秋的绘画都有影响，就笔者所观，她采取的是谨慎态度，本来被压抑多年的宋人精微细密的画风一下子奔放出来，轻墨淡彩，秀润飘逸。随着巨幅作品的出现，她更强调画面的结构布局的整体效应，尤其是在确立绿色主调，墨彩交融，虽然在样式上和谢稚柳的落墨法较接近，又有所不同。她吸收西方印象派绘画的光色，这样就把西方绘画长于用色和东方绘画长于用笔的两者之长契合在一起，开拓了“以古求新”的新格局，使她的画着色更加丰富多变，显现出生命力。成仙成佛，老而弥坚、探索向前，她的山水画以重墨为底，墨上着色，再色上着墨，再敷之以色，层层皴染，从墨色相间走向墨色相融，墨融于色，色融于墨，重重叠叠，在墨色相融的背后有一个充满阳光和空气的空间，显得那样纵深幽邃。

画境进入老年，一般都是方法上从难到易，构图上从繁到简，墨色上从复杂到单纯，而陈佩秋恰恰相反，走的是与其他画家不同的艺术之路。为什么会这样？“世间多少丹青手，欲画此山画不成”，从陈佩秋画云南大理苍山的题句中，我们可以悟出一些道理，她要画得使仿者无从入手。在书画市场经济的推动下，仿制高手也屡出不穷，仿陈佩秋的画者亦大有人在。当然不能不让别人仿制。每当市场上出现自己的仿制伪品，陈佩秋都以真迹换回销毁。陈佩秋曾向笔者谈了她在这方面的苦恼，要不让别人仿制，那就要从高从难，画得别人无法仿制。再者，陈老师作画，一向讲求法度，而此时她已经冲破原来的法度，有法度者摹仿容易，无法度者，摹仿就难。再用她原来的法度去仿制她现在的绘画，可以说是无法达到的了。这就是陈佩秋晚年变法，形成高墨叠彩的艺术风格，高难出新到别人没有能力仿制的奇特风格。

当今学陈佩秋画法者也遇到了这样的困境。虽然学了她的山水墨彩通融之貌，但难得她山水之骨神，虽然学了她着色，但色彩下面就空泛无物了。追求陈佩秋艺术的大有人在，根本无法进入陈佩秋的艺术领域。

对陈佩秋晚年的艺术变法，超越她的“绿色时期”，我名之曰“高墨叠彩”。

（2016年10月）

马蒂斯的剪纸艺术

看了马蒂斯的艺术，不是他的野兽派画风的油画，而是他的剪纸艺术。本来，我对马蒂斯的了解就很肤浅，所知道的又仅是他的绘画，对他的剪纸则是更陌生了。而这次在伦敦泰特艺术博物馆看到他的剪纸居然有数百幅之多，深感他的那把大剪刀把我带入一个新的艺术世界。

和毕加索齐名的马蒂斯，是现代派绘画艺术的领导人物。和毕加索相比，中国人对他似乎有些不太公平，毕加索的反战题材的绘画及他的那种左倾精神，中国则视之为进步的或革命的画家，在20世纪50年代就翻译出版过《毕加索传》，80年代中法文化交流，上海又举办过毕加索画展，那时笔者为所供职的报纸撰文介绍。也就是在那个时候，上海还举办了法国乡村风景画展览，其中有许多印象派画家的作品，中国人也了解或欢喜了印象派，而对马蒂斯则有些惊恐的心态，可能是由于他那斑斓的色彩，变形的人体尤其是他“野兽派”名称，那时的中国意识形态无法承受的紧张。我了解马蒂斯还是得益于范景中主编的《美术译丛》，不只是了解马蒂斯，也了解了西方绘画流派及画家。

马蒂斯的“野兽派”的名称听起来有些突兀，其实并不是以怪异来刺激人们的感官，而是一种情性温和的艺术，马蒂斯在阐述自己的艺术理念时就说过，他所梦想的艺术，是充满平衡、静穆，没有令人不安，只是使人心灵平息的手段，他称自己的艺术是“安乐椅艺术”，并不像洪水猛兽那样可怕。

马蒂斯绘画的产生和转变，似乎总是和他的患病相关联。他十几岁时患阑尾炎，住在医院里，他的母亲为了消遣他童年病中的寂寞，给了他一盒颜料、一套画笔以及一本绘画自学手册。为了这次马蒂斯剪纸艺术展，马蒂斯传记作家希拉里·斯伯令也接受采访。她说，在绘画中，马蒂斯第一次感到“自由、安宁和闲静”，希拉里·斯伯令还介绍说，马蒂斯到莫罗画室学画，莫罗告诉他：在艺术上，你的方法越简单，你的感觉就越明显。受莫罗的影响，马蒂斯一生遵循着“求简”的创作原则。从马蒂斯的作品所表现的风格来看，他受夏尔丹的影响较多，有些画也表现出他受到点彩派的影响。

1905年，马蒂斯和几位志同道合的朋友在沙龙举行画展。马蒂斯参加展出的《开着的窗子》和《戴帽子夫人》两帧作品，打破了传统的着色及构图方法，《开着的窗子》对着外部世界大敞并透过彩色的窗框，看到窗台上的花盆，窗外天空、大海、漂在海上的风帆，绿色、蓝色、紫色和橙色、白色、淡红色，还有大海和天空的蓝光。《戴帽子夫人》画的就是他的夫人，不只是衣服和帽子，头发色彩斑斓，就连人物的脸也涂上红、绿、黄、粉红的色彩。这两幅着色强烈，无拘无束。他说他的色彩不再是根据客观物体的需要，而是根据自己情感的需要。

这次秋季沙龙展览，使“野兽派”噪声大起，震荡画坛。但是它存在的时间不长，到1908年，创造的闪光在逐渐消失，

“野兽派”的画家也就各奔前程，分道扬镳，而马蒂斯仍在不停地探索着，他进一步抛弃了传统的透视，用色彩的关系以及藤蔓花纹来暗示建立空间幻觉，逐渐走向平静，创造了充满异国情调、神秘奇特的新境界。这种风格在他1910年创作的《舞蹈》及《音乐》两幅作品中就明显地表现了出来。人物只勾勒简单的轮廓线，人体涂以单纯的赤色，背景则是地中海海岸的景色，涂以单纯的蓝色或绿色。《舞蹈》的沉着奔放、《音乐》的平和安静，动静和谐，和他所追求的艺术平静、安乐的艺术效果是一致的。

马蒂斯72岁那年大病一场，因肠道疾病做了两次手术，使他痛苦不堪。他本来以为自己的生命就此结束了，出乎他意料的是，医生把他从死亡中救了出来，但他仍然感到经历了一次死亡。也是在这个时候，德国纳粹军队占领了巴黎，他感到陷落的巴黎也死亡了。他放下画笔，拿起大剪刀，以剪纸的形式创作了伊洛卡斯，用黑色纸剪出了人体，用红色纸剪出了人的心脏，用蓝色、黑色作为背景，用黄色纸剪成象征爆炸的图案，粘贴在黑色人体的四周。这幅剪纸无疑是和他自己的身体状况及巴黎的沦陷有关。五年前，我去南非探亲，看到外孙女用笔画了这样一幅画，只以为是她的美术课的作业，并没有留意。这次到了伦敦，去看一所私立小学，楼梯及走廊的墙壁上挂着学生的美术习作，有不少幅画的也是这个内容。直到这次看了马蒂斯剪纸艺术大展，方知学生的画作是从马蒂斯的剪纸而来。

以伊洛卡斯为题材，马蒂斯创作了多幅剪纸，有的红色心脏爆炸，有的张臂目送天空的飞鸟，有的黑色人体的周围还粘贴一圈白线，有的在舞蹈，足见他对这一题材及自己的创作喜欢之深，以及这幅剪纸在孩子们心中的影响。伊洛卡斯是希腊神话中的人物，艺术家兼工匠第达罗斯奉国王之命，带着儿子伊洛卡斯到克里特岛为国王修建神奇的迷宫，迷宫里有凶猛野兽。迷宫建成，第达罗斯失宠，被国王关在一个岩洞里，第达罗斯设计了逃跑的方法，用海鸥的羽毛和蜡做成翅膀，并关照儿子不要飞得太快，不要飞太高。可是伊洛卡斯飞出岩洞，非常兴奋，忘记了父亲的关照，飞得太快太高，接近了太阳，蜡制的翅膀熔化了，羽毛脱落了，沉到大海里。第达罗斯失去儿子，极度悲伤，回到阿波罗神，从此就不再飞翔。这里的艺术评论家都把马蒂斯的这幅剪纸解释为象征着死亡。我想它的艺术含义并不是这样单一。

这次大病之后，马蒂斯的艺术就由油画转向剪纸，很少再作画。其实，他并不是无法再拿起画笔，剪纸也不是从这个时候开始的。剪纸和油画在马蒂斯的创作生涯中同时并用，他的静物油画，有许多是先做剪纸，摆来摆去，在色彩和构图上作了反复推敲，直到画面平稳了，他满意了，然后再作画。作画之余，他也以剪纸为乐。只不过是他的这一创作过程鲜为人所知，直到这次展览，才为人们所了解。他发挥剪纸这一新的艺术形式来表达自己的内心世界，他说剪纸为自己开辟了新的艺术世界，找到了新的艺术生命。

1943年，马蒂斯移居到法国南部一个叫维斯的小镇。这里的阳光很好，院子有一个不小的花园。还健在的马蒂斯女友回忆当年他们生活在一起的情景，马蒂斯头戴白色大草帽，身穿白色风衣，常常坐在花园里，观赏园子里的藤蔓花卉，有时也到海边观赏海上风景。为了剪纸，他在训练自己的手指，每天早晨要给他一小盆温水，一块小毛巾，他把手浸在温水里，然后用小毛巾擦干，就像一种宗教仪式，每天都是如此。如果他不创作，就无法活下去。我们看到了他这个时期的作品，用各种有色纸剪的花卉、藤蔓、海藻、贝类、鱼及海鸟。他的房间有一堵墙壁，贴满了他剪的各式各样的作品，一位收藏家本来想收藏他一帧剪纸，后来把整个墙壁的作品都买走了。现在能看到的只是一张贴满剪纸的照片。泰特艺术博物馆馆长居古拉·赛文特说，他们试图把这一堵贴满剪纸的墙壁恢复，放在这里展出，但只借到贴在墙壁上的一部分作品展出，其他都不知去向了。赛文特馆长面无表情，和别人握手也只是轻轻一触，可是他对这次展览却充满热情，说："这个展览我梦想了30年，不只是空前，也是绝后。"伦敦展览结束，要移展美国，然后再回到法国，真可谓是世界级大展了。

马蒂斯剪纸所用的色块，一开始就独具意味，用各种简练的手法，造成平面装饰性。这也正是他的伟大之处。能够超越令人乏味的、狭小的装饰天地，创造了"大装饰"艺术的新概念。但开始并没有引起人们的注意，也是在他转向剪纸艺术几年之后，只有少数收藏家发现了他的剪纸艺术的潜在力量。一位收藏家收藏了马蒂斯20帧剪纸艺术作品，编了一本画名为《爵士乐》的画册。1947年由巴黎特里阿德出版120本。就像中国对题册页那样，一面是他的剪纸作品，一面是与剪纸内容无关的法文书法，用粗粗的墨笔书写着，把拼音字写得起承转合极具艺术性，真是漂亮极了。我真想不到外文也可写成书法艺术。现在不知这120本画册散落在何处，在这里展出的一本，赛文特馆长不愿说明它的来处。维多利亚艺术博物馆东方部主持人张宏星告诉我他们那里藏有一本。

在这里简单说一下我和张宏星先生的相识。在我们相识之前不久，他主持了世界各大博物馆收藏的中国书画展览。展出一百多幅宋元明清中国书画，不只是伦敦人观之若狂，英国各地及其他国家也有不少人来参观，因为在欧洲能举办这样展览的还不多。在这次展览中，他的贡献是设计了展出手卷的特制陈列柜，大英博物馆引为借鉴，为顾恺之《女史箴图》特制长柜，作为永久陈列。自1903年《女史箴图》到了英国，中国人很难有机会看到，大英博物馆几乎没有正式展出过。这次刚刚陈列展出，我就能有幸地去看了。真是百闻不如一见，如睹如来真面目，兴奋极了。虽然有了这样的陈列条件，展出和观者见面也只是偶然的，这是一个专门的房间，只陈列此卷，而且是永久放在这里，平时是房门紧闭。只可惜柜子还不够长，把此卷分成两段陈列。贡布里希是我所推崇的英国美术史论者，他著的《艺术发展史》（范景中译）一书，我反复读了几遍，得益匪浅，张宏星和他相识，如果还健在的话，我想去拜访请教，可惜他不在了，听张宏星介绍了他的一些情况。

说完了这个小小的插曲，我们的话题再回到马蒂斯剪纸艺术上来。

杂技是马蒂斯剪纸的重要题材，那本册页及这次展出的作品有些就是以杂技为内容的，有马戏、走钢丝、耍球、吞刀子、高空表演等，以极其简练的手法，只以几块有色纸，经过他的剪、撕及粘贴，表现了杂技演员的精湛的动作。他认为杂技演员的表演给他的剪纸艺术带来了启示，剪纸时必须像杂技演员那样，精神集中、动作准确。以致他在剪纸之前，也像杂技演员那样，用滑石粉擦手。毕加索和马蒂斯是好友，他到法国之后，就带着女友弗朗索·基乐到维斯小镇看望马蒂斯，并请了几位杂技演员为马蒂斯表演。毕加索说马蒂斯的画室就像一个魔术山洞。马蒂斯当场给毕加索及其女友各剪了一幅肖像。以后，毕加索对人说我从来未见过这样大的剪刀，他剪得那样自然，马蒂斯用剪纸构图找到了一个新的手段，有新的生命力，并说马蒂斯无疑是他的竞争对手。对毕加索的来访，马蒂斯说我知道他来干什么，无非是要看看我是怎样剪纸。

马蒂斯在病重期间，得到小镇上修女们的照顾。这个小镇没有教堂，人们把修女修炼、生活的地方称之为尼姑庵。为了感恩，马蒂斯自己设计及发动为小镇建立一座教堂。教堂的建筑形式，室内的壁画，圣母圣婴像，彩色的玻璃窗以及修女、神父的衣服都由他设计。马蒂斯的助手杜然说，圣母圣婴像就是以她为模特儿，由于胸部画得太露，修女们说太现代了，不甚满意。可是马蒂斯说，我设计的教堂可以和西斯廷大教堂媲美。西斯廷大教堂顶穹有米开朗基罗的壁画《创世纪》。马蒂斯为教堂设计的彩色玻璃窗有绿、蓝、黄、白几种色彩组成的精美的图案，在太阳光的照射下，玻璃窗上各种颜色及图案就映射在地板上，后来，他又为私人的客厅设计了这样的彩色玻璃窗，也在泰特现代艺术博物馆展出，参观者来到这里，都会在太阳映射的影像停留片刻。马蒂斯为这所教堂作的剪纸壁画，后来为梵蒂冈教皇收藏，既不展览，也不出借，珍贵地藏了起来。

1950年，马蒂斯的身体日趋衰弱，他常对助手杰克琳·杜然说："我的岁月不多了，要抢时间！"1948年，还是青春少女的杜然到马蒂斯的工作室工作，如今也已经是88岁了，满头白发，穿着紫红色外衣，显得格外精神，她说她是当了马蒂斯的助手之后才开始学画，如今是法国有名的画儿童画的画家。马蒂斯作画，她就帮助他在纸上染出各种颜色，然后马蒂斯用大剪刀剪纸，剪纸时，各色纸屑撒落在地板上，真有落花满地的感觉。有些剪纸作品经过印刷出版，色彩变了，马蒂斯不满意，她就去印刷厂为马蒂斯找来各色印刷纸，马蒂斯用来剪纸，感到总不如她染出来的色彩漂亮，就不再用印刷纸作剪纸的原料。马蒂斯剪好之后，她就按照他要求的位置粘贴，有时贴错了，或马蒂斯自己的想法改变了，她就揭下来重贴。后来，马蒂斯只能躺在床上工作，有时夜晚突然创作灵感来了，就要她马上工作，她就在马蒂斯床前放了一张帆布床。马蒂斯要工作时，她可以随时起来帮助。1950年创作的《天方夜谭》系列剪纸，《蓝色人体》或称为《舞蹈》都是马蒂斯躺在床上剪出来的作品。

舞蹈是马蒂斯绘画及剪纸的重要内容。在野兽派画风时期，他画的舞蹈，虽然变形，但仍然没有脱离具象的意味。他创作的舞蹈虽然有大洋洲土著舞蹈家凯瑟琳·邓纳作为原型，但在1950年以后创作的剪纸舞蹈，转向了写意，最后走向抽象艺术，表现了他的哲学理念。我们能看到他创作《舞蹈·蓝色人体》的创作过程，他不是即兴创作，而是画了许多速写，也有用灰笔画的草稿，最初的剪贴，经过多次修改，不断在做减法，丢掉各种细节，由繁杂到简单，简到不能再简了。应该说最完整地体现了他对艺术追求的境界，所表现出来的空灵平和，使人感到是一种慰藉，心灵也慰平了。1950年创作的《舞蹈》及1953年创作的《蜗牛》（有的称之为《旋转》），则完全是抽象化了。两者都是红、绿、蓝、紫、绛、白、墨几种色彩拼成，几种强烈的色彩放在一起，虽然鲜耀，并不给人以刺激，虽然强烈，仍然和谐平静，两图的节奏和音律又充满了旋转带来的速度，给人一种变幻莫测的神秘感。这两幅都是他逝世前不久的作品，表明他在探索旋转的内涵，既表现了他生命的升华，也再现他艺术的升华。旋转是无尽的圆组成，无始无终的混沌世界，是东方的哲学理念。这里的艺术评论家评论马蒂斯的剪纸艺术具有异国情调，东方色彩，从他的艺术语言上，我并没有感悟到这一点。如果说有，是否应该从这一哲学概念来理解马蒂斯的艺术。

（2014年8月于伦敦）

远观第三次画家出国潮

——石头城访陈丹青

告别林风眠，我又去寻访吴大羽。这位当年曾留学法国又被誉为“杭州国立艺专的旗帜”的人，和老校长林风眠相比，似乎更为深居简出。他的行踪若隐若现，有时看到了他的背影，当我要去走近他时，又倏地消失了，可见寻访之艰难了。

从寻访林风眠到吴大羽的过程中，我了解到和他们同时代的许多人。那许多人结合成了留法艺术家群体，感受到那股出洋学画的浪潮。像这样的画家出国潮在当代中国历史上出现过三次。第一次就是上个世纪初，林风眠、徐悲鸿、吴大羽或比他们更早一些的高剑父、陈师曾，去西洋欧洲或东洋日本，抗日战争时中断，到40年代又由赵无极、吴冠中、熊秉明等继续，可称之为第一次画家出国潮。新中国成立之后，国家又派了许多学生去苏联学画，算起来人数也不少，应该说是第二次画家出国潮。从上个世纪80年代之初，又有大批画家出国，一直持续到现在，可谓是跨世纪出国潮。在这第三个浪潮中，出国的画家之多，画种之广、风格之多样、持续的时间之长，非前二次出国潮可以相比的。

如何看待这个画家出国潮？这个浪潮给我们带来了什么？或者它的未来会给我们留下什么样的影响？在第一个画家出国潮中，当时的人也隐隐约约地提出过这样的问题。可能是思索惯性所致，对第三次画家出国的浪潮，我仍然在思索这些问题。但无缘和当今出国的画家接触，常感到无从说起，也就只好欲说还休了。

听说油画家陈丹青应清华大学美术学院之聘，从美国回来任教，而且是博士生导师。当他的旅程到了南京，就在石头城下，我对他进行了访问，对这些问题和他进行了讨论。

当我们的谈话一转入主题，陈丹青说：我也在思考这个问题，但是无人交谈。按照你的三个出国潮的划分，我们这批人和第一、第二次出国留学潮，可以说有几个根本的区别。当年留欧、留日的大部分是公费留学，留苏的全部是公派，是国家行为。我记得徐悲鸿的第一位夫人蒋碧微在回忆录中曾写道，徐悲鸿在法国没有钱用了，就打电话给中国驻法国公使馆催讨，公使馆就把钱送来了。他们不但生活有所依托，还能有余钱买西方画家的原作，可以想见他们的经济情况了。而到了80年代，我们这批学画的人去了美国，完全是自费留洋。第二个区别是：前两次是留学潮，第三次则是一个移民潮，根本的区别是出国的目的不同。前二次出国的画家中，不管在国内有多大的成就，但出去之后都是当学生，以“取经”的姿态把西洋的东西学回来。我们这批出国的人，在国内有的是美术学院的老师，有的是美术家协会会员，有的是专职画家，一出去就有一个明确的概念：闯天下，要在那里找画廊卖画，要体现自我的价值，在世界美术舞台上展示自己，几乎没有再进美术学校学画的。即便进校，也是为了签证的需要，并非真的在当学生。

说到这里，陈丹青沉思了一阵，似乎是在整理一下自己的思绪，如何把话题继续说下去。我注视着他，仍然是当年照片上给我留下的印象：清瘦的面部上覆盖着平顶头，有神的双眼闪耀着机警和智慧。这个印象还是和他的油画一起留在我的脑子里。说起来已是上个世纪80年代的事了，从一个画展中我得知中央美院有一位叫陈丹青的研究生，看到他画的一组《西藏风情》油画，带着“土”气的朴实，而又清新有力，不猎奇，不做作，有着出人意料的超越常规，具体的话题已忘却了，但那藏族少女沉静的眼神、强悍的康巴汉子、朝圣时虔诚表现出来的信仰力量，一对青年男女幼稚笨拙而又深情的一吻，令我震动，令我迷恋，直到今天仍然储藏在我的记忆中。

陈丹青的沉思给我留下这个回忆的空间，他接着又说第三个根本的区别：“前两代出国的画家，学成之后都载誉归来，不但回来了，而且都处在重要岗位上，独当一面，挑起重担，直接对他们那个时代的艺术发生决定性的影响和作用，中国当代艺术史是从他们写起的。所以他们的行为是‘向心运动’。而在第三个移民浪潮中出国的画家，大部分没有回来，而且不打算回来，由于是个移民潮，实质上是一个‘离心运动’。由于上述的几个区别，也就产生了第四个根本区别：前两代人无论是留学期间，或者是留学归来，都有着报效祖国的责任感，由于他们在历史上起到的作用和取得的成就，无论是艺术上的或是教育上的，都使他们有着使命感和光荣感。这种感觉在第三代出国的画家中，很少有人这样想，即使当前在国外发财、在国内扬名的走红画家也很少有这样的感觉，都本着‘吃自家的饭，干自家的活’的原则在生存。这是因为时代的不同，出国时的背景不同，对‘报效祖国’的理解也不同。”

陈丹青的分析是细致而具体的，其实他所列举的还有几个不同，我归纳了只是这四个方面的不同。在留苏的画家中，有的虽然是我的朋友，但很少听到他们当年从北京到莫斯科有什么特别的观念的冲突，我想可能是当时的“社会主义大家庭”的关系吧。在我的印象中，在林风眠、吴大羽、刘海粟等留欧学生中，他们刚到欧洲，虽然感受到艺术观念的冲突，但很快就融合了。而20世纪80年代出国的画家在艺术观念上是一种什么样的感受呢？我之所以这样想问题，是因为这些画家的老师多数是留苏的，他们对学生进行的是写实艺术的教育，中国的写实主义和西方的各种现代绘画流派相遇、相撞，有没有取得融合？如果有又是如何走完这个过程的？

陈丹青认为：“当年林风眠、吴大羽、徐悲鸿、刘海粟、关良诸位前辈的绘画艺术，和当时西方的抽象表现主义、立体主义及野兽派的艺术观念差距不是很大，可以说比较接近。从美国的绘画史上来看，当时他们的艺术观念恐怕还不如中国画家接近欧洲，当时中国画家是走在前面的。到了80年代之初，我们走出国门，就感到在这方面和西方差距非常大，面临的是一个全新的绘画技巧系统，是一部全新的美术史，亲身体会其中的断层。经过十年的改革开放，对西方的艺术思想及表现方法的引进吸收，所以到了90年代出国的画家才和西方的艺术观念的距离缩小了，不但缩小，而且很快融入了西方艺术界，有的青年画家进入了西方艺术主流，这是一个非常大的变化。由于媒体对此了解不多，几乎没有报道，所以对中国画家在国外所产生的影响国人知道很少。直到这次上海双年展才有所了解。”

我没有看到陈丹青现在的绘画艺术。从他出国前的作品中可以看出，他走的是写实的路。当他出国以后，所遇到的问题，使他不能不作反省。他在问自己：要不要坚持在国内所形成的写实艺术？和他前后出国的画家，有不少人反省了以往形成的写实艺术？和他前后出国的画家，有不少人反省了以往所走的路，抛弃了原来的资本，另起炉灶。身在西方，不学也不行啊，只好强迫着改变自己。

但是陈丹青不是这样。他说："每个人都有自己的来路，如果这个来路跟你的生命有关，跟你的生命过程有关，这个来路就要肯定它。否定自己的生命来路是可悲的。"陈丹青不喜欢用"积极影响"或"消极影响"评判事物，他能冷静地从历史中吸取有益的东西。他回过头来看看林风眠、吴大羽、关良、董希文的艺术轨迹，认为他们在50年代被迫接受苏式的社会主义现实主义，他们无法逃避这种影响，更无法抗拒这些影响，只能接受它，进入它，结果是林风眠不再画油画；董希文接受了，他个人的艺术追求即告中止；关良改画儿童式的戏曲人物；吴大羽和倪贻德根本无法再画，只好放下画笔。陈丹青审视了前人的艺术生命的历史，结论是："他们只开花，不结果，没有自我完成，所以一个艺术家生命历程的中断是悲哀的，是痛苦的。"他在反问自己："我本来是搞写实艺术的，如果放弃原来的东西，完全接受西方的影响，中断自己的艺术生命历程，不同样可悲吗？"在很长时间里，陈丹青是在苦闷与徘徊中度过的，他感到无法调整过来。但他还是不排斥西方艺术，事实上生活在西方，无法不接受西方的艺术的影响，到90年代后现代艺术的出现，陈丹青从中找到契机，他说："后现代艺术给我的是良性影响，跟我过去的现实主义找到了一个沟通的机会，在同一张画面上找到了一个统一的思路，也可以说是一种妥协，但不是放弃。"陈丹青谈了这段感受，又补充说："这只是我个人的选择，在出国的画家中不具有代表性。"

陈丹青到了西方，从徘徊中走了出来，在自己原有的追求中融入西方当代艺术的理念。也应该看到，有些画家在国内画得不错，可是到了国外，虽然没有放下画笔，但画出来的东西已经不属于艺术范畴了，有的干脆放下画笔不画了。对这种情况，陈丹青解释说："这里的原因是多方面的，每个人的情况都非常不一样，海外华人艺术家分了许多群体，每个群体的情况又不同。"陈丹青又说："我们这批人出国面临着最实际的就是生存的问题，很多人就在求生存的生命历程中，放弃了自己的艺术理想，或者说就是为了生存，根本没有艺术的目的。尽管许多人还在画画，也卖得很好，但还是和上两代人不同，上两代是'唐僧取经'，是理想主义者；我们是个移民潮，是带有功利主义色彩的。"

如何看待功利主义这个东西，国内外都有许多议论，诸如对陈逸飞、丁绍光、蒋铁峰等等的成功，褒贬不一，曾经有过争论：一种意见认为他们是商业操作的成功；一种意见认为是艺术上的成功，然后才取得商业上的成功。我认为这种争论已经表现传统的观念受到冲击，以往总是认为艺术是崇高的，是纯洁的，不应该跟金钱产生关系，所以从来不讲这方面的问题。在今天商业文明这样的大背景下，消费成为人们最迫切的需要，他们的成功，就彻底捅穿了艺术跟金钱的关系。陈丹青向笔者介绍："西方美术史专业有一门赞助史，讲的就是看来似乎与艺术无关的问题，就是什么人养活艺术家，我们的美术学院里是从来不讲这个问题的。"对此，陈丹青有着身临其境的体会说："一个画家靠自己的艺术发财，在西方的画家中也是很少有这样的个例，华人画家在西方取得这样的成功，给人许多启发，诸如如何为自己定位，如何把握潮流，如何注意信息，如何找好经纪人和画廊等等，这里有许多学问，不是每个人都能学会的，他们在国外取得的成功，应该是正面效应。”

在和陈丹青交谈的过程中，我们几次都谈到第三次画家出国潮在艺术上对中国本土画家所产生的影响，将会在艺术上留下一些什么的问题，也多次把跨越百年的前后三次画家出国潮作了比较。第一代出国的画家，大都成了历史人物，他们的艺术成就应该是有了比较肯定而确切的评论，同样他们的艺术生命的历程是带有悲剧性的。第二代出国画家归来之后，出了一些美术官员、美术教育家，但他们的时代已经结束了。

要回答在第三次画家出国潮中的画家究竟做了些什么？对中国艺术产生了哪些作用？陈丹青认为：“由于时间太近，我们仍然处于过渡的尴尬的时期，仍然在经历着一个很暧昧而又很生动的过程，还要一个相当长的时间，才能构成一个评论体系，给它定位。”但是有一个发展趋势是很清楚的：“画家会越来越个体化，回到最单纯的角色中去，就是纯粹的艺术家，在名字前面不加任何修饰词，没有归属感，不会因放下画笔而成历史人物。吴冠中的可贵之处，他一直不停地在画，不管他的话有多少普遍的意义，但他一直不停地在呼喊，他是个名人，没有成为历史人物。”

几年前，海外华人画家在纽约举办过一个“中国前卫艺术展”，因为都是中国人画的，而且是一批搞前卫艺术的画家的作品，所以叫“中国前卫艺术”。陈丹青为这个展览撰写过一篇文章，其中说过这样的话：这个展览告诉我们一个再简单不过的信息，中国再也不是我们出国时的中国，纽约也不是我们刚到纽约时的纽约，中国在主动地进入国际化，而纽约也打开了大门，接受任何非西方文化进入这个世界文化中心，这种互动关系已经出现。笔者认为由于这种原因，接受前卫艺术观念并不一定要走出国门，在中国本土也可接受西洋的东西。所以陈丹青谈自己的感受时对笔者说："我觉得最有活力的是中国本土就地'起义'的那些画家，他们的作品最有活力、最生动、最富有感觉。而我们这些人处在矛盾之中，感到出国以后的画不如在国内画得好；可是回到国内又感到不如在国外画得好。"类似陈丹青说的这种矛盾的心态，在我的出国画家朋友那里也曾听到过；他们感到在国外画不下去了，就回到国内找感觉；在国内画不下去了，又到国外去找感觉，他们自称是"带根的漂泊者"。

这些"带根的漂泊者"的归来，在本土上所取得的成就，无疑是中国文化的一部分。即使那些没有回来、仍带着"根"的漂泊，在异国他乡所取得的成就，也是为中华民族增光生色。这是因为他们是在中国文化的土壤中生根发芽，在海外成长开花，不管他画的是哪一种流派，这个成就也应该是中国文化的一个组成部分。他们血管里流着的是中国人的血，他们的艺术中包含着中国文化的某些基因，对朱德群、赵无极的艺术我们已经作如是观，对未来的海外华人艺术家的成功，我们更应该风物长宜放眼量。

站在第三次画家出国潮的浪潮之外，我不是弄潮儿，而是岸上的观潮者，只能远远地看着那些弄潮儿冲浪戏水，在用比较长远的眼光看着他们，从这两重的意义来说，就姑且只作"远观"吧。这样，后人去寻找他们，不会再像我们今天寻找林风眠、吴大羽那样困难。

（2001年4月9日）

唐德刚访谈录

唐德刚，著名历史学家、文学家，美国哥伦比亚大学教授，口述历史为其首创，撰有《顾维钧回忆录》《李宗仁回忆录》《胡适口述自传》《胡适杂忆》等。1995年冬，唐德刚有上海之行，笔者对他作了一次访谈。

郑：唐先生，你这位胡适的入室弟子，可以说是胡适研讨会的“专业户”了，世界上只要有研讨胡适的会议，都会邀请你参加，而你又常常会成为研讨会的中心发言人。

唐：是啊，这算是我沾了胡适老师的光吧。这可能是因为现在研究胡适的，直接见到他的人已经不多了。还有几位都是八九十岁的老人了，胡适任驻美大使时，他们在大使馆做过事，见到过胡适。在对胡适的研究上，我并不是像人们想象的那样受人欢迎，还是有一些人在骂我。

郑：这可能和你的大作《胡适杂忆》有关吧。

唐：是啊，凡是研究胡适的人，没有不看过我的书的，有的说好，有的就说我是反胡适的。我的安徽同乡苏雪林写了一本书骂我，书名叫《犹大之吻》，在台湾出版，说我是胡适的叛徒。她是安徽怀宁人，跟冰心一样，都是胡适的学生。她是安庆女师毕业，然后进北京高等女子师范，后又到法国留学。她在北京高等女子师范时，据她自己讲，她比胡适小。她是个才女，写了一些文章骂鲁迅，受到左派的攻击。攻一下可不得了，她就名扬天下了。因为坏广告比没有广告好。她们请胡适讲课，然后又跟胡适通信谈话。然后她又去法国留学，嫁给一个工程师，不像文学家和艺术家，她说学工程的人是一个大木头，不懂得情趣。因此她的婚姻是彻头彻尾的失败。她对胡适非常崇拜，房间里不挂别的字画，只挂胡适的一幅字。她看了我的那本书，就骂我大逆不道，她心目中就胡适一人，碰都碰不得。

郑：胡适是中国新文化的开拓者之一，是那个时代一些人的精神领袖，把他当作一尊神来崇拜。而你所接触的是走向晚年的胡适，对他的看法比那些对他早期的推崇者要清晰得多。你所吸收的又恰恰是胡适的早期的批判精神。

唐：是啊，我就说我不批评胡适，我就不配做胡适的学生。柏拉图批评苏格拉底，亚里士多德批评柏拉图，我爱我师，我更爱真理。胡适最爱讲一个故事，有个洞山和尚，别人问他，你肯定还是不肯定你的老师？洞山和尚说，我是半肯半不肯。别人又问，为什么半肯半不肯呢？他说我对老师要是全肯就辜负老师了。胡老师训练我们对任何事情都不要全肯。因此，我对老师也不全肯。我对胡适很崇拜，也是半肯半不肯。苏雪林和我的关系不同了，因为胡适是她理想中的白马王子，对这个白马王子要全肯。她把胡适当做神，我把胡适当做人。我把胡适当做启蒙大儒。承前启后。但是我认为胡适好多话不能当真，要仔细考虑。

郑：这是否因为他也讲过许多幼稚的话，不通情理的话？

唐：对。胡适最重要的话是27岁以前讲的。胡适和郭沫若一样，他在27岁以前讲的话，到他70岁时都要坚持。人家反驳他，他又回驳来保卫自己。保卫了50年，到了70岁没有改口。他20岁的思想和70岁时没有区别。人家一直骂他，他一直防卫自己，防卫了一辈子没有变化，50年思想没有变动，这个思想就比较顽固了。20世纪50年代，大陆很多批评胡适的文章，大部分是不对的，百分之九十九是不对的，但还是有百分之一是对的，说胡适是资产阶级是对的。问题是资产阶级对不对？批评胡适是资产阶级的发言人、思想家，这个批评是没有错误的。

郑：错在什么地方？

唐：错误的是无产阶级和资产阶级是不是应该永久对立，是不是无产阶级升级化为资产阶级，原来是穷光蛋，什么也没有，原来是无产阶级、劳工阶级……然后做工人头子，后来升成资本家。说无产阶级，它应有无产阶级的形态，资产阶级应有资产阶级的形态，资产阶级的名字就叫中产阶级。我们中国人翻译错误，他不叫中产阶级，而叫中等阶级或中间阶级（Middle Class）。马克思也没说过中产阶级。美国大约75%以上的是Middle Class。无产阶级、工人阶级占15%不到。真正有钱的人也不到15%，大家都属于中产阶级。我跑了许多地方，觉得美国日子过得最舒服，日本、台湾地区、欧洲国家日子过得不舒服，拉丁美洲也不行。我在美国过惯了，到哪儿也过不惯了。胡适之也是这样。美国的中产阶级不愁吃、不愁穿，吃穿都非常好，在世界上数第一的。住房、娱乐，没有什么怕的。中间阶级有中间阶级的定义，无产阶级有无产阶级的定义。美国中间阶级的定义就是家里要有电话、电视，有汽车，儿女可以升大学。中间阶级有中间阶级的形态，胡适之思想代表中间阶级，代表的是中国的将来，不是那个时候的中国。无产阶级就起来把胡适之打得灰溜溜，因为他不能为多数人讲话。毛泽东比胡适之进步了，胡适之只看上、不看下。胡适是上海学生，出身就是中产阶级，然后到美国留学，在美国待了二十多年，他受到的是美国教育，最崇敬的老师是杜威，他儿子叫胡思杜，思念杜威。美国的坏处他没有看到。我看到了美国的坏处，我在美国打工，我在工厂、餐馆、农场打过工，我开着25元的汽车，人家都叫我中国男孩，胡先生和杜威一样，白得像一张被单，这么纯。美国并不是这样，美国有12%是黑人，还有百分之十几二十几是其他有色人种，白人全是高级的人，所以他熟悉的美国是美国最好的地方。他没有看到整个美国。胡适先生有美国的朋友，但他没有美国的同事。同事和朋友不同。他只看上，不看下，只看白，不看黑，他甚至连中国华侨社会也不清楚。那时排华势力把华侨抓起来，把中国人看成是不好的人，把中国人看得不如印第安人，印第安人不如黑人，黑人不如一条狗，美国人对狗远远超过他对黑人，他对黑人超过对印第安人，中国人在印第安人之下。胡适根本完全没理解。胡适到美国去坐的是头等舱，那时留学生是不能坐头等舱的，那时坐头等舱上岸，入境方面检查方便。坐二、三等舱就很严，动不动就把你抓起来。这一切胡适都没有看到。

郑：你为胡适写的《胡适口述自传》在国内的影响，远不如这本书的序，也就是后来出单行本的《胡适杂忆》。这个序是怎样写出来的？为什么把序写得比正文还长？

唐：这完全是意外的事。《胡适口述自传》是用英文写的。台湾《传记文学》总编辑刘绍唐打电话给我，叫我把《胡适口述自传》翻译成中文。我当时有很多文章要做，因此我想算了，就说你找别人翻译，这是我写的，我自己再翻译是浪费时间。他说我们台湾没有这么好的翻译，别翻译错了，就说要找个教授翻译。刘绍唐很会讲话，他说要是请的人英文没看懂，翻错了，你也不好讲话。最后我想还是我自己翻译吧。我就到哥伦比亚大学找它的胶片，因为还没印成书，印成胶片。当时还是90段胶片，不是整个。我必须到明斯特买机器，这个机器是玻璃的，要邮寄，好几个月才能寄来。我没机器，没有动笔，因为月刊一月一期，刘绍唐就让我先写个序，下月就好对付了，也就是《胡适口述自传》序。写了一个月，结果机器还没有来，两个月还没有完。所以我就把序加长，前一篇序叫上，第二篇叫下，第三篇叫三，第四篇叫四，这也是稀里糊涂，一路上写出来。一月一期很有问题，我那时是纽约市立大学亚洲系主任，教书。那时事情很多，乱七八糟，黑学生、白学生、教师，我当个系主任很辛苦的了。我白天根本不能动笔，只有晚上、周末写。我在四五天内赶一篇大文章，一万多字很辛苦的了。因为时间不够，有些问题不能谈得很深入，不能找资料。刘绍唐叫我每月一篇，我现在还是一月一篇。这样下来，我就写胡适两个重头戏，一个是胡适谈佛教，谈禅。这事情很严重，我得多花一点时间。一个是胡适谈红学。谈红学不是简单事。所以我把两个重头戏放在最后来写。

郑：据说，你写的序一发表，在台湾就读者如云。

唐：是啊，当时真可谓读者如云。他们后来也出了一本书，我不知道，但是在台湾很畅销。因此，他们把我其他文章七拼八凑又出了一本书，还到我岳丈那里，把我以前的照片拿出来。我当时在大陆，不在台湾。

郑：你的岳父吴开先也是国民党的元老了。我在纽约你的府上看到胡适给你写的一条横幅，写的他自己的诗，我还拍了一张照片呢。（我拿出照片念胡适的诗）

热极了！

又没有一点儿风，

那又轻又细的马缨花须，
动也不动一动。

落款是德刚兄嫂，可见胡适对你们的爱护与尊重了。

唐：我岳丈对我们夫妻谈恋爱的事情也不清楚。他也不知道，我们挂名是父母之命，后来成了事实。我岳丈就说是胡适介绍的。其实也不是，我们自己碰到的。我老婆是我当初在美国碰到的。我这个人虽然是学历史，但喜欢搞文学，也喜欢搞艺术，对文学、艺术有莫大的兴趣。那时在美国纽约成立了一个组织叫白马社，我主张加两个字，叫白马文艺社。他们说老唐，这太俗气了，我说不讲文艺社糟糕，大家不知道你白马黑马是干什么事的，叫文艺社，人家就知道是搞文学艺术。不然，光叫白马社，人家会认为你是白马侦探社，那不麻烦？那时，文艺社搞小组座谈，搞野餐，搞讲演，外面人也参加，也有许多美丽的小姐。因为我们当时在招人，包括胡适，胡适一来，就有一大批人来参加。我看一个小姐，很得意，就多谈，越谈越想谈，后来就谈恋爱了。那时我30岁出头，我是27岁到美国的。我是新中国成立前跑出去的，去了以后不到一年大陆就解放了。我离开南京、上海时，还是国民党的统治呢。胡适还给我写过一幅字，后来他要我把原件寄到台湾，我就给台湾寄了特快。台湾方面没有回信，是不是寄到了也不知道。胡适老是喜欢写字，字写得不好，自己人找他写字，他就写，老是写唐诗。他给我写字时，我说我不要唐诗，你写你自己作的诗。你看胡适的字，都是唐诗，写他自己的诗很少见的。这幅是在纽约写的。他称我们德刚兄嫂，我要在“文化大革命”时，就凭这四个字也会被红卫兵打死了。

郑：你的文章发表后，当时台湾主要的舆论对你支持还是反对？

唐：在台湾，人们都在问唐德刚这小子是谁，苏雪林写文章骂我。捧我的人声音很小，骂我的人声音很大。骂我的人不但有国民党，国民党之外也很多，信收得很多。有个朋友最后干脆说老唐你不要写了，看电视算了。我觉得写得差不多字数就不写，胡适谈禅、谈红学这两个问题就没写。最后在台湾整理出了本书，很多版，还给我不少钱。然后，我对刘绍唐说，开始翻译，这样就一个月翻一期，翻译了一年多。当初写完以后一直没看，25年后我才从头再看一遍。我有许多笔记都扔了，有许多东西下面加了注，因此《胡适口述自传》下面的小注比本文还长。苏雪林当时在台湾，她一看到都气死了，还有胡适之以前秘书都是老学究了。他们都说我批评胡适不对，他们群起而攻之。一个叫胡颂平的，写了本胡适年谱长编，其中有胡适著作目录，他说《胡适口述自传》不算胡适著作，胡适著作目录里没有。这难道不是笑话吗？胡适先生讲话内容还在，我的稿子是胡适改的，现在还在我那里，这不是假的。他们那批人美国没去过，英文一点也不懂，对胡适一些事他们完全不知道，他们完全是旧的那套规矩，跟胡适先生讲话还坐半个屁股，不敢整个屁股坐在椅子上。他们都是副官，副官怎么能听胡适先生随便畅谈。胡适死了以后，有遗书，遗书就指定九个人编辑整理他的著作，这九个教授第一是最理解他的。第二他们都做自己的学问也是忙得不得了。第三他们对胡适也不清楚，他们和胡适之先生不接近。他们都是有名的教授，也不是搞胡适学，也不清楚。第四个就是他们怕国民党。国民党对胡适是敬而远之，国民党说胡适思想是毒素思想，大陆上认为胡适是资产阶级思想，反动思想。国民党说胡适是毒素思想，对胡适思想是封锁的，他们九个胡适学术执行委员谁也不敢碰老虎屁股，他们就不管。胡颂平就写胡适年谱长编，胡颂平英文不懂，但是胡适之主要著作是英文的。他又没去过美国，美国什么样子又不知道。

胡适是在美国待的，我作了一首白话诗，讲起来可笑了，杜甫作诗说自己是人生七十古来稀，胡适作了一首白话诗：

人生七十古来稀，
吾年七十为奇。
前十年幼小，
后十年不老，
当中还有五十年，
还有一半在梦中。

我改了一下：

人生七十不稀，
胡生七十何奇（胡适生了七十岁有何奇怪），
前十年幼小，
后十年不老，
当中还有五十年，
有二十七年在美国过了。

他最重要的岁月是在美国度过的，他一辈儿做了4年官，是在美国做的。他一生重要7年西洋启蒙教育是在美国受的，从大学一年级到博士学位，以后又到美国讲学，他一共在美国待了27年。胡颂平对胡适在美国27年过程那一段完全不清楚，是一张白纸，对胡适英文做的什么，学术什么一概不清楚，他完全用学究的思想看胡适。胡适最大的思想就是打倒学究。我们跟胡适讲话都说，胡老师，你这个不对的。他们哪敢。我们是美国留学生，常常和老师在一起喝咖啡，推敲得很厉害，我的学生和我讲话也常常推敲得很厉害，外国的师生关系不像中国。

郑：胡适最后还是回到台湾，和在美国时情况就不同了，自我爱惜的心态要比在美国时浓重了。

唐：胡老师回到台湾就变了。他非常近乎人情，对事情的关键看得非常清楚。跟外国人讲外国话，跟中国人讲中国话。两种不同的环境，生活方式不同，到中国就按照中国的文化形态。他来到中国，胡颂平看到胡适之，就是半个屁股，拿个小本子。我记先生的言行，他们记先生的语录。那里人人都喜欢那一套，胡适之也不能避免，就说我讲你们记吧。因此胡适给他们讲话非常小心，不乱讲。这样胡适喜欢发表的就讲，不想发表的话就不讲了。而胡适跟我讲话就随便讲了。胡适之有一次告诉我说，梁启超活到55岁，他的信收集起来有三万封，没有一封是马马虎虎写的，都写得整整齐齐，什么道理？就是梁先生成名太早，片纸只字别人都要收藏，美国也收藏好多梁启超的信。胡适之也怕别人留下来，但比梁启超要好一点。

郑：除了有关胡适的研讨会，你每会必到外，还有就是《红楼梦》研讨会，邀请你参加的也不少，这是否和胡适的《红楼梦》研究有关？你不是还要写胡适谈红学吗？

唐：我不是红学家，但他们每次开红学会都要找我。因为胡先生是新红学的老祖宗，我是胡先生的学生。他们开红学会，没有几个认识胡适，我是替师代言。第一次国际红学会议，1980年在威斯康星召开，主持人周策纵是我的老朋友。他们在威斯康星开红学会展览，展览红学书籍。我那时在哥伦比亚大学教书，兼中文图书馆馆长，我教的是现代资料学，所以我买书有选择性的，我把所有关于红学的书买齐，放在图书馆里，高价高价购，低价低价购。日本出了一本书，价格很高，我就买了，买了以后，很受我同事的批评，说唐德刚这个家伙把这本书高价购来，后来，在红学展览会那本书很突出。现在那本书可是百倍的价格，那本书是嘉庆本的《红楼梦》，是《红楼梦》最早的版本，一百多年的版本是很少的。最重要的一本，《红楼梦》最早的抄本是甲辰本，是胡适之买的，买的这个本是新红学的开始，谁都不知道《红楼梦》还有抄本、手稿本，他有最早的抄本。这个甲辰本胡先生最后放在康奈尔大学图书馆里，是胡先生的母校，这东西是无价之宝。那时开展览会要借这东西展览，而康奈尔大学认为这是国宝，不能乱借。他们说我是图书馆馆长，知道这东西不能借，我当初是哥伦比亚大学中文图书馆馆长。他们相信我，认识我。我坐飞机，保了十万元钱险，到威斯康星交给他们展览，这可为大会增了光。除我和周汝昌以外，所有的红学家都没看过，这是第一次国际红学会议。然后又在哈尔滨组织国际红学会议，1986年。每次开红学会议，写一篇论文就可以参加了。这样的会有大的小的，大的是国际的，小的是国内的，在芜湖开的。去年在台湾开的会，我也参加了，我是穷教授，参加不起，他们给我飞机票，我就去了。第一次参加红学会议在美国，不需要花多少钱，我参加了。第二次在哈尔滨，因为他们给我买的飞机票，我也去了。第三次在扬州，由于我退休，买不起飞机票，来不起，我就无法参加。然后第四次在台北，他们给我买了飞机票，我就去了。这次也是给我买的飞机票。我做系主任时，有公费，我不做系主任，就申请其他基金，人家邀请我。到现在为止，我自己没有买过飞机票，退休以后就更买不起。退休以后还要养老，有时还有大小毛病。

郑：从胡适、顾颉刚、俞平伯三人开创新红学派后，又出现了许多学派，在中国甚至世界可以说是学派最多的，各派都要推陈出新，不知你是如何解释它的？

唐：人家谈《红楼梦》从文学方面谈，我文学程度不高，我从社会科学谈《红楼梦》。我第一篇是谈《红楼梦》的小脚。裹小脚很苦，但不缠小脚就嫁不了人。《红楼梦》十二金钗，三十六小钗，一百七十个丫环有没有缠小脚，这是以前没有谈到的。

郑：满文化对汉文化也有很多影响，现在却被人们忽略了。

唐：中国女人过去是穿旗袍，清人的袍子，满洲的女的没有小脚，汉人的美女大脚就是《凤阳花鼓》说到的："说凤阳，道凤阳，凤阳本是好地方。真命苦真命苦，我家娶了个大脚婆"。大脚婆是见不得人的了，你家有个大脚老婆就表示你没有文化。中国裹小脚，三寸金莲，裹了一千多年，汉人的美女一定要裹小脚。梅兰芳唱戏唱汉美人，梅兰芳是大脚怎么办，就要踩高跷。做个小脚在底下，踩在上面，一看是小脚，其实梅兰芳的大脚在上面被裙子遮住了。这小脚到《红楼梦》里问题来了，你写金陵十二钗是大脚好，还是小脚好？林黛玉是大脚还是小脚？要写她是大脚，那汉人看了可就丑死了。你写林黛玉是小脚，那满人看了可就丑死了。曹雪芹是旗人，要给林黛玉搞个小脚怎么像话。我从社会科学的角度来看《红楼梦》，就发生文化冲突的问题。

郑：在《红楼梦》研究中，你是第一个提出满汉文化的交流和冲突的。

唐：汉满之间的文化交流，这当中有一个文化冲突，女人的脚就是一个方面，你作为一个作家，一个画家，如何是好？你画林黛玉是大脚还是小脚，大脚现在看是不丑的，但以前可就丑死了，美女怎么会是大脚。在《红楼梦》里，林黛玉大脚不能有，小脚也不能有。《红楼梦》从来不描写女人脚。曹雪芹是最好的化妆师，最好的服装设计师，他从头说到裤子，就是不说脚。《红楼梦》里从头到尾，只有一个人是小脚，是尤三姐。尤三姐活泼得很，调弄男人，尤三姐和贾赦在一起喝酒，三寸金莲，摇摆个不停，一个女孩子和一大堆男人在一起应该毕恭毕敬，表示庄重。还有个傻大姐，他描述傻大姐是一双大脚，来讽刺清朝。要说哪个女人是大脚，就表示她不是有文化的家庭出来的，或是一个农村妇女。《红楼梦》只点出一个三寸金莲尤三姐，她和贾赦在一起，贾赦是个昏蛋，吃喝嫖赌的人物。在一起时就将三寸金莲摇摆不停，别人的女人脚就不提。有一次贾宝玉和老太太一起去看戏，路上小便来了，那时没有公共厕所，就在草地上解了小便。小便过去，手脏了，就要找点热水来洗手。他一看，一个老佣人打着一壶开水来了，就把她堵住了要点开水。老佣人不肯，说你知道我这水给老太太老祖宗老夫人用的，你们这帮女孩子为什么不去打水，要我打水，你们不能到厨房里去打水，你们脚都大了。还有她们跟李纨一起作诗，下大雪，湘云来找林黛玉一道参加，大雪把地弄湿了，要穿靴子去，林黛玉穿着鹿皮小靴。穿小靴就不会是大脚。《红楼梦》提到的脚不到十次。为什么不提，有文化冲突，要讲大脚，汉人就不要看了，你讲小脚，就违背满人传统，干脆不提。为什么不提，要把社会科学理论讲出来。我一直说你们搞文学评论，从艺术眼光角度看，我从社会科学方面、行为科学方面看。

郑：《红楼梦》中满汉文化交流与冲突是多方面的，饮食中也有许多文化冲突。

唐：是的。《红楼梦》里女孩子喜欢喝酒，林黛玉喜欢喝酒，脸喝得红红的。汉人女的喝什么酒。她们是从关外来的，关外东北这个地方天气冷，所以她们女孩子喝酒。还有一点，她们喜欢吃野兽，如野鸡、鹿、獐、野鸭、野鹅，这是她们最好的食物。这些东西都是关外送来吃的，我们汉人哪里吃这东西。在《红楼梦》大观园里，几个姑娘经常到老太太那里去吃饭，从宁国府到大观园几步就到了，冬天里天气不好，下大雪，太不方便，她们就开小灶。开小灶就是账房分了，分半斤肉啊，虾是多少啊，但是好的东西就不分了，好的东西叫老太太吃，什么是好的东西，鹿肉、獐肉、野鸡等野味的东西。其实鹿啊、獐啊难吃多了，但她们是满人，她们有北方的传统，认为野生的动物肉最好吃。林黛玉这样好的姑娘就吃起野的东西来。这就是文化冲突。现在国内对《红楼梦》研究得很好，不过我在国外考虑到的，他们还是没有考虑到。这是因为我用行为科学、社会科学来考虑的，而国内研究的人都是文人、作家，不是社会科学家，社会科学家很少。现在研究的还有自然科学家，上次在哈尔滨，哈尔滨师范大学的校长是学生物化学的啊，他也想写篇文章。他告诉我说《红楼梦》里能看病，曹雪芹是最好的医生，他开的药单子，是大有科学性的，不是胡开的。另外曹雪芹开的菜单也不是胡开的，曹雪芹这个人不得了，他开的药单、菜单大有研究。所以那个校长，生物化学专家分析曹雪芹的药单、菜单。还有一方面，曹雪芹时代是18世纪，中国启蒙思想刚开始，所以他谈到海外来的什么事情，都是史料，那时中外贸易都谈。所以《红楼梦》这东西是没有底的，研究不尽的。

郑：现在研究得太繁琐，原来就批评胡适、俞平伯的繁琐，现在比他们还繁琐，有的研究缺少文化气息，脱离当时的人文历史背景。

唐：胡适之研究的是最原始的新红学，比蔡元培他们的旧红学要进步得多。胡适之搞的是新红学的起步。我现在在国外研究的新红学，就是新观点，从制度方面来谈。我认为江南织造，2000多部织布机，有2000多部织布机在当今世界任何地方都是大工厂，还有6000个工人，在那时是国营大工厂。中国人控制国营企业是从汉朝开始的，汉朝开始盐的管理，铁的管理，到唐朝开始丝的管理，到宋朝开始茶的管理。唐宋之间马的管理由政府管，茶一直管到鸦片战争，为这事与外国人打了仗，政府才不管，茶可以随便买了。为什么要管，可以垄断。江南织造是国营大工厂，是丝绸垄断，只要垄断，就不会竞争推销了，所以就会失去国际市场。国内市场也管理松懈，曹家曹寅、曹頫这些人都是整天喝酒，讲的最粗糙的话就是占着茅坑不拉屎。国营工厂垮了，其他什么也垮了。宋朝最大的工厂是景德镇瓷器，世界上最大的工厂，那时的工艺现在也做不到，现在还在恢复那时的工艺。瓷器销往欧洲，伊丽莎白女王宫廷里只有四个碗是中国瓷器，只有伊丽莎白自己一个人喝茶用瓷碗，其他人只能用铜碗，铜碗烫手。那时瓷器是中国垄断，中国丝绸在国际贸易中垄断了3500年，中国垄断瓷器是1500年，中国人垄断茶叶是1000年以上。在垄断3500年丝绸时，中国根本不让外国人知道有蚕。所以我现在用行为科学和社会科学来研究红学和传统不一样，我们拿这个眼光看《红楼梦》就不是同样的看法。清朝时江南织造2000多部织布机，民营工厂不许超过100部，最好的丝送到国营工厂，最烂的丝送民营工厂。民营工厂不准超过100部机器，你能织出什么。最好的贡缎、贡瓷不全是皇帝用的，销往全世界，当然中国国家很有钱的了，皇帝很有钱，富贵子弟挥金如土，中国在世界上最有钱。我在美国教了40年世界史，没有看到哪个国家可以和我国相比。我现在用行为科学和社会科学进行研究，确实和国内不一样。我们回头来看国内研究红学也不一样。为什么不一样？不是一个方向。

郑：从新红学，我又想到新儒学的问题，现在国外对新儒学的研究比国内热闹、深入，这可能是有的学者在国外可以公开打出新儒学的旗帜，国内对新儒学的研究还是停留在到曲阜去祭祀，演习恢复一些旧的礼仪，或者用孔府做商业广告，还谈不上对儒学的研究有新的发展。请你谈谈这方面的情况。

唐：胡适创立新红学，打倒孔家店，把儒学打倒。现在世界上兴起新儒学热，这个问题说起来话就长了。我同夏志清打了场笔墨官司，夏志清谈文学，我认为他谈的方向不对，我批夏志清的小说史，写了三四百字，夏志清写了二万五千多字对我狠批痛打，发表在纽约最大中文报纸《世界日报》上。《世界日报》是王惕吾办的。我1972年就跑回国来探母，我回来之后，他们台湾攻击我，说我是亲共。我母亲当时八十多岁，我回来三个月母亲就死了。我回去以后，王惕吾就下了个命令，《世界日报》不许唐德刚三个字出现。突然唐德刚三个字在报纸上比烟灰缸还大，题目叫《评批唐德刚》，夏志清写的，这可是名满天下的夏志清批唐德刚。我批评夏志清才三百多字，我批评夏志清用西方的文学观点来批评东方文学，他的英文比中文好，他是完全搞西洋文学起家的，搞中国东西是后来的。他那时不得了，抨击台湾很多作家。我想这个人太骄傲，瞧不起这个，瞧不起那个，他认为天下学问都是英文，不懂英文就没有学问。他用西洋观点批评中国文学，有些方面也对，有些方面就不行了，这也值得商量。我的文章写出来一发表，没有哪个不讲好的。他的书发表18年，书名叫《中国现代小说史》，没有人批评他，大陆上有批评的，声音很小。大家批评他不切实际，因为他是英文专家。他是中国搞纯西洋文学第一人，他西洋文学学得好，他拿这些观点来写西洋文学是相当新颖。我比他大六个月，我说他用西洋观点来写中国小说史，有的讲得很好，很新颖，有些就捉摸不透，西洋是西洋，我们是我们，思想方法不同，社会背景不同，不能完全按照西洋的方法标准。这一碰不得了，夏志清认为18年来我是第一个讲他反话的。他说唐德刚名扬天下，发了财，我批评他的讲话，叫《评批唐德刚》。他说唐德刚不该批评我，胡适自传我还帮他写的序。我后来说你也不该批评我，你在哥伦比亚大学熟人少，我给你的聘书让你到我们哥大来，然后在哥大留下来，一下就给你加六千元学费，没有我唐德刚，谁给你六千元。我们应该互相打抱不平，你替我写序，我也替你做事。你现在批评我，我也得批评你一下。纽约还有一个《中报》，我写了一万八千字，叫《对夏志清大字报的报复》。萧乾后来在美国看到我和夏志清一起喝酒，很高兴，他原以为我们会动刀子，现在又在一起喝酒，还不知道是怎么回事。

郑：我们的话题还是回到新儒学上来。现在海内外学者都认为新儒学发展的前途广阔，不只是东方、亚洲要以新儒学才能振兴，甚至连西方的基督教文化，将来都要败下阵来，让位给东方的新儒学。对此，你有什么看法？

唐：我们将来的文明比将来的基督教文明哪一方面强，哪一方面弱，很难讲。基督教文明是有神论，谈神，我们的文明是谈人的理智。美国社会就是在崩溃，神的用处越来越小。神的用处越多，社会就越有条理。在中国神向来没有管我们。这就是新儒学走到将来的成功，他们需要向我们来学习。去年，我去台北“中央研究院”招待所，夜里十点多钟，突然有人敲门，是新儒学代表人物杜维明，哈佛大学教授。我们之间很熟，因为他谈恋爱的时候，我就认识他太太，认识他本人。他比我辈分轻，我第一次教大学，他们叫我到东海大学，我拿到聘书没去，我要去了就教杜维明。杜维明来问我到台湾有什么高见，我说谈谈学问。我和杜维明谈到夜里一两点钟他才走。他在现在的哈佛大学的校委会通过一个议案，把中国的新儒学作为大学本科的必修课。这是新儒学在美国开始萌芽。汉学在西方已经谈了好多年，但是哈佛大学是西方第一个能够接受下来，放到本科必修课程里的大学，表示儒学在西方逐渐抬头。为什么抬头，因为现在西方社会文明崩溃，道德崩溃。道德崩溃影响它的社会秩序。回头一看，儒家还有它的道德。儒学不仅有古代的学问，而且有现代的价值，这就是西方所说的新儒学。

郑：现在，国内仍然有人在担心中国全盘西化的问题。现在儒学西行，我们的文化之源也可以输出，看西方的东化和东方的西化，这种交流是否是一种必然的趋势？将来能否广泛地交流下去？

唐：我和杜维明也谈到这个问题。杜维明讲我们一百多年来都是西化，胡适开口闭口打倒孔家店，全盘西化。你看我现在哪点不西化？你看我这头，三千年谁剃过这头？三千年哪个穿西服？三千年谁打过领带？谁戴过手表？哪个穿那么个裤子？我彻头彻尾全盘西化，连我住的房子也是西洋式的了。全盘西化，我们回过头来看看，我们还有什么好的东西？所以杜维明讲洋人好的东西我们学了，我们还有一点好东西让他们学学吧，就是新儒学。我们的价值观念，家庭组织，洋人也都开始学习。最近有两个洋人小孩，一个12岁，一个11岁，把一个两岁半的小孩带到铁路上让火车把小孩碾压死，后来就把两个小孩送到法庭上去审，由于法庭椅子太大，他们两个坐在椅子上法官看不见，要垫起来法官才能看到。问他为什么杀人，他们不知道。父母不犯法，站着旁听，在我们中国，父母要受审，你的小孩为什么要杀人，十一二岁的小孩有什么好审的，他们懂得什么。洋人的个人主义发展到最高峰，十一二岁的孩子法庭要判罪，管教40年，这像什么话，父母没有责任吗？按我们中国的理，坐牢的不是儿子，而是父母，这是中国传统之风。他们父母在旁听，一点责任没有。回头看中国就行。还有洋人动不动就离婚，跟我同时结婚的洋人没有一个不离婚，我为什么搞到现在还不离婚，我老婆是上海人，我是安徽人，观念不同，常常吵架，吵架40年还没有离婚，到现在我一出去，老伴都打电话给我。我的洋人同事全部离婚是什么道理？他们的孩子受的痛苦不堪设想。现在中国离婚已经不少了，这是西方化的影响。不是西方的影响就不会东离西离，所以我们要往回看，两个不要太任性。我现在感到我对我女儿没法管住了，我对她讲话，她不能理解我的意思了，说我为什么要干涉她。我对女儿的影响很小了，很小的时候，6岁，我们管她，她就打电话找警察，说父母欺侮她。我的儿女是美国人，西化了。

郑：既然西方社会是建立在个人主义、自由主义之上，如果把话题转一下，可不可以说西方社会出的问题也在个人主义、自由主义呢？

唐：西方现在个人主义、自由主义发展到极端了。胡适之讲个人主义并不坏，要有健康的个人主义。西方的社会建立在健康的个人主义之上。西方社会的崩溃，胡适没有看到，西方社会崩溃，是崩溃在不健康的个人主义之上。美国的性泛滥是不可想象的，夫妻两个没兴趣，都要性生活，就要到外面找性伴侣了。我对学生说，性是最美的东西，不能一口吃掉，要慢慢吃。一口吃掉就没有意思了。要慢慢来，到最后就是上床夫妻，下床君子。你太太是你的，你朋友是你的，这么急干啥？美国人头一次见了面，晚上就上旅馆，那就是侮辱性了。西方文化没落了，一个个性教徒，家庭生活朦胧了。我老婆做社会工作，她恨这个。有一个人说现在公寓不够住了，要给大的公寓。我老婆管这件事，就问为什么不够住，房子本来也很大嘛。他说我现在有女朋友，我和女朋友睡一张床，我老婆也有女朋友，同性恋，她们另外也要睡一张床。原来只有一张床，睡两个人，现在我们四个人睡，两张床才够。所以我老婆说这是什么社会，思想道德崩溃到这种程度。

郑：听说你本来打算写张学良，已经做了许多准备。我想你选择作为立传的对象还是很有特性的。你写的《顾维钧回忆录》是一个类型，《李宗仁回忆录》又是一个类型，《胡适口述自传》，都各有个性。不知对张学良传进行的情况如何？

唐：据我分析，张学良和蒋介石两人有成文和不成文的协议，但这个协议内容究竟是什么，对我们来说根本是个秘密。只有张学良出来讲出真相，才有史料的价值。我要讲，别人会说唐德刚你算老几。张学良能讲出来就行了。这话是张学良讲的和这话是唐德刚讲的在史学上的价值就不一样了，无法相比了。我觉得口述历史是很重要的。我跟张学良讲话有十几讲，但他不谈西安事变。我和张学良谈话，原来谁也不知道的，是绝对保密的，他那时还没平反。张学良正式在台湾活动是他九十大寿。张学良请我吃饭是九十大寿之前。我和国民党关系不好，我并不是反对国民党，他们认为我是个大嘴巴，欢喜说话。他们对我的态度不是我的事情。我看你什么事就是什么事，我是学历史的，我要看史料说话，我不能看脸色讲话，否则，我学历史干什么，历史是终身学业。我大学是在中央大学念的，在台北，蒋介石问我，我说我是先生门生。辛亥革命史会议，我是其中之一，蒋介石把海外学人找去，几个人一组，他到每个组去讲话。他到我们这一组，就一个一个地问是哪里人，有什么学历，做过什么事情。蒋介石觉得我们到台北开会，显得他很有面子。当问到我时，我说我是中央大学毕业，是蒋先生门生。我的朋友薛光前是做官的，他说还没有一个人像我这样跟蒋介石讲话。我想我第二天就坐飞机跑了，我怕他什么。我这样一说，蒋介石非常高兴，因为他的学生不是军人就是政客，我是真正的教授。

那时我到台北张学良还没有正式放出来，正式放出来是九十大寿，张学良可以出国了，可以回大陆了。那时对张学良看管极严。我和张学良在一起吃的是最好的饭，有时是在家里，有时是在饭馆里。我和张学良一共吃了十顿饭。张学良鼓励我写关于他的事。

郑：张学良是怎样知道你的？他又为什么要请你为他写传呢？

唐：张学良为什么知道，为什么找我，说来话长。我在美国一个学生是个中国台北人，她写的论文题目《张学良的政治生涯》，用英文写的。我是她博士论文的导师。她的论文一出来，辽宁大学听说了，就翻译成中文，在台湾迅速流传。她是纽约大学历史学博士，我是历史系主任，是她的导师。这本书后来卖了30多万册，赚了不少钱。我的学生找我写个序，张学良没看到这本书，台湾的《中国时报》发表了序，把序斩头去尾，但没讲是书序，就讲是唐德刚写的有关张学良的一段。前无头、后无尾，张学良也不知道这篇文章原来是个序。这个报纸没告诉我，也没告诉我学生，就觉得这篇有价值。文章题目叫《论三位一体的张学良将军》，哪三位呢？就是花花公子、政治家、军人，这三者在张学良身上结合在一起。张学良是中国近代史上最大的花花公子，没人能和他相比，是民国四公子之一。张学良一看报《论三位一体的张学良将军》，他就告诉太太，所有写张学良的文章这个最得体，他最喜欢。张学良爱国，政治搞得不错，军事也搞得不错，任何派系都有新老之分，桂系有新桂系、旧桂系，奉系有新奉系、旧奉系。旧奉系是父亲，新奉系是儿子。他们父子俩相得益彰，没有父亲，张学良也起不来，没有张学良，奉系只是一个小军阀。我的文章大体内容是如此。但这篇最合他的口味，骂他的，捧他的不一定合他的口味。他要见见唐德刚。

郑：你们是怎样取得联系？张学良还在禁闭，你又如何见到他的？

唐：我这个学生跟她丈夫到张学良家门口，国民党特务、警察赶他们走，照片都照出来了，她见不了张学良。我当时在台北开会，张学良知道了要请我吃饭。我在下午由传记文学社的刘绍唐陪着一起到高雄，星云大师请我到他那佛光学院讲演。正在佛光学院讲演，突然张学良打来电话，说明天中午请我吃饭。张学良请吃饭，谁也不会拒绝，他是个大人物。我临时告诉星云和尚，我明天中午赶回台北，有急事。星云和尚也没问有何急事。星云和尚就给他的学生讲唐教授明天中午要回台北。明天早上飞机票卖光了，星云和尚说就是骑着脚踏车也要把唐教授送到台北。第二天，刘绍唐陪我一起去台北，我不能瞒着刘绍唐，但张学良并没有请刘绍唐。到台北最贵的饭店“来来饭店”，美国人投资。刘绍唐走了以后，我就按指定的房子上楼，就听说这个地方暂时关闭。我想中午还要吃饭，怎么办呢？这时，有人问你是不是唐教授？我讲我是唐德刚，就上楼了。那时有好几个特务，我们吃了两三个钟头的饭，门口有人站了两三个钟头的岗。后来我到张学良家里，他家有个军营，有两层楼房的军营，多的时候七十多人，少的时候三十几人。我一进去，是个老头子。张学良在我印象中是个少帅，怎么是老头子了？老头子戴个小帽子，这是我第一次见到张学良。

后来，张学良正式解放，1990年春天给他做个寿，大寿时宣布正式解放。做寿的不是公家，是私人的，九十人发起。国民党不喜欢我，我到台北，他们扣我的护照。但是，我是九十个发起人之一，他们也没有办法。九十大寿我去了。除了李登辉之外，所有高官都去了。郝柏村行政院长也去了。

访谈结束了，对张学良传为什么迟迟没有动笔，唐德刚没有告诉我。他是否有意在回避这个问题呢？有位朋友告诉我，唐德刚害怕再出一个“江南事件”。

与此次访谈事隔一年，1996年11月29日，德刚先生在西安参加“西安事变”学术讨论，途经上海，小住数日，我们又一次见面。他此次西安之行既然和西安事变有关，我们的话题自然又谈到张学良，又谈到我们似乎没有结束的话题。但他带来了他那篇名作《论三位一体的张学良将军》，展读之后，感到他对张、赵的敬佩之情，跃然纸上，不妨抄录两段：

> 汉卿，汉卿，我国近百年来龙子龙孙、达官显贵子弟，生活放荡的，也是成队成群了。若论吃喝玩乐的记录，真正有钱有势有貌有才的邓通、潘岳也不难做到，而难的却是大厦既倾、树倒猢狲散之后，仍有红颜知己，舍命相从，坐通牢底，生死不渝，这一点纵是《红楼梦》里情魔情圣贾二公子，也无此福分，而汉卿你都生受之。岂不难能可贵？我们写历史的，看小说的阅人多矣，书本上有几个真假情郎比得上你？
>
> 一荻，一荻，你这个赵四之名，也将永垂千古。在人类可贵的性灵生活史上，长留典范，为后世痴男情女，馨香景慕，睹一荻之痴情，羡汉卿之艳福，读史者便知。若汉卿是酒色之徒，而非性情中人，他哪有这个美丽的下场。公子哥儿不难，但古今中外的公子哥儿，有几个不落得丑恶难堪的结局？漫说像张学良这样的大人物了，读者闭目试想，在尔所见的酒色之徒中，有几个不凄然而逝，何有红颜知己学生战友云乎哉？

赵一荻，我们历史学家也替你喝彩！

这种声情并茂的文字，使我不禁击案叫绝，当年能打动张学良，主动请他为之立传，可是这位口述历史的开山鼻祖，为什么偏偏没有进行下去？

那天，在南京路上新世界美食城，我请唐德刚吃着狗肉火锅，喝着八年陈的绍兴黄酒，喝到面红耳热时，我举杯逼人："德刚兄，你说说看，张学良传为什么没有写下去？到底有何苦衷？"

"小事一桩，喝酒！"他还是避而不答。

"到底是为了啥？"我和他碰杯，一杯黄酒一饮而尽，那是要他非说不可。

他哩哩地笑了两声，说："张学良去美国，我请他吃饭，把他当年的女友也请来了，他乡遇故知，难免要表现出热情，惹得赵一荻不高兴……"他举杯一饮而尽，带着几分酒兴又说："怎么，我怎能不请她呢？她是张学良的当年女友，也是我相识多年的朋友，我请了张学良，又怎能不请她？"

原来和赵一荻闹翻了！

德刚，德刚，你可是阅世千载，当事糊涂，他们是一对冰霜中的情侣，怎么可以中间又拉进这位公子哥儿时代的女友来呢？你也应该知道，一个痴情的女子，有着包天容海的胸怀，陪着少帅坐穿牢底，追求自我道德的完善，在爱情上有着至高无上无可责备的自我保护。

在唐德刚的眼里，张学良是位世界级的伟大人物，他那颗火热热的、老而弥笃的赤子之心所铸造的个性，再通过S-O-R（刺激——个性生理、心理——反应）的过程所反弹出来的而社会行为，就部分地改变了20世纪后期的"世界通史"。面对着这样一位重量级的历史人物，唐德刚耿耿于心，正要执简在手，秉笔直书的时刻，而一事之差，给他的治学生涯带来一个不是无关轻重的遗憾。

德刚，但愿这个遗憾是暂时的，而不是历史的。

（1995年6月—1997年7月）

再访唐德刚

2001年，我们夫妇前往美国纽约探望儿子一家，已经预订了9月14日的机票，途经旧金山再到纽约。9月11日，儿子来电说，纽约出事了，世贸大厦被炸。接着就是美国联合航空公司通知，9月14日的航班取消了，什么时候有航班，再行通知。9月21日，22日……直到9月26日，我们才乘上飞机。

儿子的家在华盛顿桥的一端，新泽西州的一个小镇上，附近有一所教堂，教堂前有两棵大树，大树下烛光闪烁，在悼念死者的亡灵，也有的人在大树上系黄绸，表示对亡者的哀悼。人们还浸沉在哀伤肃穆之中。我急于想看世贸大厦被炸的遗址。那地方已被封锁，不让再看，我和老伴就带着孙女到曼哈顿大街看群众游行。街道两侧拥满着游人，穿着各种服装、手擎各种旗帜的队伍从我们面前经过。也有华人队伍，他们打着中华人民共和国的国旗，或打着红旗，我们特别兴奋。华人游行队伍看到我们，也频频招手，或者做胜利的手势向我们致意。左顾右盼，发现游行的人群中，只有我们一家三口是中国人，而我们来自中国大陆的特色又非常明显。采访游行的《世界日报》的女记者还过来和我搭讪了几句，问我怕不怕。第二天的《世界日报》上刊登了我们一家三口看游行的照片，还有和记者简短的谈话。

调整时差之后即告诉唐德刚，我在纽约。隔日，他即驾车接我们去了他家。沿着哈德逊河行驶的一路上，他给我们讲了他住家周围的故事，特别讲了我们在途中看到的那座大房子，因为时间短促，我们没有去参观。而他住的房子，我们倒是上上下下地参观了一番。那栋砖木结构小楼为地面两层，地下一层。地下一层似乎是他的贮藏室。沿着露天木楼梯拾阶而上，便是他起居之所在。然后又看了他的那座园子，园子很大，由于没有整理修剪，倒是有些自然原生的味道。待回到二楼坐定之后，我说还要继续未谈完的话题，即张学良口述历史。他说，不忙，听说你写了不少收藏家，先看看我的收藏。这时，我又看到墙上镜框中那首胡适手书自作新诗，我上次到他家时写过，别的人也写过的。另一幅立轴，是徐悲鸿画给他的岳丈吴开先的。

他的藏品有立轴，有册页，也有手卷，有书有画，有的是送给吴开先的，有的是送给德刚、昭文夫妇的。于右任为他们夫妇题写了“双馀斋”，这个斋号很少有人知道。还有于右任、洪兰友、洪陆东、程中行、章士钊、谢稚柳为吴昭文做的书画册。引起我注意的是那卷“岳丈吴公开先八秩双庆献诗祝嘏婿唐德刚拜撰”。此卷由陈定山书写，在书写时作了一段引言：“德刚兄学贯中西，诗才敏捷又复如此，无怪开先兄对此东床笑口长开也。嘱为誊录，敢不拜命。西泠逸史陈定山时年八十有三，同客台北。”

唐德刚为其岳丈吴开先祝寿诗十首，诗中多言吴氏的历史。第一首当然是从祝寿起句，诗云：“万户桃符佐寿筵，期颐同祝玉堂仙。江东父老尊元老，北伐当年一少年。”江东少年，追随蒋介石北伐征战，虽然像项羽一样兵败垓下，仍不失江东子弟之本色。第二首诗中有句："车满前庭酒满樽，春申江上月黄昏。攀辕貂锦三千士，珠履儿郎岂足论。"写吴氏当年从政上海的辉煌。第三首："未见衣冠沦上国，孰从肝胆识孤贞。应知散帻斜簪客，原是黄花岗上人。"虽是参加黄花岗起义的老战士，仍然"散帻斜簪"，未能进入政治的最高层。第四首："歇浦星沉一岛孤，书生振臂却匈奴。满城宫锦皆狐鼠，嚼舌常山见丈夫。"这首诗讲了吴开先一段忠贞而有传奇色彩的历史。

抗日战争期间，汪精卫组织伪南京政府，陈立夫和吴开先商量破敌之策，吴开先自告奋勇，受重庆国民政府委派，携眷潜回上海，从事地下工作，不久为汪伪政府所知，把他抓捕并关进极司菲尔路76号。吴开先以吞金等方式，屡次求死不得。周佛海为自拔之计，于1943年4月，将吴开先移往南京，并以日军专机送往广州湾释放，吴开先辗转逃往重庆。在珊瑚坝机场，吴开先一走下飞机，文化人士在于右任的带领下前往迎接，遂有《珊瑚坝机场迎候开先感而赋赠》诗，由沈尹默誊录成一卷。题诗的有：程中行（沧波）、叶元龙、沈尹默、程潜（颂云）、汪东（旭初）、乔曾劬（大壮）、潘伯鹰、姚琮（味辛）、梁寒操（均默）、龚张斧、曹经沅（纕蘅）、周钟岳（惺甫）、钱智修（经宇）、曾克耑（履川）、姚鹓雏、汪辟疆等，大多是监察院的人员。由程中行开题，诸家随之唱和，故于右任在卷子的引首中题道："开先弟归来，沧波赠诗，同人和者数十家，余艰于步韵，乃以意和之。书生难解生民痛，前线重更战士衣。一语慰君还自壮，紫金山上谒陵归。"此卷还附有吴开先名片一张，吴开先手书"昭文爱好文艺，这个手卷由她保存。此致德刚贤婿"。说明此卷为吴昭文、唐德刚夫妇拥有。

赏了这些字画之后，我说："你的岳丈是传奇人物，为什么不给他做一卷口述历史呢？”

唐德刚说：“我何尝不想做，但没能做成。”

吴昭文接着说：“两人合作得不好，德刚要的，爸爸不说；爸爸说的，德刚又不要。”

此时，唐德刚又把我带到地下室，把他岳丈写的《自述》找了出来，并复印给我，说：“你也是作传记的，拿回去看看，上海档案馆能不能找到他的材料。”

我只是唯唯否否地把复印件接了下来。他都做不出，我又怎么能做得出来呢。

唐德刚忙前忙后，招待得很热情，就是静不下心来和我谈张学良口述历史的事。他是有什么难处，不愿谈这件事？我也就不再逼他。直到他们夫妇把我们送回那个小镇，在鲤鱼门饭店入座之后，他才说：“我在这里请张学良吃过饭。”原来他像说书人，前面都是作了卖关子铺陈，此时才算进入正题。

唐：我还在纽约大学担任历史系主任的时候，祖炳民的太太傅虹霖在历史系读博士学位，博士论文题目是《张学良的政治生涯》。论文写好之后，辽宁大学得到消息，把书稿拿去翻译成中文。中文出版后，虽然发行30万册，但傅虹霖不满意，认为错误太多。此书在大陆出版所产生的影响，引起台湾书商的注意，要在台湾出版。我用中文给傅虹霖的书写了序。台湾版的书还没有出版，台湾的《中国时报》就抢先把我写的序发表了，用特大字做了标题。张学良看到了。《中国时报》在发表这篇序时，编辑把文章斩头去尾，也并没有说明是序。张学良就打听唐德刚是谁。

郑：*你说的序是否就是那篇《论三位一体的张学良将军》？*

唐：是的。前年我去上海时，把这篇文章带给你看过。那篇文章的中心意思就是张学良要不是张作霖的公子，他也发展不起来；但是父亲要是没有这样一个儿子，这个父亲也只能是土军阀。张学良受过现代教育，他的许多朋友又都是留学生，如郭松龄就是留学日本的，是那些留学生帮助张学良，把带有土军阀性质的奉军改造成为现代化的军队。张作霖和张学良父子相得益彰，谁也离不开谁。张学良对我那篇文章特别欣赏，他对人说，别人都以为我是靠父起家，不知道父亲还靠我呢。唯有这个唐德刚，说清楚我和父亲的关系，肯定了我为奉军所作的贡献，看到了我的军事才能。张学良一定要和我见面。

郑：张学良是怎样找到你的？你们又是如何见面的？

唐：张学良有位年轻朋友王一方，王一方有位年轻朋友郭冠英。郭冠英也是我的朋友。1989年冬天，星云大师请我去讲演，我到了佛光山，张学良通过郭冠英找到我。再说，王新衡、张群都是我岳丈的朋友，我到台湾，他们也不会不知道。郭冠英告诉我，少帅张学良要请我吃饭。第二天我就从佛光山飞往台北，张学良在来来饭店请我吃饭，除了张学良，还有王一方、郭冠英。席间，张学良称赞我写的《论三位一体的张学良将军》，说我对他的身世了解得最深入，希望我写写他的故事。

郑：你对他的采访花了多少时间？你写李宗仁口述历史，他的夫人为你烧了160顿饭，赵四小姐也亲自下厨为你烧饭吗？

唐：这次只是谈了一些设想，并未动手采访写作。后来，我在纽约大学申请退休，恰在这时我的岳父去世，我就奔丧去了台北。我岳父有一个大房子，有一个烧饭的老妈子，还有汽车、司机，房子暂时没有退掉，我就住在里面，常常到张学良家去。有时在那吃饭，我对她说，写李宗仁时，他的夫人郭德洁为我烧了160顿饭，今后，赵四小姐也要给我烧那样多的饭了。她说，无论唐先生什么时候来，我都烧饭给你吃。

郑：你是边采访，边写作吗？

唐：是的。在工作进行的过程中，我感到哪一段的材料成熟了就先写哪一段，然后再进行总体的调整和拼装，我们搞历史的和搞理论的有所不同。我对张学良的访谈从他的少年时代开始，根据谈的内容，开始写了两章，是第一人称的口述。他看了以后，说不要以第一人称写，要用第三人称，可以引用他的话。他认为这样写可以做得比较客观，还可有作者的评论。

郑：张学良是个聪明人，以第三人称写，他就会主动自由了，作者要承担更多的责任。不过，你从采访到现在，也将近十年了，为什么还未见到出书？是否写得较为艰苦？

唐：不是写作艰苦的问题。我开始采访的时候，张学良还没有自由，台北很少有人知道。后来，台北以为张学良做90岁大寿为名，恢复他的自由。张学良也准备借90岁大寿之机，向世界发表声明：张学良完全自由了。张学良的90岁大寿，由90人发起，多数是国民党高级官员，张学良对此情况不甚满意，要我做发起人，参加筹备工作。我对他说，这样做不好吧，我是从海外来的，在台北一直隐姓埋名。张学良说：没有关系，你是我的客人，是我请你参加的。

这样一来，台北就晓得了，说唐德刚跑来台北，又是张学良提名参加他的90岁大寿的庆祝活动，这就引起了人们的怀疑。社会舆论泛起，说唐德刚为李宗仁写回忆录，这次来台北，是为张学良写回忆录。《中国时报》得了这一消息，写了一篇报道，说张学良耳朵聋了，唐德刚的耳朵也聋了，唐德刚讲安徽话，张学良讲东北话，张学良听不懂唐德刚的话，而且是70岁的人给90岁的人写回忆录，两个人肯定做得很辛苦。

郑：这些还都是民间的，显然不是以友好的态度对你，你自己有什么想法？如何面对这样的舆论？

唐：《中国时报》的消息，大陆新华社的大参考、小参考都在显著位置刊登了，引起了台北国民党中央的注意。最初听说是宋楚瑜管这件事，后来宋楚瑜告诉我，不是他，是我的行动引起了国民党中央的注意，他们说，张学良要写回忆录，我们台北有那样多的历史学家不找，而要找美国亲大陆的唐德刚写！他们以此来对张学良施加压力。其实，张学良的胆子是很小的，他一听到国民党中央发言，就紧张起来，对我说，我们写一个联合声明，说我们根本没有谈写回忆的事，你也没有为我写回忆录。我说：张先生，为了保护你，我还不够资格和你发表联合声明，你是历史上的大人物，我算老几，我唐德刚和你张学良发表联合声明，我不配嘛。

郑：你们没有联合发表声明？

唐：没有。只是说说。我当时对他说，我们可以分开在报上发表声明。我可以声明，因为我岳丈和王新衡是很好的朋友，是王新衡请客，我的岳丈带我去，认识了张学良，说了写回忆录的事，我说你不写太可惜，我们谈了北洋军阀，谈九一八事变，向来未谈西安事变，绝没有谈西安事变。我说你也发个声明，就说我们未谈西安事变。他问：我们俩谈到没有？我说没谈到。其实，对西安事变我们也谈了一些，他谈过就忘了，他说没有和我谈西安事变。我说你现在自由了，为什么怕谈西安事变？他说你看，你看……因为国民党那时还在24小时对他监控。我说以后你完全自由了，就到哥伦比亚大学来谈你的经历，那时你就可以畅所欲言了。他说你这倒是个好主意，李宗仁的回忆录就是你在那里为他做的，好主意，好主意。

郑：有了这样一番波折，后来就没有做下去？

唐：张学良获得自由后，《联合报》的王惕吾及“中央研究院”的吴大猷，都想给张学良做回忆录。王惕吾看中了我，希望由我来做。王惕吾派刘昌平找我。昌平是安徽舒城人，是我初中的同学，说是由《联合报》出钱给我租一个房子，把张学良请出来做。不知这是否和张学良有关。但后来未做。

郑：到现在，你还没有做出张学良口述历史，是否和这次波折有关，还是另有难处？

唐：回到美国后，我和一批做口述历史的朋友谈了，如黎安友，他们都很有兴趣。1991年，张学良恢复自由，到美国来看望他的儿子，是他和赵四生的儿子张闾琳。赵四没来纽约，住在三藩市。张学良住在贝祖诒太太（蒋士云）家里。在西安事变前，张学良和贝太太就认识，那时她才十六七岁，张学良和少女时的贝太太往来，而且坠入爱河。张学良住在贝太太家，赵四有顾虑，很不高兴，但又不好说。3月30日，有人请张学良吃饭，就约好请他和哥伦比亚大学搞口述历史的人见面。

张学良到了纽约，我打电话给张学良，说我欠了你们家许多饭，这次要请你们吃饭。我还告诉他，请了哥伦比亚大学的几位教授，都是搞中国历史、中国政治的，你们认识之后，可以直接交涉。由哥伦比亚大学发聘书，聘请张学良为访问学者，专门做口述历史。时间也约定了。

相约的时间到了，我打电话再确定一下，说后天请汉公吃饭。贝太太说你是谁啊。我说：我是唐德刚。贝太太说：唐先生，我告诉你，汉公走了，到弗利尔去玩了。我问：他什么时候回来？贝太太说：他不回来了，直接去台湾了。我想：张学良岂有此理，不是约了吗。我打电话给黎安友，告诉他张学良走了。

郑：这件事到此就算完了？

唐：过了几个星期，碰到了我的一位学生，他在纽约教堂做事，他告诉我有一位很怪的教徒，每个星期都到教堂去做礼拜，是从台湾来的。我一听就知道此人是张学良，马上打电话给贝太太，你不是说张学良回台湾了吗，他怎么去教堂做礼拜？贝太太说：张学良不轻易见人，因为要见他的人太多了。我说：我是唐德刚，汉公能不见我吗？贝太太不知道唐德刚是何许人也。我说：你把汉公找来，我直接和他谈话。张学良来接电话。我说汉公，我请你吃饭，贝太太说你走了。张学良说：我没有走啊，你请吃饭，我来。我打电话给黎安友及政治学系主任，这时哥大已放假，其他人都走了。我打电话给袁家骝、吴健雄，他们都来了，就在这家鲤鱼门，请张学良吃了一顿饭。

张学良要走了，纽约的报纸访问他，问他这次来纽约最大的收获是什么？他说，我与哥伦比亚大学建立了联系。这时，黎安友也打电话来问，张学良怎么和哥伦比亚大学建立了联系？我说我不知道啊。

郑：这故事可以写章回小说了。

唐：经了解，张学良把事情搞得阴差阳错。哥伦比亚大学有一对姓张的姐妹，她们和贝太太很熟。她们知道张学良要做口述历史，就带着几位美国学生去贝太太家，代表哥大和张学良谈口述历史的事情。张学良一听很高兴，说：我对这件事有兴趣。早就想请你们做了。黎安友知道这事，就找她们理论，这是我们的工作范围，你们怎么可以做呢？张家两姐妹说：你们可以做，我们也可以做事。她们姐妹俩是东北人，讲了一口流利的东北话，赵四大为欣赏。她们又会找钱，开始去东北，得到辽宁省的支持，后来找了一个有钱人给她们经济支持。她们最后说动了张学良把资料通过口述历史办公室交给哥大。她们把张学良口述历史做出来，据郭冠英说，张学良对她们做的并不满意。口述历史，不能只听传主口述就能成文的，还需大量的政治背景，要做很多补充，张氏姐妹对这些都是不知道的，她们无法胜任这样的事。这件事就这样给耽误了。张学良的政治背景丰富，可以做得比李宗仁的回忆录还要大。

郑：你是口述历史专家，这次是否有些大意失荆州？

唐：是啊。我忽略了贝太太是赵四的情敌。张学良还是老脑筋，像他这样的人有几位女人相伴有什么关系，赵四对他无可奈何。那天请他们来我家，我一手拉着张学良，一手拉着贝太太，从楼梯走到二楼，贝太太对张学良照顾得无微不至，很热情，从头到尾都有录像。这个录像开始拿到大陆去放，有人要讨好赵四，把录像做了拷贝送到台湾，赵四一看张学良和贝太太像夫妻一样，就很生气，大骂：唐德刚真不是东西，我对他这么好，他居然干出这种对不起我的事！赵四的确对我不错，请我吃饭，烧了整碗排翅，说她向来没有请大学教授吃过饭，你是一个破例。我也对赵四讲：汉公活得这样健康长寿，你的牺牲太大了。赵四说：那不是我的功劳，是蒋把他软禁了，否则他吃喝嫖赌，早就死了！

后来，我去台北，还想做这件事，碰到赵四，她就是不理我。别人不知道我们认识，还向她介绍：这是唐德刚教授。她还是不理，转身离去。当时我还不知是什么原因。后来碰到张五，即张学良的五弟（张学森）。在一起吃饭时，张五说：德刚，你闯了滔天大祸，我哥对你非常好，我嫂嫂对你深恶痛绝。我说：是什么事呢？张五说：你不是把我哥哥和爱丽丝搞在一起吗，我嫂嫂看了后对你深恶痛绝，她说我对那个姓唐的那样好，他怎么拆我的墙角呢！我和张五同年，都是属猴。张作霖的五姨太来了台湾，张五可能就是她生的。张学良口述历史没有做出来，和得罪了赵四也有关。

这顿饭吃的时间很长，但我还是没能吃饱。

（2003年2月）

跋

这是一本感旧怀人的小书，记述着昔日我和几位老人的交往。

类似的集子也出版过几种，但是这里的文章多篇没有收入进去。我还算有点自知之明，我不大愿意在集子中重复自己，更没有自我重复的资格，更不愿意让读者有所浪费。收集到这里的有几篇旧作，我都作了较大的修改和补充，有的甚至重写了。有几篇完全是新写的。这样，如能给读者诸君带来些许新的感觉，我也就心满意足了。

在年轻时，我就欢喜和老年人交往。我认为他们就是一本书，他们的人生经历，他们的知识学养，他们的道德操守，我都作为文化凝结于心，消化吸收，但我是一头笨牛，不善反刍，在他们魂归道山几十年之后，我才诉诸笔端，愧对前辈，也可能是受到他们“有得忌轻出，微瑕当细评”的影响，并以此为警诫。